もうすぐ二〇歳

アラン・マバンク
藤沢満子・石上健二訳

晶文社

Alain MABANCKOU : "DEMAIN J'AURAI VINGT ANS"
Préface de J.M.G. LE CLÉZIO

装画　吉岡耕二
装幀　ザ・ライトスタッフオフィス
　　　川崎俊

もうすぐ二〇歳

序文

二〇〇五年に刊行された小説『壊れたコップ』（Verre Cassé）[*1]は、フランス語圏の文学的状況に一石を投じ、アラン・マバンクの名を広く大衆に知らしめた。あらゆる差異を考慮した上で、[*2]この小説がフランス文学において得た評価は、英文学においてナイジェリア人作家サロ＝ウィワ（Saro-Wiwa）[*3]が『少年兵』（Sozaboy）によって得たそれと比肩しうるものであろう。《あらゆる差異を考慮した上で》と言ったのは、マバンクの小説が古典的なフランス語で書かれていることと、英語に対するサロ＝ウィワが使うピジンイングリッシュが、フランス語に対するクレオル語と混ざったアフリカ語の口話に比べて、一定のより安定した関係を保っていることからである。

新生アフリカの新たな現実から着想を得た多くの小説――アイヴォリー人アマドゥ・クルマ（Ahmadou Kourouma）の『野生動物たちの採決を待ちながら』（En attendant le vote des bêtes sauvages）、あるいはナイジェリア人エイモス・チュチュオラ（Amos Tutuola）の有名な『やし酒飲み』（Palm-Wine Drinkard）（レイモン・クノによってフランス語に訳されたL'ivrogne dans la brousse）――のように、アラン・マバンクの小説はそのユーモアを、独立闘争中あるいは独立直後の若い世代の風刺のきいた小話の世界から汲み取っている。『壊れたコップ』の、そのほとんどセリーヌ風な名のバー〈なしくずしの旅立ち〉（Crédit a voyagé）での、もったいぶった御託宣を、文芸批評家のみならず大衆もこぞって情熱的に受け入れた。ベルナール・ピヴォ（Bernard Pivot）〔ジャーナリスト、テレヴィ番組司会者。二〇〇四年から二〇一九年までアカデミー・ゴンクールのメンバーで、最後の五年間は委員長を務めた〕は、「大胆であけすけ、饒舌でやかましく、無遠慮な喜劇」だと、作品を称賛した。この作品は、一九九八年の『青白赤』（Bleu blanc rouge）あるいは二〇〇二年の『ヴェルサンジェトリクスの黒人の孫たち』（Les petits-fils nègres de Vercingétorix）等の初期の詩集と小説風の作品以来の、彼のひとつの歴史、ひとつの過去、ひとつの文学環境と共に、彼が真の作家であることを大衆に知らしめた。同時にそれは、将来への約束でもあった。

『もうすぐ二〇歳』（Demain j'aurai vingt ans）でその約束が果たされた。この小説は、植民地の過去と自由の希望との間に、あるいはむしろ祖先の英知と日常の現実の反世間的態度との間にとらわれた社会の明らかな混沌のなかで、すべてが創造、再創造、再構築されつつある、ほぼ主人公の年齢の（そして著者の年齢の）少年の一人称の物語である。そのアフリカに生まれ、アフリカに抱かれ、アフリカで教育を受けた幼い子供ミシェルの魂のなかに私たちは入り込む。二〇世紀の開拓者の異国風な物語とも、汎アフリカ主義の教祖たちの哲学的な深さの想定ともかかわり合いのない、現実のアフリカに興味を持つ読者は、英語圏文学の他の著名な作品を思い浮かべるだろう。ミシェルと同じ年頃の少年が演出される、ナイジェリア人、チヌア・アシュベ（Chinua Achebe）の『崩壊する世界』（Things Fall Apart / Le monde s'effondre）あるいはナイジェリア人ウォール・ソヤンカ（Wole

Soyinka）の名著『アケ』（Aké）のような。

家族との交流を通して、ナイーブで注意深い子供の目線で描かれたマバンクの世界は、私たちをひきつけ感動させる。それはポスト植民地主義の社会全体の妄想と矛盾の上に置かれた視線である。マルクス主義闘争の見せかけの華やかさをまとった奔放な資本主義、格言調の金持ちたちの強欲、あるいは《地上の、劫罰に処せられた者たち》の神話の不条理のノスタルジーだ。ここで描かれるコンゴ＝ブラザヴィルはあるときはマパノヴィルの首都ヴィエトンゴであり、またあるときは『壊れたコップ』のトロワ＝サン地区であり、あるいは、「おしゃべりなモキ」のポワント＝ノワールであり、また『ヤマアラシの記憶』（Mémoires de porc-épic）のなかの、サン＝テグジュペリ（Saint-Exupéry）をいとしむ大きなバオバブが生える水の国でもある。

家長が独裁者の国はまた政治的に独裁者の国でもあり、大臣たち、不死身の大統領は、少年ミシェルにとっては自分自身の家族の誇張された反映に過ぎない。日常生活は裏切りと仕返しが繰り返される劇場で、それはユーモア作家のお気に入りの遊びの場でもある。マバンクは、その街の騒音、からかい、滑稽、婦人たちの肉体の魅力、道徳的な力、あるいは母の軽い裏切りを見つけたときの子供の苦痛、生まれてこなかった〈僕の姉星〉と〈僕の名無しの姉〉への思慕、初恋の人となる遊び友達のカロリヌに対する優しさ、それらの情景を存分に私たちに見せてくれる。日常生活のざわめきのなかであらゆる瞬間、あらゆる言葉が大きな影響を及ぼすが、しかし同時に何も深刻なことではない。敬愛していたヴィクトル・ユーゴの演説のなかで言われ、（皆が知っているように、現代でもまた繰り返された）[*4]《このアフリカの地は何たることか！　アジアはその歴史があり、アメリカはその歴史があり、オーストラリアにもその歴史がある。アフリカは歴史がない》を発見し、居間の壁からその写真を取り外したルネおじさんの憤慨のように。

マバンクの小説の若いヒーローのミシェルは、結局は、平凡な冒険の中で生きて、悲しみ、感動、命の尊さを学びながら、人としての役割は何なのか模索し続ける。彼が発見するものはコンゴ人に、あるいはアフリカ人に特定されるものではない（たとえそのハイブリッドな社会がより速く夢から覚めるとしても）。それは多くの場合、自己主義で幼稚で、常にばからしい大人の現実であり、コレットの小説に描かれた、いがみ合う両親を見つめている少女の暗い視線を記憶によみがえさせる。若いミシェルも世界のすべての子供と同じく、笑い、いたずら、そして失望のなかに自分の居場所を見つけなくてはならない。若さだけが過去の辱めを洗い、未来の脅威から脱却させる。

ミシェル少年は、J・D・サリンジャーの『ライ麦畑でつかまえて』のホールデン・コールフィルド、あるいは忘れがたいレジャン・デュシャルム（Réjean Ducharme）[*5]の『曖昧な鼻』（Nez qui voque）のミル・ミル（Mille Milles）に加わって、私たちの小説の記憶のなかに長く留まるだろうことを断言する。

J・M・G・ル・クレジオ

訳者注

＊1 『壊れたコップ』（verre Cassé）

二〇〇五年に出版された。先立つ二〇〇三年、フィガロ紙が企画した、《アフリカの一二の港への文学的寄港》に招待された折の経験をもとに作られたとの記述が『世界は私の言語』のなかにある。

この企画の港を、マバンクは生地のポワント＝ノワールではなく、カメルーンのドゥアラを選んだ。彼を迎えたのはパリの出版社、プレザンス・アフリケンの創立者、アリウン・ディオプの妻の姪であるジャーナリスト、スザンヌ・カラ＝ロベで、最初の晩にドゥアラの街中のキャバレーにマバンクを誘った。三〇年も調律していないピアノを弾いていたピアニストは最初にマニュ・ディバンゴ（中央、西アフリカの有名なサクスフォン奏者、カメルーン人）の曲を弾いたとき、サクスフォンが何だか知らなかったとの逸話がある。そのピアニストがマバンクの小説のなかで『壊れたコップ』となった。カウンターの前の棚に、〈クレジットは旅立った（なしくずしの旅立ち）〉（Crédit a voyagé）と書かれた看板があり、マバンクはカラ＝ロベに、「その言葉は『なしくずしの死』と『夜の果てへの旅』にとても良く結びつくと思う」と言ったところ、カラ＝ロベは、「それは店はツケ払いはできないということ。それだけ。どうしてセリーヌがこのようないかがわしいキャバレーに出て来るの？　それらの本がここみたいに腐っているのは事実だけど、皆はここに一杯飲むためにいるのであって、フランスにおいて誰もが賛同しているわけではない作家の思想を語るためではないわ。あなたは占領下の間のセリーヌの態度について、あるいは当時生まれた吐き気を催すパンフレットについて話したいの？」と答えた。そこからバーの名、《クレジットは旅立った（なしくずしの旅立ち）》が生まれた。

＊2　あらゆる差異を考慮した上で　toute mesure gardée
　'toute proportion gardée' あるいは、その複数形 'toutes proportions gardées' の古い言い方で、「ふたつ、あるいはふたりの違いを注意深く比較するに」という意味。
　ここでは、ル・クレジオは、モーリシャス、コンゴ等、アフリカの英語、フランス語に古い表現が残っていて、古典的な風合いを帯びることがあり、そのことがマバンクのフランス語に関することなので、それを暗示するために、敢えて古い言い方にしている。

＊3　サロ＝ウィワ　Kenle Beeson Saro-Wiwa 一九四一－一九九五
　ナイジェリアの作家、テレヴィのプロデューサー。ニジェール・デルタの先住民、オゴニ出身。シェルによる石油開発と軍政権の搾取に苦しむオゴニ族のための、オゴニ民族生存運動（MOvement for Survival of Ogoni People）創立者のひとり。一九九四年、オゴニの親軍的長老四人の殺人教唆で逮捕、起訴され、軍特別法廷で死刑判決を受け、翌一九九五年一一月、他の八人のＭＯＳＯＰ指導者と共に絞首刑された。

＊4　二〇〇七年七月二六日、フランス大統領、ニコラ・サルコジが、ダカール、アンタ・ディオプ大学での演説で取り上げた。

＊5　レジャン・デュシャルム　Réjean Ducharme 一九四一 ‐二〇一七
カナダ、ケベック生まれの小説家、劇作家、シナリオライター、彫刻家。『曖昧な鼻』（Le Nez qui voque）は二冊目の作品で、一九六七年、ガリマール社から出版された。先立つ処女作『のみ込まれた者たちのうちの最ものみ込まれた者』(L'avalée des avalées) は、ゴンクール賞にノミネートされた。当時作者は二五歳だった。公共の場に出るのを嫌い、インタヴュを拒否し、初期の数枚の写真しか残っていない。

『曖昧な鼻』の主人公ミル・ミルは、ケベックの市内に一四歳のシャトーゲと一緒に住む。妹のような存在で、ふたりは期日を定めない自殺の協定を結ぶ。その折、辞書を任意に開いて決めた《大混乱する》という動詞を《自殺する》に置き換えて話すことにし、また、ミル・ミルとシャトーゲを統一されたひとつの人格としてテートという名を付けた。ふたりは清らかな愛、友情のなかで生き、大人になることに抵抗するが、ミル・ミルは大人になりつつある。タイトルの Le Nez qui voque は Equivoque で、曖昧、矛盾。青少年期の大人の世界の拒絶を述べ、大人に変わりつつあるミル・ミルの青春のパラドックスがいたる所にちりばめられている。

母、ポリヌ・ケンゲ（一九九五年永逝）に、
父、ロジェ・キマング（二〇〇四年永逝）に、
そして、ダニイ・ラフェリエール[*6]に

訳者注
＊6　ダニイ・ラフェリエール　Daniy Laferriere 一九五三-
　ハイチ生まれの作家。カナダに亡命、モントリオールに住む。『ニグロと疲れずにセックスする方法』（Comment faire l'amour avec un nègre sans se fatiguer 一九八五）。『回帰の謎』（L'énigme du retour 二〇〇九、メディシス賞受賞）。二〇一三年よりアカデミー・フランセーズ会員。

子供の熱い心のために
最も優しいもの
汚れた、白いリラの色のシーツ

もうすぐ二〇歳

チカヤ・U・タムシ『悪しき血[*7]』より
p・J OSWALD出版、一九五五年

訳者注

＊7　チカヤ・U・タムシは一九三一年、コンゴ＝ブラザヴィルのムピリ（Mpili）生まれの詩人で、ポワント＝ノワールで幼年期を過ごし、一五歳のとき、赤道アフリカ代表仏国代議員だった父に付いてフランスに渡った。一九九五年に最初の詩集『悪しき血』を出版し、アフリカのランボーと呼ばれた。そのペンネームは現地キビリ語（バンツゥ語のひとつ）で《国のことを話す小さな葉》の意であり、セネガルのサンゴールが詩集を絶賛し、以降、サンゴールに並べられる詩人とされた。一九六〇年のコンゴ独立の折に帰国し、コンゴ民主共和国の独立の指導者で初代首相、パトリス・ルムンバの側での仕事を望んでいたが、ルムンバはベルギーと米国の企みのもとで暗殺されてしまった。チカヤ・U・タムシは一九八八年、パリ郊外で死去。

『悪しき血』以外に『野焼き』『エピトメ（縮図）』『腹』などの詩集、『ゴキブリ』『かくも甘味なパンノキの実』などの小説、『ンダンガの舞踏会』などの戯曲がある。

この巻頭引用詩に関しては、さらに、訳者後記を参照。

僕の国では会社の偉い人は、禿げ頭で大きなお腹をしているのが当たり前だ。僕のルネおじさんは禿げ頭でもなく大きなお腹でもないので、会ったときにすぐには街の中心の大きな事務所のほんとうの偉い人だとはわからない。おじさんは《管理財務部長》だ。ママン・ポリヌによれば、管理財務部長は会社のすべてのお金を預かり、更にこういうことも言う人だ。「おまえを雇う」「おまえを雇わない」「おまえを生まれ故郷に送り返す」

ルネおじさんは、ポワント＝ノワールでただひとつの自動車販売会社であるＣＦＡＯに勤めている。家には電話とテレビがある。ママン・ポリヌはそれらは何の役にも立たないのに高価過ぎると思っている。それらなしでも以前皆は楽しく暮らしていた。大市場の郵便局に電話しに行けるのにどうして家に電話を置くのか。ラジオでニュースを聞けるのにどうしてテレビなのか。さらには、大市場のレバノン人が売っているラジオは値切れるし、公務員や僕のおじさんのような管理財務部長なら分割払いもできる、と。

時どき僕は、ルネおじさんが、日曜日のリン＝ジャン＝ボスコ教会の祈りのなかの、皆が好きな神様よりも強いと思うことがある。誰も神様は見たことがないけれど、ボーイングのどの飛行機でもけっして行けないとても遠くに住んでいて、僕たちを叱って叩ける力があることを皆は恐れている。神様と話したいなら教会に行かなくてはならず、神父が僕たちのメッセージを神様に伝える。神様の世界では朝も昼も夜も仕事が限度を超えているので、空いた時間に神様はそれらを読む。

　しかし、ルネおじさんは教会に反感を持っていて、いつもママンに言っている。「宗教は人民の阿片だ！」と。

　おじさんは、《阿片》というたとえをただふざけて使ってはいけない、もし誰かが僕のことを《人民の阿片》とみなすなら、それは大変な侮蔑なので、すぐに闘わなくてはならないと説明した。そのとき以来、僕が愚かなことをするたびに、ママン・ポリヌは僕を《人民の阿片》とみなした。僕自身、自習授業のときに僕をとてもいらいらさせた友達を《人民の阿片》扱いし、そのせいで喧嘩になった。

　おじさんは自分は共産主義者だと主張している。普通、共産主義者はつつましく、テレビ、電話、電気湯沸かし器、エアコンは持たず、しかも、おじさんのように六カ月毎に自動車を取り替えたりしない。だから僕は今では共産主義者でも金持ちであり得ることを知っている。

　おじさんは階級の話に関してはふざけたことは言わない。共産主義者であるからには、地上の、劫罰に処せられた貧民の財産と生産手段を盗む者に立ち向かわなくてはならない、と厳しく話す。資本主義者が生産手段の持ち主で、労働者と半分半分に利益を分けないで、隠れて独占してすべてを奪ってしまったら、地上の、劫罰に処せられた者たちはどうやって暮らしていけるのか。

おじさんは資本主義者たちにとても怒っていて、まもなく最終的な闘いがあるらしいので、共産主義者たちは団結しなくてはならないと言っている。いずれにしろそれを僕たちは道徳の授業でも学んだ。僕たちはコンゴの未来であり、僕たちがいるので、やがて来る最後の闘いに資本主義は決して勝てないと。僕たち子供は先ず、国家を動かすパイオニアのひとりであり、大きくなったらＰＣＴ（コンゴ労働者党）のメンバーになり、おそらく、僕たちのなかから誰かが、ＰＣＴをも指揮する将来の共和国大統領になるかもしれないと。

今では僕はおじさんの言い方を真似し、ほんとうの共産主義者のように話すが、そうではない。なぜなら、《資本》、《利益》、《生産手段》、《マルクス主義》、《レーニン主義》、《唯物論》、《社会資本》、《上部構造》、《ブルジョワジー》、《階級闘争》、《プロレタリア》、その他、おかしな難しい言葉をおじさんが繰り返すので、いまだに混乱し、理解できないけれど、それらの言葉をいつの間にか覚えただけだ。例えばおじさんが「人々が劫罰に処せられた」と言うとき、それは飢えを強いられたということだ。前日ろくに食べていないのに翌日に仕事に戻って来るように、資本主義者たちが搾取して飢えを強いているのだ。従って、飢えを強いられた者たちが資本主義者たちとの闘いに勝つためには、過去を白紙に戻して、誰かが解放しに来るのを待つのではなく、彼ら自身で立ち上がらなくてはならない。そうでなくては絶望的で、彼らはいつも飢え、永久的に搾取される。

おじさんの家の食卓では、僕は嫌な場所に座らせられる。僕は知らないし、僕のことも知らないのに僕を見つづけるレーニンという年取った白人の写真のまん前だ。意地悪そうに僕を見る白人の年寄りを僕のほうでも承知できないので、僕もまっすぐ彼の目を見る。大人の目をまっすぐに見ることは礼儀知らずだと教わっているし、見つかるとおじさんは興奮し、世界全体が賞賛するレーニンに対する尊敬に欠けると僕に言うので、僕は隠れて見つめる。

カール・マルクスとエンゲルスの写真もある。双子のようなそれらふたりの老人の名を分けて呼んではならないそうだ。ふたりとも大きなあご髭があり、同じことを同じときに考え、ときにはふたりで考えたことを一緒に書いた。ふたりのおかげで、共産主義が何なのかを今は皆が知っている。ルネおじさんによれば、世界の歴史は人々の階級の歴史で、例えば奴隷と主人、土地の所有者と土地を持たない百姓の関係などを説明したのはカール・マルクスとエンゲルスだ。従って、世界では、誰かが上でその他は下で、上が下を搾取するので、下は苦しんでいる。しかし、世のなかが変わり、上の者は、下の者にはわからない搾取の仕方を研究した。それで、その差はまだ存在し、今日ではふたつの階級が言い争い、容赦のない闘いをしている。ブルジョアとプロレタリアだ。カール・マルクスとエンゲルスは、このことは特に重要で、間違えてはならないと考えた。路上でそれは簡単にわかる。ブルジョアたちは、プロレタリアたちが生産した物を食べていて大きな腹をしており、ブルジョアたちはくずしか残さない。プロレタリアたち、あるいは飢えを強いられている者たちは少ししか食べられないためにとても痩せている。そして、これが人間による人間の搾取だとおじさんは言う。

壁には同様に、僕たちの不死身の同志大統領マリエン・ングアビの写真と、学校で暗唱する、多くの詩を書いたヴィクトル・ユーゴの写真がかけてある。

普通不死身というのはスパイダーマン、ブレク・ル・ロック、タンタン、あるいはスーパーマンのように死なない人だ。同志大統領マリエン・ングアビはきちんと死んで墓地に埋葬されたのを皆が知っているのに、どうして不死身だと言わなくてはならないのか、僕にはわからない。墓場は国の北にあって、毎日二四時間守られている。それは、同じように不死身になりたい人たちが、グリグリ(お守り)を持って墓場にやって来るからだ。

それでも僕たちの旧大統領を、もう生きていなくても、《不死身》と呼ばなくてはならない。そう呼ぶのを承知しない者たちは、僕たちの革命が資本主義者たちを追放し終わって、マルクスとレーニンが主張する階級の歴史がそうであるように、地上の、劫罰に処せられた者たち、飢えを強いられ、昼も夜も働く者たちが、ついに生産手段を手に入れるとき、政府に追及され、判決が下され、牢屋に入れられるだろう。

僕がルネおじさんをとても怖がっているのを知っていて、ママン・ポリヌはそれを利用する。晩にママンのキッスなしでベッドに行くのを僕が嫌がると、ママンは僕に思いこませる。僕が寝ないなら、ルネおじさんは僕のことを、寝る前にキッスを要求する小資本主義者だと、街の中央から、あるいはヨーロッパから、とりわけフランスから来た資本主義者の子供みたいだと考え、おじさんは僕が甥であることを忘れて僕を鞭で打つだろう、と。それを聞くとすぐに僕は静かになる。ママン・ポリヌは僕のほうに身をかがめるけれど、学校で読むようには、とりわけフランスのようにはキッスしてくれない。だから僕は、本はいつもほんとうのことを言っているとは限らず、本のなかの話をすべて信じてはならないと自分に言い聞かせる。

時どき僕が眠れないのは、ママンのキッスを待っているせいではなく、窮屈な蚊帳のせいのときもある。蚊帳のなかにいると、僕の肺に入る空気が前の日に僕が吐いた息のような気がして息苦しくなって、おしっこをしてしまったみたいに、汗でベッドが濡れる。

僕たちが住む地区の蚊はしつこい奴で、とても汗が好きで皮膚にくっついて朝の五時までしっかりと血を吸う。僕が蚊帳のなかにいるときは、蚊たちは、死んだ人の側で泣いている人たちのように周りを飛び回る。

このことを僕はパパ・ロジェに話した。蚊帳のなかにいるとき、小さな死体のようだと。そして、気を付けないと、ある日そのなかでほんとうに死んでしまって、この地では皆はもう僕に会えなくなるだろうと。急いで直接に天に行ってしまった、僕は会ったことがないふたりの姉に加わるために、出発するかもしれないと。これを話しながら僕は涙を流した。無駄に回りで泣いている人たちに囲まれた白い小さな棺桶のなかのとても小さな僕の死体がどんなだかを想像した。キリストにとって死は、午後の昼寝みたいなものかもしれないけれど、人間の死はキリストが奇跡を起こしてよみがえらせないかぎりは、もう戻らないのだから。

僕の年でそのように死を話し始めたことを、パパ・ロジェは心配した。神様は子供たちが寝ている夜に監視し、寝ている間に息を詰まらせないように、呼吸するための空気をいっぱい与えるから、子供は死なない、とパパは言った。僕はなぜ神様は僕のふたりの姉の肺に空気をいっぱい与えなかったのかとパパに尋ねた。パパは悲しそうに僕を見つめた。

「わかったよ、その蚊帳をどけよう」

パパがこの話を実現するまで何週間も待った。僕の蚊帳をどけたのは、やっと昨日、仕事から戻ってからだった。独立大通りのレバノン人のお店で殺虫剤フライトクスを買って来た。普通、家のなかでフライトクスの名前を聞くと蚊は緊張し、死ぬ代わりにあわてて逃げて行くと信じられている。

パパ・ロジェは、臭いが長く続くよう、その薬品を僕の部屋のなかで全部撒いて空にした。しかし、僕たちの地区の蚊は簡単にだまされるほどばかではない。特に、フライトクスの上の、蚊が死にそうな哀れなデッサンが蚊たちにはわかる。人の血が最後の一滴になるまで闘わずに蚊たちは自殺することを受け入れるだろうか。蚊たちは薬品の臭いが消えるまで待って、後になって戻って来て、仕掛けられた戦争に奮起してそこらじゅうを刺す。蚊たちも人間と同じで、できるだけ長く生きたいのだ。

従って、家のなかにあちこちフライトクスを撒いたとしてもそんなに早く勝利の歌を歌ってはならない。最後は蚊たちが勝って、無知なその他の街の蚊たちに知らせ、またその薬品から免れる。蚊たちは人間たちのように秘密を持つことはしない。それ以外にはすることがないと思う位に夜中じゅうおしゃべりする。トロワ＝サン地区のなかを飛び回る蚊たちも同じで、君の家でフライトクスが撒かれたのがわかると先ず、それが撒かれていない隣の家に散歩に行って、そこが終ってから部屋に戻って、フライトクスがまだ残っていないか臭いを嗅ぐ。その薬品に慣れ、同志たちにどのようにしてそれに対して守るかを説明する蚊もいる。「皆、気をつけろ。この家はフライトクスの臭いがする。死にたくないならば、少しの間、たんすのなか、鍋のなか、靴のなか、あるいは洋服のなかに隠れなさい」そして蚊たちは石油ランプの明かりが落とされるのを待つ。蚊たちは君がとても怖がっているのを知って喜ぶ。君はそのことは隠しておきたかったが、君の体には何週間ものあいだ吸い続けられる熱い血がたくさんあることを蚊たちは知っている。そのなかの一匹が挑発に来て、君が両手であるいはベニア板の上で潰そうとするなら、他の蚊たちが大勢やって来て、いちどきにあちこちから君を攻撃する。一グループは騒音を出し、その他は攻撃し、そのように蚊たちは交代し、騒音を出す蚊は常に攻撃する蚊ではなく、攻撃する蚊は輪の外にもいる。君はひとりで手はふたつしかなく、背中で起こっていることはわからない。フライトクスで蚊たちを殺せるだろうと思っている君に勝てるように、きちんと訓練された蚊の軍隊から、君は自分を守れない。君はあちこちかゆくなり、何匹かは鼻の穴に入り、他の何匹かは耳に入って、せせら笑いながら君を刺す。

これが今日僕が体に赤いできものを作って目覚めた理由だ。僕が腕の臭いを嗅いだとき、まだフライトクスの臭いがした。とても怒ったたぶん一団の親分の蚊が目のすぐ上を刺し、今では腫れてまるで悪魔が見えない拳骨を食らわせたかのようだ。ママン・ポリヌはボアの脂〔ニシキヘビの脂。にきびなど、皮膚病に効果があるとされている。カメルーン、コンゴなどで普及〕を少し塗って僕を慰めた。

「ミシェル、心配しないで。目の腫れは日暮れ前に治まるから。幼かったとき私もボアの脂で治ったから。今晩は、パパがどけた蚊帳を付け直しましょう。レバノン人の殺虫剤フライトクスはいい加減な品だわ。お父さんは知っているはずなのに」

カロリヌに見つめられると、僕は世界でいちばんりっぱになったように感じる。僕たちは同じ年だけれど彼女は僕たち少年より多くのことを知っている。ママン・ポリヌは彼女を《進歩的な》娘だと言う。僕はどんな意味なのかわからないが、たぶんカロリヌはほんとうのマダムのように振舞うということだろう。その年で彼女は口紅を付けている。僕のママンを含めて地区のほとんどのお母さんの髪を結うのは彼女だ。カロリヌは婦人たちが男のことを話すのを聞き、大市場への買い物に付いて行き、早く大人になろうと急いでいた。ママン・ポリヌはカロリヌはインゲン豆添えのマニヨクの葉の料理を作れると言う。多くの大人の人がうまくできない料理だ。全く、カロリヌは進歩的な娘だ。

カロリヌの両親は、僕の両親の友人だ。独立大通りの先、ルネおじさんが住んでいるサヴォン地区のほうに行く道の少し手前に住んでいる。同じ大通りの中ほどの、緑と白に塗られた僕たちの家には、少し歩くだけで来られる。まん前に、雑な棺桶を作っているイェザ木工所があり、敷地の前に、客が選べるように品物が並べてある。

以前カロリヌは僕と一緒にトロワ＝マルティル〔三人の殉教者〕小学校に行っていたが、今ではもう少し上品な地区にある別の学校に通っている。彼女のお父さんムトムボさんが、僕たちの学校の校長と口喧嘩したからだ。

カロリヌが独立大通りを下って来て僕たちの家の前で僕と一諸になった頃を、僕はとても懐かしく思っている。ブレーキが効かない自動車と、運転前にとうもろこしのお酒を飲む運転手のせいでとても危険だと親たちが言うので、皆は舗装道路は歩かない。ほとんど毎月自動車が人をひいているブロック五五の交差点は特に皆は避ける。この地区ではそれは、交差点の正面にお店があるセネガル人の商人ウスマヌのせいだと言っている。通行人をだます魔法の鏡を持っているらしい。その鏡のせいで、哀れな通行人は自動車はまだ遠く一㎞も先にあると思ってしまうが、実際は数mに過ぎず、そしてどすん。道を渡ろうと決めたときにひかれてしまう。ウスマヌの店に他の商店に比べてより多くの客がいたのは、正面で多くの人々がよく死んだからだと、皆は判断を下した。

僕たちは、ウスマヌの魔法の鏡が目に入るのが恐いので、店の裏を通り、見ないようにする。あるとき、カロリヌの後ろにいたとき、カロリヌは振り向いて僕の手を掴み、速く歩くように急かせた。子供が後ろを歩いていると魔法の鏡の悪魔に捕まるからと。

「ミシェル、ウスマヌの店のほうを見てはだめ！　目を閉じなさい！」

僕は速く歩いた。カロリヌの後ろで消えてしまいたくはなかった。

学校の緑、黄、赤に塗られた古い建物に着くと、僕たちは別れなくてはならない。カロリヌはマダム・ディモヌカの教室に、僕はムッシュー・マロンガの教室に行くから。歩いている間ずっとカロリヌは手を離さなかったので、僕の手は濡れていた。

夕方五時頃、僕たちはまた一緒に帰った。カロリヌは僕を家の前に残して、道を続けた。僕は外に残ったまま、カロリヌが歩いて行くのを見つめた。遠くで、群衆のまんなかで、小さな点になった。そして僕はとても幸せな気分になって、家のなかに入った。

僕のいちばんの友達カロリヌの兄さんのルネスは、ひとりで学校に行きたがった。妹の横で歩きたくなかったからだろうか。より年上で、上級のクラスにいることを、僕たちに示したかったからだと僕は思う。今では小学校よりもっと難しいことを学ぶ中学校に行っている。トロワ＝グロリユーズ〔栄光の三日間〕中学校で、僕が小学校卒業免状を取れたら、その中学校以外には行きたくない。そうでなければ、他の友達を作らなくてはならない。僕はルネスが好きだ。そしてルネスも僕が好きだと思う。

カロリヌとルネスのお父さんムトムボさんは左足が短く、道を通るとき人々は笑う。ムトムボさんをばかにするのは良くない。「私は一生涯左右不揃いでいたい」とムトムボさんが神様に言ったのではないのだから。左の足が右のより短い。あるいは右の足が左のより長い。そのように生まれて来たのだ。

良く見られたいとムトムボさんが望むなら、左右不揃いをやめられる。踵がとても高い靴を履けばピグミー族だってニューヨークの摩天楼みたいになれる。でも、病気の左の足がさらに高くなっても、少し右の靴の踵を切らないと同じ高さにならなくて、皆はまたばかにするだろう。これは解決策にはならないから、死ぬときに神様に普通の足でよみがえらせてくれるように頼むのが唯一の方法だ。神様が人間を創って僕たちの世界に送ったら、神様の仕事はもうおしまいで作り直せない。やり直したら人々は神様を尊敬しなくなる。さらにそれは、神様は僕たちみたいに失敗することもあるということだ。それにしてもこの世界で神様を見た人は誰もいない。

ムトムボさんはとても正直な人だと、パパ・ロジェは友達として評価している。ムトムボさんはルネスとカロリヌをとても可愛がっている。もうすでに見た映画でもふたりを連れてまた見に行く。『破壊者』『善人、けだもの、ごろつき』『十戒』『サムソンとダリラ』『ジョーズ』『スター・ウオーズ』それに多くのインドの映画。

ムトムボさんが日曜日に僕のパパに会いに来ると、ふたりは独立大通りのバーに行く。ヤシ酒を飲んで、僕たちの種族の言葉、ベムベ語で話す。ふたりがとても長い間バーにいるとママン・ポリヌは僕に言う。

「ミシェル、お父さんとムトムボさんはバーにいる。おまえはばかみたいに座っていないで、ふたりが地区の若い娘たちに一杯飲ませて口づけしていないかどうか、見に行きなさい！」

そして僕はロケットのように走って行って、息を切らしてバーに着く。ムトムボさんと僕のパパが飲みながらチェッカーをしている。

パパ・ロジェは僕がそこに来たのを不思議に思う。

「何をしにきたんだ、ミシェル。子供はバーに入ってはいけない！」

「地区の若い娘たちに一杯飲ませて口に口をくっ付けていないかどうか見て来なさいとママンが僕に言ったんだ」

そしてふたりは笑って別れ、僕は少し酔っぱらったパパと一緒に家に帰る。僕はパパの手を取り、パパはわけの分からないことを話す。たぶん、飲んだときは、お酒を作った人が瓶のなかに隠した、飲んだ人にしか見ることができない透明人間と話しているのだ。

別の日曜日、僕のパパがムトムボさんに会いに行って、その地区のバーに飲みに行き、ベムベ語で話し、ふたりは瓶のなかの透明人間と話す。そして今度はルネスが、地区の若い娘たちに一杯飲ませて口に口をくっ付けていないかどうか見て来なさいとマダム・ムトムボに言われたと言いに行く。


ムトムボさんは街で一番の仕立て屋だ。僕たちの地区の生徒のほとんどの制服を縫う。他の地区の生徒の親も子供の服を作ってもらうために布を持って来る。アトリエには客がいないことがなく、特に新学期頃には遅れて持って来る客が必ずいる。新学期が始まるぎりぎり三日前になって、布を持って来てムトムボさんに急いで作るように強要する。

僕のパパの布を肩にかけてムトムボさんのアトリエに行くのが好きだ。ムトムボさんはそれを受け取って仕事にかかる。ムトムボさんにとって僕のパパはどうでもいい人ではない。独立大通りのバーでヤシ酒と赤ワインを飲み交わす友達なのだから。

ムトムボさんが作った服を見ると、ヨーロッパから直接来たほんとうのプレタポルテかと思ってびっくりするだろう。ヨーロッパの洋服と違って、カバーがかかっていなくて、いい匂いもしない。白人たちは全く悪賢くて、高くとも気に入って、僕たちの国でも着続けたくなるような錯覚を起こさせるために、その匂いを付けているのだ。

マダム・ムトムボは妊娠した雌のカバみたいに太った婦人だと僕がママンに言ったとき、ママンは僕の耳を引っ張って、婦人が太っているのは、おおらかな心を持っているからで、他の人を愛するおおらかな心はいつだって大きいのだと説明した。だけど、僕はジェレミのお母さんのことを考えた。ジェレミはとても頭が良くて、いつもアンゴラ人のアドリアノの次にクラスで二番の成績で、僕はあまり好きではない友達だが、彼のお母さんはとても太っていてとても意地悪で、地区の他のお母さんたちを見下している。

ママンは僕が考えていることがわかって、僕に言った。

「そうね、すべての太った婦人がマダム・ムトムボみたいにおおらかな心を持っているわけではないわね。ジェレミのお母さんのことを考えているのはわかっているわ。確かに同じではないわ」

マダム・ムトムボがママン・ポリヌに会いに来るときは、僕たちに揚げ菓子とショウガジュースを持って来る。揚げ菓子は油が多すぎるので僕は食べたくない。ショウガジュースは喉のまんなかでちくちくするし、結局トイレに行きたくなって、一時間強くふんばってもなんにも出て来ないので、飲みたくない。

でもママン・ポリヌはすぐに怒る。

「ミシェル、その揚げ菓子を食べて、ショウガジュースを飲みなさい！　ヤギをもらうとき、ヤギに虫歯があるからと文句を言ってはいけないでしょう？」

マダム・ムトムボと僕のママンは一緒に商売をしている。ふたりはピーナッツを卸で買って、大市場で小売りする。僕の家かムトムボさんの家でお金を数え、利益を半分半分にしているのを僕は見ている。資本主義者たちはそういうことはしない。

カロリヌが僕と結婚しようと決めた日を、僕はよく思い出す。僕の両親が家にいなかったある日曜日の午後だった。来るとは思っていなかったカロリヌが、いっぱい物が入ったプラスティックの袋を持ってやって来た。

「ミシェル、大きくなるまで待つのはうんざりだわ。今日、結婚しましょう」

僕の家の裏に行って、マンゴの樹の枝とママンが洗って干したパーニュ〔アフリカの伝統的な民族布〕とで、小さなテントを組み立てた。それは僕たちふたりの家だった。

ムトムボさんはいつも娘のためにきれいな人形を作っていて、その日カロリヌはふたつ持ってきた。彼女によればそれらの人形は僕たちの子供で、板の上に置いてふたりで遊ばせた。カロリヌは模造の皿とスプーン、空のマーガリンの壷と棒で料理をした。

数分後、料理ができた、と彼女は言った。

「もうすぐよ、私の夫」

先ずとってもお腹がすいていて泣いてばかりいる僕たちのふたりの赤ちゃんに食べさせなくて

はいけないと彼女は言った。でもそれよりも先に、風呂に入れなくてはならない。僕は男の子をカロリヌは女の子を。なぜなら男の子は裸のときの僕みたいで、女の子は裸のときのカロリヌみたいだから、女の子を洗うのは彼女で、男の子を洗うのは僕なのが当然だと言う。風呂の後で、食べ物が服にしみを付けないようによだれかけをさせて、食べさせた。

数分後、カロリヌが僕のほうに向き直った。

「ほら、ふたりは良く食べ、そしてゲップをしたわ」

ふたりを揺らしてから寝かせ、僕たちも食べているふうにした。そして、大人のしぐさを真似て、僕はカロリヌの髪を触り、彼女は僕の顎を触りながら話した。むしろ彼女のほうが多く話した。僕は聞いて、頭でうなずいた。ふたりは良く笑った。笑わないと彼女は満足しなかった。だから僕は笑わなくていいときにも笑った。

突然彼女が悲しそうになったのがわかった。

「どうしたの」僕が訊いた。

「ミシェル、私、心配だわ」

「何が心配なの」

「私たちの子供が。子供たちが大きくなったときのために少しお金を銀行に預けなくてはいけないわ。そうでないと子供たちは不幸になるわ」

「ほんとうだ。君の言う通りだ」

「不幸になると、国家は子供たちを取りあげて、みなしごを入れるところに入れて、結局、大市場の悪党のようになってしまうってこと、あなた知ってる」

「ああ、だめだよ、大市場の悪党になっては。牢屋に入れられて、僕たちは皆不幸になってしまう」

「共和国大統領よりもお金持ちになって、五人乗りのきれいな赤い自動車も買わなくては」

「僕に任せて。僕のおじさんの会社で僕たちの五人乗りの赤い自動車を買おう。家族の特別価格にしてくれるだろう。僕は直系の甥だから」

「五人乗りの赤い自動車はいくらするの？」

「僕のおじさんに訊いてみるよ」

彼女は小さな棒と空の小さなコップを差し出した。

「ほら、あなたのパイプを吸って。そうしないと火が消えるわ。トウモロコシのお酒も飲んで」

僕はパイプを吸ってトウモロコシのお酒を飲む真似をした。

彼女は僕の手を取った。

「ミシェル、私があなたを愛していること、あなたは知ってる？」

僕は答えなかった。誰かが僕に《愛してる》と言ったのを聞いたのは初めてだった。さらに、彼女の声は以前と同じではなく、彼女は僕を見て、そのとき僕が何かを言うのを待っていた。僕に何が言えただろうか。僕が黙ったままだったのは、空に向って飛んで行くように体が軽くなったと感じていたからだ。僕の耳は熱くなり、カロリヌに聞こえるかと思ったほど心臓が強く鼓動した。

彼女はとてもがっかりして僕の手を離した。

「まったく、あなたはわかってないのね！　婦人が『愛してる』と言うときは、あなたは、『私も君を愛してる』と言うのよ。大人はそのように答えるのよ」

それで僕は大人のように答えた。

「僕も君を愛しているよ」

「それ、ほんとう？」

「うん、ほんとうだよ」

「誓う？」

「誓うよ」

「では、どんなふうに私を愛しているの？」

「どんなふうにか言わなくてはならないの？」

「そうよ、ミシェル。あなたがどんなふうに私を愛しているのか知らなくてはならないの。そうでなかったら、私はどう思ったら良いの？　私はあなたが私を愛していないと思うし、いつまでも心が痛むわ。いつまでも心を痛めたくないわ。それは婦人を老いさせるとお母さんが言ったから。お母さんが老いるのは、お父さんが決してどのようにお母さんを愛しているか言わないからなの。私は老いるのが恐い。老いたくないわ。そうでないとあなたはある日、私はもうきれいでないと言って、他の婦人と取り替えに行くだろうから」

突然、飛行機が通ったのが聞こえた。そしてついに僕は言った。

「今通った飛行機のように君を愛しているよ」

「だめ、そういう言葉ではないわ！　私はあなたが私を飛行機以上に愛して欲しいわ。飛行機は皆のため、フランスに行き、ここには戻って来ない人たちのためだわ」

そして彼女はほんとうに泣いた。そこまでは僕はままごと遊びだと思っていたのに。僕も泣きたくなったけれど、ルネスは、男は婦人の前では泣いてはならず、そうでなければ彼女は僕が弱虫だと言う恐れがあると僕に言ったから、それで心の奥だけで泣いた。

「まだなにもわからないのね、ミシェル！　あなたが私を五人乗りの赤い自動車のように愛して欲しいの。私たちふたりのための、私たちのふたりの子供のための、そして私たちのまっ白な子犬のための」

「そうさ、僕は五人乗りの赤い自動車のように君を愛しているよ」

今度は彼女は幸せになって僕の顎を再度触った。僕は再度彼女の髪を触って、彼女の涙を拭いた。彼女が僕の口にキッスしようとしたとき、とっさに僕は後退りした。蛇が僕に噛みつくようだった。

「私が恐いのね」

「恐くないよ」

「恐いんだわ」

「恐くないよ」

「ではなぜ、私が白人の映画のようにあなたの口にキッスしたいときに後退りするのよ?」

「キッスはほんとうに結婚するときのため。僕たちが選んだ証人と両親の前で」

「あなたの証人は誰がなるの」

「君の兄さん」

「私のほうは、レオンティーヌよ。私のいちばんの友達だから」

彼女はとても満足し、新たにトウモロコシのお酒のコップを僕に給仕したほどだった。そして僕がまた静かになったのを見て、付け加えた。

「あなたがもう話さないのはもっともだわ。仕事から戻った男のように疲れているんだわ。お皿を洗って、それから寝ましょう」

彼女は背を向けて、空のマーガリンの壷をこすりながら皿を洗っている振りをした。その間、僕にトウモロコシのお酒を飲んでパイプを吸うように、と言った。

彼女は二〇まで数えた。

「さあ、終ったわ。全部洗ったわ! 家の扉を閉めて、明かりを消して、一緒にベッドに行きましょう。怖がらないで」

明かりを消すために、彼女はボタンを押すふりをした。僕は電気のスイッチなんだと想像した。

「明かりは消えたわ！」

彼女はテントのまんなかで、仰向けに寝て、目を閉じた。僕は思った。彼女はほんとうに眠ってしまう。僕はまっ昼間から眠りたくはない。さらに、僕の両親が僕たちが眠っているところを見つけたら、すべてをどう思うのか、僕にはわからない。逃げなきゃ、そうだ、ここから逃げなくてはいけない。

テントから離れようと、立ち上がったとき、彼女は僕の手を摑んだ。

「私の上に来て目を閉じて。大人たちはこのようにするのよ」

ママン・ポリヌは部屋に行く。僕は付いて行く。そして居間に戻る。僕も戻って来る。ママンは鏡の前で、僕はその後ろにいる。ママンは口紅とおしろいを顔に付ける。僕は同じしぐさをするが何も付けない。それらは女性のためだけで、少年が付けたなら変な人になったとみなされ、頭のなかが何かおかしくなったということらしい。

ママンはパーニュのスカーフを頭に巻き、僕は僕たちのサッカーチームの色の緑、黄、赤の帽子を被る。ママンはハンドバッグを持ち、家の鍵を捜している。僕はここから鍵が見えるのに、ママンはあっちを捜しこっちを捜して、やっと、タンスの上の鍵を見つけた。

僕はとても落ち着かない。パパ・ロジェがいないのにママン・ポリヌが外出するのは嫌いだ。実際、僕のパパは昨日は家で寝なかった。パパは、月曜は僕の家、火曜はここから遠くないサヴォン地区の、僕のおじさんの家の近くに住んでいるママン・マルチヌの家で寝る。そして一週間、パパ・ロジェはこのふたりの婦人のあいだを行き来する。トロワ＝サン地区の道で見かける郵便配達人みたいだ。しかし、一週間は七日で、八日ではないので、たとえ算数が強くてもふたつに分けられない。パパは問題の解決を見つけた。最初の日曜日は僕の家で寝て、次の日曜日はママン・マルチヌの家で寝る。そのせいで今日は家にいない。

ママン・ポリヌが美しく飾るときは僕は決して機嫌が良くない。僕は再度、カロリヌが髪を編んだママンを見る。ママンはオレンジのハイヒール、スカーフと同じ色のキャミソル、それにオレンジ色のパンタロンだ。脚とお尻にぴったりの光ったオレンジ色のパンタロンをママンがはくのは僕は好きではない。それをはいて歩いていると、眺めている男たちがすぐに口笛を吹く。僕は男たちの頭のなかにどんな考えがあるのだろうかと不思議に思う。他にも、脚とお尻にぴったりの光ったオレンジ色のパンタロンをはいて歩いている婦人がいるのに。石を拾って口笛を吹いてる男をねらったこともあった。ママンは立ち止まって僕のほうに振り向いて叫んだ。

「ばかね、まったく！　そんなことをするなら、もう一緒に外を歩かないから！　野蛮なことは嫌い！　人民の阿片！」

どうしてママンは夕方に外出するとあらかじめ僕に言わなかったのだろうか。僕はママンがどこに行くのか気になる。独立大通りの端かバーで、誰かがママンに声をかけるのか気になる。ルネスによれば、僕たちの地区に、独立大通りの端にとても悪い男が立っていて、通りがかりの婦人を待って、乱暴な言葉を投げるか、なかが暗いバーで飲むのを強制したりするらしい。それからルンバを踊って、最後には部屋のなかでいろいろなことをするらしい。僕はママン・ポリヌがパパ・ロジェ以外の男と踊るのは想像できない。僕はママン・ポリヌがパパ・ロジェ以外の男と部屋のなかでいろいろなことをするのは想像できない。それは我慢ならない。だめだ！　一度、僕のママンと話し過ぎた男に、相当にひどい罰を加えたことがあった。婦人たちを見つめて、道でタクシーを拾うときのように後ろから口笛を吹く悪者からマダム・ムトムボさんを守るのに役立った秘密の方法をルネスが僕に教えてくれたのだ。

ルネスは言った。

「ミシェル、モーターサイクルのガソリンタンクに砂糖を入れると、必ず故障して再起動できなくなるよ。すでに一度やったし、とても面白いよ。それ以来、そのムッシューは僕のお母さんを困らせない！」

最初、僕はこう考えた。でたらめを言っているのだろう。どうして砂糖がモーターサイクルを故障させられるだろうか。砂糖はおいしいし、誰でも好きだ。モーターサイクルだって砂糖が好きだろう。モーターサイクルはとっても砂糖が好きなものだからすぐに発進して時速二〇〇㎞で走るだろうに。

僕はそれ以外考えなかったが、こうも思った。ルネスの秘密の方法が本当か一度試してみても損はないのではないか。殺虫剤フライトクスにもかかわらず、朝の五時まで僕を刺し続けた蚊を僕が追い払うようにはしないで、ママンはムッシューの話を聞いて笑っている。パパ・ロジェにそのような仕方で笑うのを僕は見たことがなかった。こいつは僕のパパ以上の何を持っているというのだ？　それで僕はほんとうに怒って、ルネスの秘密を実行した。そもそも、婦人を笑わせることは普通のことなのか。かつて僕はカロリヌをそんな仕方で笑わせたことがあったか。僕がカロリヌを笑わせるのが嫌なのは、婦人の身になって考えると、笑う仕草は恥ずかしいことだからだ。婦人自身が恥ずかしくならないように僕は目を伏せる。婦人が笑うとき、歯と舌が見えて、婦人は醜くなる。だから歯と舌は他の誰にでも見せてはいけない。たぶんそのために、世界が存在して以来皆は、歯を磨くときにシャワー室に隠れるのだろう。

従って僕は砂糖の袋を取って、その醜いムッシューがモーターサイクルを停めてある僕の家の後ろに行き、砂糖をガソリンタンクのなかに撒き、袋を空にし、家の扉の前に戻って来て、あたかもおとなしい子供のように座った。ママン・ポリヌと醜いムッシューは笑い続け、舌と歯を見せ続けた。僕にとってそれは百年と十日続く長い芝居のようだった。

醜いムッシューはやがてママン・ポリヌにさよならを言い、腕をウエストに回した。僕は思った。彼は僕のママンの息を詰まらせようとしているのだ！　しかし、野蛮な男が息を詰まらせているというのに、ママン・ポリヌはまだ笑っている。ママンはさらに一度、歯を見せ、舌を外に出した。僕はママンの身になって恥ずかしかった。口を閉じているときはきれいなのに。僕のママンがその無礼な野郎の腕から体を離さないので、僕は地面につばを吐いた。まるでママンは締めつけられて嬉しいようだった。ママンも腕をその悪者のウエストに回してふたりともまた息を詰まらせて笑った。

男は僕たちの家の裏に消えた。歌いながら行ったので嬉しかったのだろう。数分後、まるでほんとうの悪魔を見た人みたいに、急いで戻って来た。そして叫んだ。

「オートバイ、オートバイ、私のオートバイが動かない！」

僕はすぐにはオートバイがモーターサイクルのことだとはわからなかった。

「子供たちはどこだ？　私のオートバイを押しに来てくれ！」

周辺には子供たちはいなかった。日曜日に皆はミサに行っている。サン＝ジャン＝ボスコ教会のミサは、祈りの言葉を百以上あるこの国の言語で繰り返すので、神様さえあくびするほどに長く続く。僕たちの国では神様は祭日でさえも多くの仕事があると思う。

ママン・ポリヌと僕はモーターサイクルを押した。何も起こらなかった。始動しない。奴隷のように、あるいは大市場のザイール人の人力車のように押し続けた。自動車がよく故障する、独立大通りの高く上がったところまで来た。ひとりの男が僕たちを見、哀れに思ったようだ。僕は彼がオートバイを押すのを手伝ってくれるのかと思ったが、彼はソレックス自転車の修理工で、いつもはソレックスしか直さないけれど、ただでモーターサイクルを見てあげると言った。僕はいらだった。モーターサイクルを直してもらいたくなかった。彼は時計の修理工のようにとても集中してモーターサイクルのうえに屈んだ。ガソリンタンクを空け、モーターサイクルを傾けて、すべてのガソリンを地面に落とし、なかに白い粉が入っているのを見つけた。それをなめてから、目がレモンのように大きく、緑色になった。

「これは砂糖だ！　この故障の原因がわかったぞ。これをやったやつはとても悪賢い。これは大変だ！　非常に悪質だ！　このオートバイは、たとえカメルーンの国境まで押したとしても始動しない！」

彼に対してはかりごとを企てた者を捜すように、彼は回りを見回した。オートバイを押していた僕を責めることはできないから、僕は片隅でのんびりしていた。助けてあげた誰かを責めることはできないはずだ。だから、彼のオートバイを破壊したのはトロワ＝サン地区の嫉妬深いやつらだと彼は思っただろう。

ソレックスの修理工はそれでも、五百フランＣＦＡ〔中部アフリカ・西アフリカ地域の複数の国の通貨単位〕を受け取った。彼はそいつにガソリンスタンドに行って満タンにするよう勧め、そいつはサヴォン地区までペダルを踏んで行った。

ママン・ポリヌと黙ったまま家に帰った。その悪者から救ったので満足している僕とは反対に、ママンは寂しそうだった。

翌朝、学校に行くため通学かばんを用意しているとき、ママンが僕のところに来た。

「ミシェル、私はごまかされないわ！　おまえが昨日したことは許せない！　今日は砂糖がないから、朝食抜きで学校に行きなさい！」

ママンはこの日曜日にまた外出したがっている。パパ・ロジェがよくこう言う。「皆が好きなのは他人のお金」　またこうも言う。「他人の婦人はいつでも甘い」　そして独立大通りの悪者たちは、ママンがきちんと着飾って髪を結っているから、とても甘いと感じる。だから僕はママンを守りたい。それらの悪者たちを僕はひとりずつ抹消する。僕は強い。そう、スーパーマン、アステリックス、オベリクス、スパイダーマン、あるいはブレク・ル・ロックのように。僕はこれらほんとうの不死身たちの本を読んだ。ルネスが読むように言ったのだ。彼らのように、僕も怒ったときは膨らむ筋肉を持っているはずだ。

しかしママンは、日曜日に子供は月曜日に提出する宿題をするので家にいるように僕に要求する。僕は承知できない。

「宿題はもう済んだし、日曜日は散歩に行くと決まっているじゃないか。それに……」

「それでは、読み直して、間違いを正しなさい！」

僕はどう返事したら良いかわからないので、こう言った。

「ママン、日曜日は悪者たちは皆、外にいるのを知ってる？　彼らはパパ・ロジェのようには休日はないし、教会へも行かない。ママンをつかまえて悪いことをするし、暗いバーのなかに誘い、そして部屋のなかにも連れてって、全く優しくないことをするんだ」

ママンは笑って、誰もママンをつかまえはしないと言った。僕はそれでも承知しなくて、晩に寝る前、ママン・ポリヌが僕の頬にキッスするのを妨げているのは外にいるそいつらだと主張した。ママンは僕が静まらず、ママンに付いて行くだろうと思った。

「ミシェル、よく考えなさい。ほんとうに一緒に来たいの?」

「うん」僕は今にも泣き出しそうな低い声で答えた。

「いいわ、いいわ、それでは一緒に来なさい!」

ママンが口元に笑みを浮かべて《いいわ》と言うとき、僕に何か危険なことが起きるのを知っていてそれを隠しているようで、僕は不安になる。あたかも、こう言いたかったように。「私と一緒にいらっしゃい、でも何が起こるかしらないわよ。おまえには残念だが、しかたがない」でも今日は気にしない。僕は幸せで、何も起こりはしないはず。ママンと一緒に行くので僕はすでに微笑んでいる。おしゃべりしよう。ママンを守ろう。

帽子を頭にきちんと被り直し、きれいなシャツのボタンを首までかけているとき、ママンが僕の後ろに来て肩を支えた。

「きちんと服を着たわね! で、少なくとも誰のところに行くのか知っているわね?」

「知らない」

「おまえのルネおじさんのところよ」

僕は数歩後ろにさがった。

「それでも行きたいの?」

僕は頭でノンと言った。ノン、僕はルネおじさんの家には行きたくない。すでに禿げ頭のレーニンが目に浮かぶ。カール・マルクスの、そしてエンゲルスの髭が、不死身のマリエン・ングアビの頬髭が見える。ルネおじさん、その奥さん、いとこたちがそれぞれのお皿を見つめながら食べるのを僕は想像する。

ノン、僕はルネおじさんの家には行きたくない。

ママン・ポリヌは僕が付いて行かないのがわかって、ひとりで行った。僕は家の前に立ってママンが遠ざかるのを見ていた。ママンの香水が空中に漂った。僕は目をつぶってそのかおりを嗅いだ。そして目を開けたらママンが独立大通りの端を歩いているのが見えた。時どきママンは僕が後ろにいないか振り向いて確認した。僕は数歩歩いて、少し家から離れた。ママンがどの方向に行くか確認したかった。普通、おじさんの家に行くには大通りの端で右に曲がり、そしてまっすぐにサヴォン地区のほうに行く。

ママンは少し先でタクシーに乗った。自動車は動き始めたが、ルネおじさんの家とは反対の左のほうに曲がって、レックス地区のほうに行った。僕はタクシーは道を間違えたのでUターンすると思った。色々なことを考えながら、大通りのまんなかに立ち止まっていて、僕は自動車に轢かれそうになった。

車は僕をよけてクラクションを鳴らした。運転手は止まって、僕をののしり、僕をばかだと言い、僕を路上の悪ガキ、プロレタリアの子供だと言った。

僕がプロレタリアの子供？　それはルネおじさんの言葉のようだった。でも、プロレタリアはおじさんの話のなかではたしか良い人だ。プロレタリアは資本主義者、ブルジョアから搾取される誰かだ。僕はその運転手に言い返した。

「人民の阿片！」

運転手には聞こえなかった。そうでなければ、すぐに車を止めて、僕の顔を殴っていただろう。まだママンと一緒にUターンして来るタクシーはなかったが、僕はそこに張り込み続けた。ママン・ポリヌがほんとうのことを言わなかったことを僕はわかっている。ママンは時どき、真実は明かりであり、明かりはポケットに隠せないと繰り返す。そのせいで太陽はいつでも夜より強い。そうだ、真実が人間にまで届くように神様は太陽を創ったと言ったのはママンだ。だけど、人間は、暗いほうが人をだましやすいので、夜をさがす。僕は夜でも見える目を持っている。僕の目は決して消えない懐中電灯だ。どうしてママン・ポリヌは明かりを隠し、昼間を夜だと思わせたのだろうか。ママンは古いモーターサイクルのやつのところに行ったのだろうか。ゴリラの手をしたその醜いやつの他に誰かがいるのだろうか。

僕はすっかりママンを嫌いになり始めた。カタピラーのように、ブルドーザーのように、国民軍の戦車のように、すべてを潰したくなった。僕は人々の騒音が聞こえなくなり、僕の回りに不死身たちが見える。僕はスーパーマンになって、ママンがいるところに着陸するため、ポワント＝ノワールの空を飛ぶ。スーパーマンには明かりを隠せない。スーパーマンは夜中に太陽を灯せるし、正午ぴったりに太陽を消せる。だから僕はママン・ポリヌを罰するために今、太陽を消しに行く。僕は目を閉じ両手を広げる。でも、何も起こらない。スーパーマンのようには飛べない。僕はまた目を閉じ、僕のママンを盗んだ太陽を消すため大きな赤いボタンを押しているところを想像する。僕は目を開く。太陽は常にそこにある。さらにいっそう輝いている。ともかくとても暑い。

ママン・ポリヌはルネおじさんのところには行かないことを僕は知っている。ルネおじさんがしょっちゅう、ルブク村におばあさんが残した農園と動物の相続の話しでママンをののしりに来るのを僕は知っている。おじさんは、僕が農民遊びをするための、プラスチック製の小さなトラック、スコップと熊手を僕にくれるためだけに家に来ることがある。僕のおじさんは白人の偉い人に僕がおじさんの息子たちのひとりだと説明しており、それは、年末毎にその白人から多くのお金をもらうためだ。子供が多いほど、白人はおもちゃとお金をくれるらしい。この国の父親たちの何人かは、白人たちから多くのプレゼントをもらうために子供を作ると聞いたこともある。そして子供がいない場合は村から甥たちを連れて来て出生証明書をごまかす。白人がそれを見るとき確認しないで直接プレゼントを与え、父親と子供が昼と夜ほども似ていないのになぜかを理解しようとはしない。僕の場合はルネおじさんと同じ名前が付いているのだから簡単だ。それでクリスマスの前に家に来ていつも同じおもちゃと千フランCFAのお札一枚を置いていく。ママン・ポリヌはそのお札を受け取るのを拒否する。ルネおじさんはお札を地面に放り、ママンは自動車が発進するとすぐにそれを回収する。ふたりが口喧嘩するとき、ママン・ポリヌが自分のお兄さんをおどすのが聞こえる。

「私たちのお母さんの遺産をひとり占めするなら、ミシェルがあなたの息子ではなくて甥に過ぎないことを白人のチーフたちに言いに行くわ。あなたは事務所から追い出されるわ！　すこし運があってＣＦＡＯに残れても、トロワ＝サン地区のキオスクみたいな小さな事務室に移るわ！」

僕のおじさんは返事する。

「白人たちが私に何をするというのだ？　ミシェルは私と同じ名前を持っているのだ。私がそれを与えたのだ！　私はおまえに恥をかかせないようにしたのだ、ポリヌ！　クワックワッと鳴き叫んでいないで少なくとも私に感謝すべきだろう。ふたりがいるこの機会に、ミシェルのほんとうの父が彼が生まれるときになぜ逃げたのか、ちょっと私に言ってみろ。どうしてその子はその父の名前でないのだ？　簡単なことだ。父はいないのだ！」

「ミシェルに父はいるわ。それはロジェよ！」

「まさか、ロジェは育ての親に過ぎない！　それに、彼には最初の妻がいる。それはマルチヌだ。ふたりにはふたりのほんとうの子供たちがいる！」

ふたりはこのように長い間口喧嘩をする。そして僕が咳ばらいするのを聞いてやめる。ルネおじさんが自動車を走らせ、窓を降ろして、僕たちを見ないで、千フランＣＦＡ札を投げる。走って行って拾うのは僕だ。

皆で食卓に着き、インゲン豆付き牛肉を食べている。ママン・ポリヌとパパ・ロジェは僕の正面にいる。入口の扉はいつも開いているので、ふたりが座っているところから家で起こることがすべて見えるが、僕が見るには振り向かなくてはならない。ふたりに言われて僕は塩かとうがらしを手渡す。

ママンが言う。「ミシェル、塩!」

パパが言う。「ミシェル、とうがらし!」

ママンが言う。「ミシェル、お父さんにワインを注ぎなさい」

パパが言う。「ミシェル、お母さんのコップが空なのが見えないの? ビールを注ぎなさい」

僕は審判みたいだ。笛と罰札がないだけだ。

少し前からこっそりと狙っている大きな肉片をパパ・ロジェが僕にくれるだろうと期待して、僕は自分のを急いで食べる。すでに僕の皿に置かれて僕が呑み込む瞬間を思っている。インゲン豆から始め、肉に手をつけるだろう。すべての肉をかき落し、それからフォークで骨のなかの髄を探るだろう。ママンはその料理が僕のお気に入りなのを知っているので、最後にはママンを喜ばすためにゲップをしなくてはならないだろう。ゲップをしなければママンは僕が満足しなかったと思い、意地悪そうな目で見て僕がこの家の人民の阿片だと言うだろうが、それは事実ではない。ママンのために僕は、嫌いな料理の後にもゲップをするテクニックを発見した。先ず、レモネードをたくさん飲み、少し息を止め、お腹の下のほうを押す。出たゲップが反響して、ふたりがとてもびっくりして僕を見つめる。ママン・ポリヌはそれが不自然で、無理にゲップをしているとわかって、僕をとがめる。

「ミシェル、またふざけてるわね。いつもはほうれん草付き塩魚は嫌いでしょう！　インゲン豆付き牛肉を食べたときはそんな風にはゲップしないわ！」

パパ・ロジェは時どきパパの大きな肉片を僕にくれる。それで、その日僕は不幸な犬のようにパパのほうをじっと見ていたが、パパは僕をあまり見ていなかった。もしパパが僕の視線を避け続けるなら、パパのお皿のまんなかで輝く大きな肉の塊を僕がほんとうに欲しがっているのがわからないので僕は破滅だ。今日ほど輝く肉の塊はかつて見たことがなかった。たぶん前のときみたいにはそれが簡単に手に入らないだろうと感じていたから、そう思うのだろう。またたぶん、取り損なうかもしれないものは、すでに皿の上にあるもの、あるいは口のなかに入ったものよりきっとより良い物だと思うからだろう。さらにまた、僕はすでに頭のなかでパパの肉の塊を食べているところだったからだろう。

突然、僕の心臓が踵まで落ちたのを感じた。パパは先ずインゲン豆を押しのけ、フォークで問題の塊を取った。ノン、そうはしないで！　自分で食べたりしないで！　それは僕のだ！　それは僕のだ！　僕の頭はパパの手の動きを追い、それがパパの開かれた口のなかにきちんと消えたとき、僕は両目を閉じた。パパは数分の間、話ができなかった。その肉がとても柔らかくておいしくて、もし話し出すときちんと味を感じられなくなってしまうから。

パパが塊を口に入れたとき、僕、ミシェルが手で肉を摑み、僕、ミシェルが噛み、僕、ミシェルがトマトソースの味とマギーアロマのかおりを感じ、大きな塊は、僕の口のなかからまっすぐ入り、小さな胃は始まった仕事に満足して続けるのを想像するために、僕は両目を閉じた。

目を開き、僕が想像したこととは違うことが起こったのを確認した。その肉は僕のお腹のなかには行かず、パパ・ロジェのお腹に行った。失われたことは悲しかったが、それをパパには見せなかった。しかし、パパが僕を見ている様子から、僕がその塊を期待していたことがパパは気づいていたのに、知らない振りをしているのが僕にはわかった。僕はパパのゲップを聞き、歯の間に挟まった肉の残りを爪でどけるのを見た。

悲しさで落ち込まないように、僕は自分に言い聞かせた。パパ・ロジェがその晩、大きな塊を僕のお皿にのせなかったとしても、たいしたことではない。従兄弟のケヴァンやセバスチャンのようなひどい食いしん坊にならないためだ。

僕は食卓を片付けた。ママン・ポリヌは皆が寝る前にお皿を洗うだろう。あるいは、明日、大市場に行く前に洗うかもしれない。とても疲れているときはそうするのだ。

そしてパパ・ロジェは何かとても重要なものを僕たちに見せると知らせた。生まれてから決して見てはいないらしいなにかを。僕はまだ、もらえなった肉の塊のせいで少し怒っていた。さっきの落胆を消すほど、重要な物をパパが見せてくれるとは思っていなかった。

パパはワインのコップを頭の遥か上のほうまで上げた。まるで、サッカーのワールドカップでブラジルが勝利したように。

「このことを祝おう！　皆はわかるだろう、すばらしいことが！」

そしてママンと僕は待った。僕たちはパパと何を祝うのかわからなかった。テーブルの上にはなにもないことを、テーブルの下にも、居間のほかのところにも何も隠してないのを、僕たちは確認した。

僕は世界のなかの多くのすばらしい物を考え、僕が今ではパパのお腹のなかにある肉の塊を忘れさせる物は何かと考えた。パパは給与が上がったと言うだろうか。あるいはヴィクトリー・パラス・ホテルより良い仕事を見つけたのか。あるいはルネおじさんのより大きな事務所を持ったのか。とても美人の秘書を雇い、約束なしで入ろうとする客を妨げるアメリカ人黒人兵みたいに背が高いとてもりっぱな門番たちも雇ったのか、あるいは新しいりっぱな自動車を買ったのか。自動車を買ったのは良いけれど、それが五人乗りの赤い自動車だということを僕は恐れる。パパはそういう自動車を買ってはいけない。僕の妻のカロリヌが僕たちのふたりの子と白い犬と共に幸せになるためにそれを買わなくてはならないのは僕だ。

パパ・ロジェはひとりでワインの瓶を空けてしまうほど浮かれていた。このまま続けたらパパは酔っぱらって、瓶に閉じ込められた透明人間と話すようになるだろう。それで、酔っぱらっているから、すばらしい物を見せられないだろう。だからママン・ポリヌはすぐにパパの前から瓶を取り去ったけれど、その前にパパはコップにいっぱい注ぐ時間があって、それを取って、口元に微笑を浮かべて唇に近づけた。僕たちが待っていて、僕たちがパパみたいには飲めないのをパパは面白がっているようで、すばらしい物が何なのかを言い出したくないみたいだった。

その代わりにパパは、仕事で起こったことを色々話し始めた。女性支配人のマダム・ジネットがパリから戻って来たらしい。ホテルがうまく回っているか監督し、怠け者が居たら叱るか家に帰すかするためのふたりの男と一緒に戻って来るのだと、マダム・ジネットが電話で知らせてきたので、皆はホテルの壁のペンキを塗り直し、裏庭の手入れをし直した。

パパはしゃっくりをし始めたが、話すことはできた。

「それらふたりの男は……ヒック……つまらないばか者を捜すために来たのだ。それは当然だ。ひとりは……ヒック……いたるところを調べた。便器の後ろまでも。その間もうひとりは虫眼鏡で伝票を調べ……ヒック……そしてついに、レジには一フランCFAさえ足りなくはないことがわかった……ヒック……」

ママン・ポリヌはもう我慢できなかった。

「とても重大ですばらしい物を私たちに見せると言ったわね！　それは何？」

それでパパはコップを空にし、いすを引き、立って部屋に行った。パパは普通の人のようにはきちんとまっすぐに歩けなかった。僕たちは見つめあって、パパがそこに何しに行ったのだろうか考えた。

ママン・ポリヌが僕にささやいた。

「お父さんは一、二杯飲み過ぎたと思うわ」

パパ・ロジェは黒いアタッシェケースを持って居間に戻り、テーブルの上に置いた。

「それはこのなかだ。このアタッシェケースのなか、ヒック……ヒック！」

ママンはまた文句を言った。

「すぐ開ければいいのに何をじらしてるの？」

パパ・ロジェはボタンを押し、アタッシェケースが開いた。ママン・ポリヌと僕は、同時にアタッシェケースのなかにあるものを見ようとしたので、頭をぶつけるところだった。小さな黒い箱があるだけだった。僕たちがそれは何に使うのか知りたがっているのをパパ・ロジェはわかり、それはラジオカセットだ、ヨーロッパで発売されたばかりの新機種だ、この国で持っている人は、資本主義者でも多くないのだと言った。それはラジオを聞くこともできた。その器械を見たのは僕は初めてだった。ママン・ポリヌは、それは爆弾で爆発して三人を殺してしまうのではないかと心配して見つめていた。

パパ・ロジェは、それは多くのことが録音でき、そのためには《プレイ》のボタンと、もうひとつ《録音》と書いてある赤いボタンを同時に押しさえすればいいと説明した。しかし、新しいカセットがなく録音できないので、すでに録音したカセットを聞かせたがった。

ママン・ポリヌは席をたちたがった。

「お金があまりないというのに、あなたはこんな物を買いたかったのね！」

「ヒック……聞いてくれ、ポリヌ……」

「それはいくらするの？」

パパ・ロジェはあたかもその質問を待っていたかのように微笑んだ。パパは少し時間を置いてから、それはプレゼントだ、すでに数日前から持っていて、ヴィクトリー・パラス・ホテルに隠しておいたと言った。ママン・マルチヌのところに持って行かなかったのは、子供が多くて、パパがいないあいだに壊してしまう危険があるからだ。そしてどのようにして、それを白人から受け取ったかを話した。白人のモントワールさんは、ホテルでのバカンスの間、いつでも親切だったパパに感謝した。パパは突然しゃっくりしなくなるほど、その白人のことを話して満足した。

「モントワールさんはホテルの常連客だ。その白人がフランスから到着するときはこの私が接待する。手紙を出すのも、街のなかのバーの住所を教えるのも私だ」

とても低い声で付け加えた。

「この街で良い時間を過ごせるのは私のおかげだ。きれいでとても若いカモシカを部屋に連れて来るのも私だ」

僕は考える。もしルネおじさんがその日に来ていたら、大いに困った事態になっただろう。僕たちが少しずつ資本主義者になりつつあり、やがてテレビ、湯沸かし器とクーラーを持つだろうとおじさんが思うから。ルネおじさん自身、テレビ、湯沸かし器とクーラーを持っているが、新型ラジオカセットは持っていないので、少し嫉妬するだろうか。でもルネおじさんは気にしないだろう。いつだってそれを買えるのだから。

パパが再開した。

「良く聞きなさい。今では私たちはラジオカセットを持っていることを地区内で話さないように。とてもつつましくしていなくてはいけない。」

この秘密をルネスに話そうか。僕は話そうと思う。ルネスには何も隠さないし、多くのことをルネスから学んでいる。だからなぜ話さないでいられようか。

パパはまたアタッシェケースのなかを探り、カセットを取り出した。ラジオカセットのボタンを押し、小さな窓が開いた。パパはカセットを入れ、閉めて《プレイ》のボタンを押した。ママンと僕は、器械の内部でどんなふうに動くのかを見ようとして、また頭をぶつけそうになった。カセットのなかでテープが回り、その茶色いテープの動きを目で追った。何も聞こえず、テープは回り続けた。

突然、太い声が出て、僕たちは後ずさりした。パパ・ロジェは、冷静を保っていた。誰かが歌い始めた。パパはボリュームを少し上げた。僕はママンを見た。少しも動かなかった。口は半ば開かれ、両腕を交差させてテーブルの上に置き、まるでサン＝ジャン＝ボスコ教会の彫像のようだった。

言葉が反復し始め、僕は少しずつ両肩を動かしたが、ふつうは僕たちの地区で踊るのはこのような音楽でではない。

私の樹の近くで
私は幸せに過ごした
私は決して
樹から離れるべきではなかった
私の樹の近くで
私は幸せに過ごした
私は決して
目を離すべきではなかった

ママン・ポリヌは段々と大きく体を揺すったが、僕のように踊るためではなく、むしろいらいらしているようで、何も言わずに歌のリズムに合わせて頭を動かしていたパパを見ていた。僕は思った。肩ではなく、頭を動かさなくてはいけないのだ。それで、肩のダンスをやめてパパのように頭を動かした。そしてさらに、パパ・ロジェがこの家のなかに、僕たちのために持って来て、この地区のバーでは聞くことがないこの音楽に満足する誰かがいることを知らせなくてはならないのだ。僕は指でテーブルを叩いた。

ムッシューは歌い続けた。その太い声は、おそらく道まで響いていた。目を離したのを後悔した樹の話ばかりしていた。僕は考える。樹のためにそんなに泣くのはなぜだろうか。僕たちの森に樹はどっさりあって、皆はいつでも切り倒し、食事を準備するための薪を作る。決して泣くことはない。僕たちの家の庭には三本のマンゴの樹だってある！　僕、ミシェルは、三本のマンゴの樹を見ることができなくなる日、ラジオカセットのなかで歌うムッシューのように泣くだろうか。きっとその歌手は、いつも寂しい誰かだ。樹に泣くのは何か一生の大変なことが起こったからだ。僕たちのところでは、土地を離れるときに泣くのは、残る人たちとの別れが悲しいからだ。この歌手はたぶん、樹が一本だけ生えているところに住んでいるのだ。そして彼が持っている一本の樹から遠く離れ、朝から晩まで泣くしかないのだ。ともあれ、その声は、婦人たちと子供たちを泣かす僕たちの埋葬で歌う人たちの声に似ている。その埋葬のときの歌手の声はとても悲しく、死人が家族のメンバーのひとりでなくとも、道で立ち止まって一緒に泣きたくなるほどに情熱的だ。道で泣いたとき、死人の家族がそれを見て悲しくなって、さらにまた激しく泣くほどに。

歌手が彼の樹に嘆いている間、僕はそのカセットが入っていた箱を手に取った。引っくりかえしたら、歌手の写真があった。髪がふさふさした、目が輝いた白人だった。口髭があって悲しい視線だが、彼の顔はとても優しい。僕は思った。《彼は決して誰にも悪いことをしていない。人々は彼を困らすが、彼は彼の樹のために歌うだけだ。すべての優しい人たちのようにその歌手はたくさんのまっ白な白血球を持っている。その白血球はコルゲートで磨いたばかりの歯よりも白い。彼は天国に行くだろう。愚かなことをしない子供たちに彼の白血球を残して》それで僕は彼が樹のことを話すのを聞いていなくてはならない。たぶん彼はこっそりと樹以外のことを話すだろうから。パパ・ロジェのように頭を揺らし続けなくてはならない。そしてあたかも僕は歌詞を知っているみたいに歌う真似をする。

その歌手の唇の間にあるものに僕は気づいた。パイプ。僕たちが結婚したときにカロリヌが吸うようにと言ったパイプのにせものではなかった。ほんとうのパイプで、棒切れではなかった。

しかし、むしろその口髭に注目した。パパ・ロジェはほとんど毎日剃っていてのばしていない。カセットに書かれたジョルジュ・ブラッサンスが彼の本当の名前であるとしても、それ以降僕は《口髭の歌手》と呼び、そして僕が大きくなったとき、その歌手のような口髭を持ちたいと思った。

ルネスの家のマンゴの樹の下に僕たちは座っている。僕の家にはマンゴとパパイヤとオレンジの樹があるのに、ルネスの家にはこの樹ひとつしかない。しかし、ムトムボ家のマンゴの樹は僕の家のより多くの枝と葉が付いている。僕がルネスに会いに来るときはいつでも、家の入口近くのこの樹の下に座る。マンゴを摘み取るとムトムボさんが怒るので、僕たちは落ちたマンゴを拾う。ムトムボさんが言うには、風が吹いて落ちるのを待たなくてはいけない。神様がそれを決めるのだから。それで、誰もこのマンゴの樹のひとつの実さえ摘み取った人はいない。皆はいつも神様が与えてくれるのを待つ。

ルネスは僕より年上だ。ルネスは筋肉質で、僕は痩せている。僕は成長が早いので、もうすぐ同じ背丈になるよう願っているが、それにはルネスのほうが成長を止めなくてはならない。三、四日会わないとルネスは、僕がいるかどうか僕の家に確認に来る。ときにはママン・マルチヌの家まで僕を捜しに来て、僕が出て来るように道から三度口笛を吹く。僕がルネスを訪ねるときも同じようにする。先ず、ルネスの家の前に行って三度口笛を吹く。そこにいなければムトムボさんの仕立て屋のアトリエまでいく。時どき、街の中心で買った布を整理したり、アイロンに炭を入れたりしてルネスがお父さんを手伝っているのを見ることがある。

今日、僕たちがマンゴの樹の下に座っているのは、僕たちがしばらく前から会っていなかったからだ。ラジオが告げたように《長い病気の末に》亡くなったムンジカさんのお通夜にママンが行っていた間、僕はママン・マルチヌの家に二日泊まりに行っていたからだ。ママン・ポリヌはムンジカさんの奥さんの友達なので、その不幸のなかにひとりにしておくことができなかった。ママンは出かける前に言った。

「その間、ママン・マルチヌの家に行きなさい。お通夜が終わったら迎えに行くから。ママンがいつも言うようにおとなしくして。なにやかやと悪いことをすると承知しないわよ」

お通夜は少なくとも二、三日続く。もし死人が家族にとても不満で棺桶のなかでむくれると、一、二週間続くこともある。死体がきちんと清められていなかったり、包んだ布が大市場のセネガル人が売っているのより安かったり、参列者が激しく泣いていなかったりするのを死人の幽霊が確認すると、幽霊は夜に皆を邪魔し始める。その場合、グリグリで呪いをする魔術師たちと一緒に伝統を受け継ぐ長老たちが太鼓叩きたちを連れて来るのを待つ。そして魔術師たちは死人がきちんと天国に行き、夜中に人々を脅えさせに戻って来ないようにおまじないをする。それでもわがままでうんざりさせられる死人もいて、皆が墓地に運ぶ日、霊柩車のタイヤを動けなくしたり、地区に雷を落としたり、雨を降らせたりする。

ママン・ポリヌはそのお通夜に行って二日後に戻って来た。その幽霊はお通夜に満足して死体と一緒に去り、生きている人たちを安心させたのだろうから、そんなにわがままでも意地悪でもなかったのかもしれないと僕は思った。


マンゴが上から落ちて来ると、僕とルネスはすぐに食べる。ルネスは年上なので先にかじる。ルネスは二度かじり、僕は一度しかかじらない。ルネスの胃は僕のより長いので当然だ。

時どき静かにじっとして目を閉じ、蝶々たちが僕たちの頭の上を飛ぶのを聞く。たまに通り過ぎる飛行機を眺め、どの国に着陸するか言い当てる。ふたりの約束で、国の名前を言う者はその首都の名も言わなくてはならない。このようにして僕は、ベルギーの首都がブリュッセルで、イギリスがロンドンで、ドイツがベルリンであることを知った。しかし、トロワ＝グロリユーズ中学校で世界史を習っているルネスが僕に説明したように、ドイツの場合は少し複雑で、人々は皆ドイツ人なのに大きな壁でふたつに分けられている。一方が資本主義者で他方は共産主義者だ。僕たちと同じ共産主義国ではないドイツの首都がボンであることを僕に教えてくれたのはルネスだ。僕はルネスがマンゴをかじっている間、僕はアトリエのなかのムトムボさんがお客に向って話しているのを見ていた。

「私の息子はルネスといいますが、それは私が友達のアルジェリア人に約束したからです」

そしてアルジェリアの、クバと呼ばれるアルジェの街のなかの一区に一年半住んだことを説明した。当時、ポワント＝ノワールで最も金持ちだったアラブ人のように、商人になりたかったと。僕はムトムボさんが身振り手振りで説明するのを聞いた。

「アルジェリアに行ったのは、私もビジネスマンになれると思ったからです。アルジェリアの商人みたいに金持ちになれると思ったからです。ひょっとすると、ある日、彼らは私たちにマニヨクいもを売るようになるかも知れません。世界の始まりからマニヨクいもを作っているのは私たちだというのに」

もしムトムボさんのアトリエに入るなら、アルジェリアの話を少なくとも一〇回は聞かされるだろう。けっして、「去年すでに聞きました」と言ってはならない。そうでないとすぐに注文の仕事をやめてしまい、少なくとも二週間はシャツやパンタロンができてこない。従って最初から終わりまで聞かなくてはならず、クバと言う区で最初は靴屋のことを学んだがあきらめ、最後は仕立て屋を選んだことを、そしてムトムボさんの弟のような男、アルジェリア人のアレズキさんと知り合ったのもそこだったと付け加える。

そして僕はルネスと並んで、彼のお父さんが友人のアレズキさんについて話すのを聞いていた。

「そのように知り合えたのは運命だったとでも言いましょうか！　ある朝、アレズキは私がバスから降りるのを彼の家の窓から見ていました。彼は家族と共に長い間セネガルに滞在したことがあり、彼が黒人と出会うのは、彼にとって、そのことについて話せるチャンスだったのです。彼は遠くから私に挨拶し、私ははたしてコンゴで会ったのか、あるいは人違いされているのではないかと思いました。そしてある日、私をお茶を飲みに彼の家に招待して言いました。『いいえ、私たちは知り合いではありません。でも私の家はあなたの家でもあります。我が兄弟』」

ムトムボさんは、アルジェリアには僕たちのような黒人がたくさんいて、それらの黒人も同じくアルジェリア人だと説明するだろう。そして低い声で付け加えるだろう。僕たちと同じ色のそれらの人々は、バスは皆のための物なのに、南アフリカと同様にバスのなかで白人と黒人が隣同士に座るのを禁止されていて、本当に苦しんでいると。「蚤がいる動物と一緒にバスに乗る人もいるのに、どうして黒人たちは一緒に旅行できないのだ‼」たとえムトムボさんが突然怒っても、聞いている人に対してだと思ってはいけない。

「アラブの国に住む黒人の苦悩を、人々はあまりにも話さない！　向こうでは明るい色の皮膚のアラブ人が黒い皮膚のアラブ人と結婚するのは稀だ。人種差別主義と奴隷制度は白人と黒人の間だけだと考えてはならない。アラブ人もまた黒人奴隷を持っていて、かつて白人が私たちを鞭打ったように、彼らもきちんと鞭打つ。明るい皮膚の者たちが彼らの黒人をどのように扱うかを見て、まだ奴隷制度の時代にいるのではないかと思いました。しかし私のアルジェリア人の兄弟アレズキは、彼の家にお茶を飲みに来る黒人を、彼の召使いだと隣人たちが想像するのを認めませんでした。そうです、クバでは皆はまるで私が彼のボーイであるかのように振舞いました。アレズキの奥さんはサリハという名で、ふたりの息子がいました。ヨーロッパで勉強した兄のヤシン、そしてとても明るい色の目をした弟のルネス。ふたりの息子の間に娘のサラがいました。ときに私はふたりの子供とアルジェの街を散歩しましたが、人々は振り返り、私の子供だろうかと疑問に思ったようでした。そうです、なぜ私と同じように黒くないのかと。そして私のことはアルジェの金持ちの資本主義者の家族の子供たちを守っている召使いに過ぎないと考えたのです。そんなことは当たり前じゃないでしょう‼」

一瞬怒った後、服を縫いながら、静かな声に戻って話し続けた。

「私は靴屋をあきらめて、カスバと呼ばれるアルジェの古い区のアトリエで縫製を習いました。私たちのところでは多くは裸足で学校に行くのに服は毎年替えるので、縫製を学ぶほうが割に合うんです。したがって私の仕事はうまくいっています。家の土地も買ったし、大きな家も建てたし、私が四苦八苦しているのを誰も見たことはないでしょう。私は何とカスバが好きだったことでしょう！　その地区では家々はすれすれに重なり合って海に面していました。まるで古代に住んでいるようでした。皆がジグザクの小道に現れては消えました。階段があちらこちらにあって、上がったり降りたりするのでした。場所に慣れていなければ迷ってしまいます。アルジェリア戦争のとき、フランス人はカスバのなかには入りたくありませんでした。階段がどこに続くか、こちらあるいはあちらに行くためにはどの小道を通らなくてはならないか、迷子になって、すべてを子供のころから知っているアルジェリア人に攻撃されるからです。アルジェリアを離れる前に私はアレズキと奥さんに約束しました。『神様が私に男の子を授けてくれるなら、私もルネスと名付けます』と。そのようにしてものごとが祖先とうまくいくようにするのです。親しかった人の名前を自分の子供に付けることもあります、家族の名前とは限りません」

アトリエに、アルジェリアの家族のまんなかにムトムボさんがいる大きな白黒の写真がある。アレズキさんと奥さんがムトムボさんを囲んでいる。子供たちは前にしゃがんでいる。アレズキさんのようにまっ黒な髪で目が垂れているのがルネスというアルジェリアの少年だ。ムトムボさんは、写真上のアルジェリアのルネス少年の目が垂れているのは、お父さんの友達が永久にコンゴに戻ってしまうことをすでに知っているので涙を隠しているのだと、誇って説明した。

風が強くなって、多すぎるほどのマンゴの実が落ちた。すべては食べられない。ルネスは集めていくつかを僕にくれ、その他を両親とカロリヌのために取っておいた。

僕はたぶん雨が降るだろうと思った。雨になると、河が地区に流れ込んだみたいになる。しかし、空がまだ明るいので、雨になるのはもう少し後だろう。

ルネスは下のほうに毛が生えたと知らせた。

「下って、どこ?」

「半ズボンのなかだよ。そのなか」

僕が信じなかったのでルネスは半ズボンのファスナーを降ろしてそれを見せた。短い黒い毛が光っていて、赤ちゃんの毛のようだった。ルネスは僕もそうなると言った。娘たちがちゃんと尊敬するために下の毛がなくてはならない。そうでなければ彼女にとって僕は子供で、僕は彼女らを叱ることが出来ない。毛が、男になったことを示すのであって、雄ヤギが持っているあご髭とは違うと言った。

「僕は下に毛は欲しくない！」 ルネスに言った。

「欲しくなくたってそうなるよ」

「僕は今の僕みたいでいたい」

ルネスは話題を変え、カロリヌに会わなかったかと訊いた。つまり、ルネスの妹と僕がなにかうまくいっていないのをわかっていたのだ。僕はそれは隠せない。

「カロリヌのことは話さないで！」

「どうしたの？　君を怒らせたのか？」

「僕のママンの髪を結ってるのはカロリヌなのを知ってる？　そのせいでママン・ポリヌは僕を置いて外出したんだ」

「それだけ？」

「どうしてそれだけって訊くの？　君のお母さんが外出するのを君は承知するの？　カロリヌがママンの髪を結わなければ、この日曜日に僕を置いて外出しなかったんだ！」

誰かが後ろに来たのがわかった。マダム・ムトムボが外に出るところだった。おそらく僕たちの話を聞いただろう。

「こそこそ何を話しているの？」

「何も。おしゃべりしてるだけさ」　ルネスが答えた。

マダム・ムトムボがゆっくりと僕たちの前を通った。頭の上にピーナッツの袋があったので、大市場に行くのだろうと僕は思った。遠ざかるのを見て、僕はルネスの耳に口を近づけた。

「僕の秘密を話すから、カロリヌにも言ってはだめだよ……」

「僕たちの伯母さんのところに朝から髪を結いに行ってて、ここにはいないよ」

「そう、でも帰って来たときにも言ってはだめだよ。そうでないと僕は永久におしまいだ！」

「言わないよ」

「では……、君は信じないだろうけど、僕たちは、家で、資本主義者になった……」

「なんだって？　ほんとうの資本主義者かい？」

「そう、この街で誰も持っていない、ラジオで同時に録音機の新品の器械があるんだ。ラジオカセットというんだ」

髭の歌手のことも話した。

「名前はジョルジュ・ブラッサンス。口髭のある優しいムッシューで、好きだけど、目を離してしまった樹のことばかり話している。朝から晩までその樹のことを歌っている！　僕はその歌手が哀れで、何かをしてあげなくてはいけないと思う。君は男がそれほど悲しくて樹に泣くのは普通だと思う？」

「白人かい?」

「樹に泣いたりするのは白人でなくて、誰なんだ?」

帰る前に、いつかそのうち家に来るとき、口髭の歌手が歌うのを聴こうとルネスと約束した。ママンとパパがいないときでなくてはだめだが。

リーダーであることは良いことだ。しかし僕が《リーダー》と言うとき、僕はおじさんのことを考えてはいない。おじさんは小さなリーダーで、首相兼防衛大臣兼コンゴ労働党の党首である共和国大統領とは違う。大統領はそれらの部署を自分で取り仕切っているので、とても欲張りだと皆が考えるのはほんとうだ。そして皆はこうも言う。共和国大統領、首相、防衛大臣、それにコンゴ労働党の党首の会合があるときは、共和国大統領は、大臣たちが自分と話すためにひとりで部屋にいて、先ず共和国大統領として、次に首相として、次に防衛大臣として、そしてコンゴ労働党の党首として話す。だからこれらの会議は大臣たちとの全体会議よりも長くなる、と。

彼がそれらの部署をすべて取り仕切っているのは自分を守るためだということを、皆はすぐに忘れてしまい過ぎる。僕は知っている。彼白身でない首相を承知すると、その首相も共和国大統領になりたくて、防衛大臣と一緒にク・デタをやるから。僕たちの大統領でもある防衛大臣はとても勇敢な軍人で、不死身のマリエン・ングアビを殺すための陰謀をやって、それに成功している。誰でも不死身を殺せるわけではないから、軍人たちはそのことに敬意を払っていることを、彼は良く知っている。

　パパ・ロジェは軍人たちが嫌いで、軍人たちはいつでも飢えていると考えている。最後に彼らが物を食べたのは一世紀と一〇日前らしい。ザイールの軍隊の人たちは、コンゴの石油と、大西洋と、そこに住んでいる大きな魚を奪うために、朝の五時に僕たちを攻撃するのを想定して、戦争に備え準備をしているが、コンゴの軍人たちは違う。僕たちの軍人は痩せ過ぎている。世界大戦は突然来ることを知っていても、そのときになったら、「待ってくれ、闘いにいく前におしっこしてくるから」と言う時間がないことを知っていても、飢えて痩せ過ぎているので、常に鍛えているアメリカ人やロシア人の軍人のようには肉体訓練をしていない。

　パパ・ロジェはまた、コンゴの軍人たちはスポーツをしているだけだとも考えている。明日戦争になるわけではないし、いずれにしろ、小さな国が勝てる戦争などないと軍人たちが言っているから。従って、コンゴの軍人は意味なく徽章を持っている人たちだ。彼らはほんとうの戦争で闘ったことはない。そして、新しい軍服、階級、外国から来たビールのケース、さらに、多くの給与を約束されると、禁止されているのに、不死身を殺すためにどんな悪党とでも一緒になってク・デタをやることを承諾する。

　大統領はすべて理解し、従って、自分自身が首相で、防衛大臣で、それにコンゴ労働党の党首であることに決めたのだ。ルネおじさんが繰り返し言うように、共和国大統領になるには、魔法使いではなく、コンゴ労働党の党首に先ずならなくてはならない。コンゴ労働党の党首が大統領を選ぶからだ。誰が大統領になるか人民たちが選ぶよう決められたヨーロッパの選挙みたいに、時間を失いたくないからだ。選挙はまじめな方法だろうか。大統領を選ぶのを人民に聞きにいくなんて！　もし人民が間違えたらいったい何が起こるのだ。国が壊れる恐れがある。だけど、コンゴ労働党は決して間違えない。だから、コンゴ労働党が僕たちに代わって大統領を選ぶのは当然だ。そして大統領は演説で僕たちに言い聞かせた。白人たちは選挙が好きで、僕たちにもそうするように要求しているが、それは革命を遅らせるから良くない。僕たちの国は遅れ過ぎていて、皆、急いでいる。ヨーロッパに追いつかなくてはならず、毎日毎日、共和国大統領を誰にするか人々に聞いて過ごしていたのではヨーロッパに追いつけない。皆が皆の都合で投票することは出来ない。投票日に何人かは、歯が痛くて歯医者に行っているだろう。他にも、プランテーションに仕事に行くだろうし、マラリアか睡眠病で死ぬだろう。そして老人に投票に行けというのは親切なことではない。疲れているし、休まなくてはならないから。

僕はルネスに賛成しない。ルネスは、僕たちの大統領は軍人だから独裁者だと言っている。世界で多くの国の独裁者に軍人でないのもいるのは確かだ。だから僕は大統領が軍人なのは気にしないが、大統領が神様から遣わされたと言う話にはいらいらする。なぜなら、神様が誰かを大統領にするために送るとするなら、息子のイエスを送るだろう。イエスはすでに地上の人間たちを救っているのだから。いずれにしろ、それは日曜日にサン＝ジャン＝ボスコ教会で司祭が言ったことだ。

　大統領が、神から遣わされたと説明されたとき、先ずそれがほんとうか、ほんとうでないかを確認しないで皆は信じた。僕たちは、大市場の飼いならされた羊たちのように素直に大統領の演説を学校で学ぶ。大統領の言うことは僕たちの幸福のためで、それは神様が直接に話しているのと同じだと。革命の敵が僕たちの軍隊の戦車を盗み、国の北側を爆撃する準備をし、南に降りて小さな村を、動物たちと可哀想な農民たちを含めて爆撃したが、それらの敵たちをどのようにしてひとりで虐殺したかの大統領の栄光の物語を教わる。まずその戦車を早く見つけなくてはならなかったそうだ。それは独立後にフランスが残した唯一の戦車だった。フランス人は僕たちが好きで、僕たちもフランス人が好きだ。今日でもフランス人はポワント＝ノワールの沖合油田の面倒を見続けてくれている。そうでないと、僕たちはそれを無駄に消費したり、たくさんの大きな自動車を動かすために必要だと言っているアメリカ人に売ってしまうだろうから。

　また、無敵に生まれた僕たちの大統領は、一兵士に過ぎなかったころに戦争に行ったが、革命の敵と対する闘いの後で大統領になることが右の手相に現れていたのを知らなかったらしい。闘うために古いヴェスパ〔イタリア製のスクーター〕に乗って国の北まで行き、軍人なのか、あるいは風で動いた草なのかわからないくらいうまく偽装して、腹這いに進み、泳ぎ、樹に登った。そして、河の辺りで数百人の革命の敵に偶然出会った。どうやって僕たちを二四時間以内に排除したら良いかを議論するために集まっていた。将来の大統領は戦闘の叫びを上げ、目をつむって機関掃射し始めた。ラッキー・ルークより速く撃った。そして祖先の亡霊が混乱に陥らせ、弾がなくなった。将来の大統領はトウモロコシ畑に隠れ、そこで一本の歯もないベムベ族の老人に出会い、武器にトウモロコシの種子を詰めるように言われた。そのつくり話を信じなかったが、敵が大勢で後ろまで来ていたので選択の余地はなかった。それでともかくトウモロコシの種子を詰めた。引き金を引いたとき、種子が破裂し、世界大戦の手榴弾のようだった。そして革命の敵がひとりずつ崩れ落ち、ねずみのように死ぬまで、引き金を引いて、引いて、引き続けた。将来の大統領はついに、敵が隠したフランスのりっぱな戦車を見つけた。使われていなかった戦車は、まだ動いた。将来の大統領は戦車とともに戻った。自分で運転し、戦車で革命競技場に入ったとき、人民たちは拍手し、花束を贈った。

その戦車のおかげでその後は国家の英雄とされ、共和国大統領になるとすぐに、とても厚い本を書き、それが中学校で高校で、大学で読まれている。僕たちは、理解するにはまだ幼な過ぎるので最初のほうを読むだけだが、中学校に行けば最初から終わりまで読む。

土曜日、道を通る人々はいい服を着ていて、まるで独立祭のようだ。このように着飾るために土曜日を待っている人たちがいる。背広の上下と新しいパーニュを身にまとった人をいっぱい見れば、今日が何曜日か考える必要はない。土曜日だ。これらの人々は皆同じで、土曜日は朝から午後の日暮れまできれいな服を見せて歩き、そして夕方、独立大通りのバーに入って盛り上がる。夜中じゅう踊り、日曜日から月曜日のお昼まで寝て、仕事を忘れてしまう人もいる。サン＝ジャン＝ボスコ教会の司祭は教会に人がいないと文句を言っている。一八時から朝の六時までお祭りをして、どんな魔法で家まで帰れたのかもわからないのに、どうしてその人たちに日曜の朝に起きて教会に行く気力があるだろうか。

外はそんなに暑くない。空を見たら静かで青い。飛行機が通るのを見て、まだ僕はカロリヌのことを怒っているのに、彼女のことを思った。僕の妻を思うときは五人乗りの赤い自動車を思わなくてはならない。そして僕たちのふたりの子供、娘と息子を、そして僕たちのまっ白な犬を忘れてはならない。

僕がカロリヌと一緒の生活を想像していたとき、誰かが僕の右の肩を触った。振り向いたらルネスだった。

笑って、僕がびっくりしたかどうか訊いた。

「びっくりなんかしないよ」と答えた。

ルネスはこっそり隠れて来るのが好きだ。ルネスは氷菓子を持って来た。ふたつはルネスの分で、僕にはひとつ。家に入るとき、僕のをくれた。パパは今日はママン・マルチヌのところで寝ていたし、ママンはマダム・ムトムボと大市場にピーナッツを売りにいっているので、僕は心配しなかった。

ルネスは、僕が両親と一緒に食べるときに座るところに座った。僕はパパの場所に座った。扉は開いたままにして、僕がいるところから外で起こることを監視する。

ルネスは、ママンが最近たんすの上に置いた写真を見ている。数日前、パパとママンと一緒に、りんご、ぶどうその他、ヨーロッパから来た果物をたくさん売っているプランタニア商店に靴を買いに行った日に、皆で撮った写真だ。買い物の帰りに独立大通りのバーでひと休みしていたとき、写真屋が写真機を持って入って来て、写真を撮らないかと両親に声をかけてきた。

「なんという光景でしょう！　あなたたち三人ともすてきです。写真はきっとすばらしいものになりますよ。もし良くなかったら支払わなくて結構です」

ママンは、お金の無駄遣いをしたくないのでいらないと言った。でもパパは写真屋の口先だけの巧みな話に耳を傾けた。この写真機で六人の子供を養っており、ひと月前からひとりの客もいないと。写真屋は向こう脛の大きな傷を見せた。

「これが見えますか。私はアルコールとマーキュロクロムを買うお金もありません。さらに、ふたりの従兄弟とふたりの伯父が田舎から着き、私が彼らを食べさせなくてはならないのです。まだ他の問題があります。借りている家の大家が……」

「わかりました。早く写真を撮りなさい!」パパが言った。

ママンは、鷹揚な態度で返事をするパパを睨んだ。

「私が写真代を支払う。ミシェル、お母さんと私の間に来なさい」

僕は、今たんすの上にある写真を数分眺め、両親の間にいてとても幸せな気分だったのを思い出す。この写真で僕が口を開けているのは写真屋のせいだ。写真屋は、写真機から出て来る小さな鳥に向って笑うようにと言った。僕はその鳥がどんなふうだかを見るまでは笑いたくなかった。どんな色をしているのか、どこから出て来るのか、飛んで行くのか、写真機のなかに隠れられないほんとうの鳥のように歌うのか。口を開いてその鳥を待っていたが、出て来たのは光で、僕は驚いた。それだけではない。僕はシャツのボタンを閉める時間がなかった。僕がまだ小さいのでブレック・ル・ロックのような筋肉がないので全く平らな胸が見えている。ママンは頭にパーニュのスカーフをして、近くにビールのコップがある。パパは僕のほうに少し傾き、僕たちを追い出し闘いで勝利する危険がある革命の敵たちから僕を保護しているかのようだ。ママン・ポリヌはそこでは三人のうち一番背が高い。ビールのコップがひとつ僕の前にあるがそれは飲むためではなく、写真を撮るためだ。地域の人たちはただ写真を撮るためにバーに入ったと思うだろうから、僕の前にもビールのコップを置かなければにならないとママンが提案した。それでビールのコップが僕の前にある。そして僕が飲む振りをしているだけだと皆が言わないように、ママン・ポリヌが少しそのコップから飲んだ。だから写真を良く見れば、僕のコップはきちんといっぱいになっていない。皆はその日、僕ミシェルはビールを飲んだと思うだろうが、それは誤りだ。

ルネスが僕たちの写真を見続けている間、僕は両親の部屋に行ってパパのアタッシェケースを取って、居間に戻った。

パパ・ロジェのようにしなくてはならない。ゆっくりアタッシェケースを開き、ラジオカセットを取り出す。ボタンを押し、小さな窓が開く。今あるただひとつのカセットを取り、小さな窓のなかに入れ、同じくゆっくりと閉じる。そして《プレイ》を押すと、口髭の歌手が歌い出す。しばらくそのジョルジュ・ブラッサンスの歌を聴き、カセットの上の彼の写真を眺める。この動作は、いつも同じだ。ルネスは少し黙って、終ったらすぐに歌を最初に戻すように僕に要求した。左に向いた矢印が付いたボタンがあった。その下に《ＲＷＤ》と書いてあって、歌の最初に戻すにはそれを押す。僕はパパ・ロジェが以前にそうしたのを見ていた。僕が算数が嫌いだとしても、きちんと数えられていれば、少なくとも六回、歌を再開させるためにボタンを押した。

僕たちはだまって、耳を近づけた。歌詞を理解しようとしたが、いくつかの難しい言葉の意味をルネスに訊かなくてはならなかった。ルネスは中学二年生なので僕より良く言葉を知っている。例えば、歌のいちばん最初の部分が良くわからなかった。口髭の歌手が言った。

私は私の樫の樹を捨てた
げす野郎のように
我が友人、樫の樹
私の分身（alter ego）

《げす野郎》って何だろうか。僕はわからなかった。ルネスもわからなかった。僕たちは考えるのをやめた。

それでは、《分身》って何だ？　たぶん《分身》はこの歌で一番重要な言葉なので、僕たちは考え続けた。

「《分身》はフランス語じゃないと思う」ルネスが言った。

「フランス語でないとしたら、どの言葉なの？」

「僕の考えでは、ヨーロッパの一部族の田舎言葉だ」

「部族?」

「そう、今でもほんとうのフランス語を話すヨーロッパのとても小さな部族。そこでフランス語は生まれたのだ」

ルネスはそう言ったが、僕は確かではないと感じた。考えてもわからなかったが考え続け、ルネスは《分身》はバー「ル・ルラックス」の店主のルバキさんみたいなとてもエゴイストな誰かだと僕に話した。普通他のバーでは月末払いなのに、彼の店では飲んだその日に払うようにお客に請求する。

「そうだ、ルバキさんが《分身》だ」

それはおかしい。口髭の歌手は彼の樹が《分身》だと言っているのだから、彼の樹はエゴイストということになる。どうしてエゴイストに泣くのか。ルバキさんがバーの前で人をののしりたいのにできなくて悔やむのか、とルネスに言った。

ルネスは中学校の先生に訊いてみると約束した。僕が先生に訊いて、運悪くもし先生が《げす野郎》と《分身》を知らない場合、僕は困ったことになる。先生は生徒の前で恥をかくことになって、僕がばかにしようとしたと考えて、モーターサイクルのケーブルで僕を叩くだろうから。ところが、トロワ゠グロリユーズ中学校ではもう生徒を叩かない。すでに生徒は大きくなっているし、何人かは先生と同じ背丈で、ときには頭ふたつ背が高い。だからルネスは先生に臆病になることは何もない。

どうしてかわからないけれど僕は、ルバキさんのバーの店員を《げす野郎》とののしって、ルバキさんに《分身》とあだ名を付けたくなった。《げす野郎》は悪くて、《分身》は優しいと僕に言う小さな声があった。《げす野郎》よりは《分身》でいるほうが良いと。それは確かだ。口髭の歌手は彼が《分身》と呼ぶ彼の樹に何か良いことを望んでいて、そのために朝から晩まで泣いているのだから。

夕方パパ・ロジェは、アメリカからフランス語で情報を伝える「ヴォイス・オヴ・アメリカ」にラジオを合わせた。僕は、どうしてそのラジオが僕たちのような小さな国に届くのか、そして、僕たちの共和国大統領は、聞かせたくない大変なことを言うそのラジオの音をなぜ消してしまわないのか、もしコンゴ放送が同じようなことを言ったなら、大統領は、国のラジオ放送局をなくしてしまうだろうにと考えていた。

パパは、僕たちの街と村での死亡者を告げる公式発表を聞くためだけに、コンゴ放送に合わせる。どうしてそれらの人たちが死んだのかは説明されない。ムンジカさんが死んでママン・ポリヌが二日間お通夜に行ったときのように《長い病気の後に》と言うだけだ。《長い病気》とは何だろうか。ラジオでは説明できないのだろうか。さらに、この公式発表ではあっちの死もこっちの死も皆は残念に思っているようだが、パパ・ロジェによれば、残念そうにしていても、そのうちの多くの人は、もっと早くこの世から消えてしまえばいいと思っていた。死者が残した家や動物たちをよこどりするために。

「ラジオの公式発表を聞いて時を過ごしている人たちを警戒しなくてはいけない。結局、未亡人と子供たちを死者の家から追い出し、すべての遺産を独り占めするのはその人たちだから」

それらの公式発表の時刻になると、先ず悲しい音楽が流れ、続いて死者がまるで自分の家族であるような悲しい声で名前が読み上げられる。僕はその音楽が好きではなく、読んでいる人の声も嫌いなので、僕の部屋に行く。その人は悲しく振舞うようにお金が支払われているので、悲しい振りをしているだけなのを僕は知っている。ママン・ポリヌは注意して聞くために姿勢を正す。ママンはボリュームを上げるように頼み、テーブルにいすを寄せ、右の耳をほとんどラジオに付ける。そしてブエンザ地方の、ムサンダ、ンドゥンガ、ンテェケーペムバ、バタレベ、キマンドゥ、あるいはまたキニアンギのような村の名を聞くと、振り向いて言う。

「その亡くなった人の親戚を知っているわ。ムククル河に近い、キボンジ家のプランテーションの後ろに住んでいるの」

そしてママンは、僕たちの親戚が死んでしまったかのように泣く。


パパ・ロジェが好きな「ヴォイス・オヴ・アメリカ」のジャーナリストは、ロジェ・ガイ・フォリイという名だ。食卓ではその男の話しかしない。そのジャーナリストの名が同じロジェだからなのか。パパはまるで自分の兄弟のようにその名を口に出す。ロジェ・ガイ・フォリイがああ言った、ロジェ・ガイ・フォリイがこう言った、と。

夕方、そのアメリカ人は僕たちに時刻を告げる。

世界標準時刻で二一時。お聞きの番組は「ヴォイス・オヴ・アメリカ」です。ワシントンから夕方のニュースです。皆様の誠実な奉仕者、ロジェ・ガイ・フォリイがお届けします。

ロジェ・ガイ・フォリイが二一時というとき、僕はたんすの上の時計を見るが、僕たちの国の時刻とは違うのがわかる。従って、ここが夜のとき、まだまっ昼間で子供たちが遊んでいる国がある。ここで皆が起きているとき、他では眠っていて、ここで皆が眠っているとき、他では起きている。これはむずかしい話だ。

パパ・ロジェはいつでもロジェ・ガイ・フォリイの言うことに賛成だ。時どきパパは僕たちのほうに振り向いて、あとで全部説明するから静かにするよう要求する。ママン・ポリヌは聞こえて来る国の名前が初めて耳にする名でわからなくて、それを聞くといらいらする。パパ・ロジェは、他の街や国の名前を僕のために紙の切れ端に書いてくれる。

例えば、その晩、ロジェ・ガイ・フォリイはカンボジアの首都のプノンペンという街の話をした。プノンペンは発音が難し過ぎる言葉だ。書くのも複雑過ぎるけれど、一度書ければあとは水を飲むくらいに易しくなるのだ。そうでないならば、カンボジア人は書くたびに、発音するたびに、どうしているのだろうか。僕たちとは違う人間なのだろうか。

ところが、ママン・ポリヌは今でもプノンペンと発音できない。

パパ・ロジェがママンに言う。

「ポリヌ、簡単なことだ。プノンペンと発音するには、口笛を吹くみたいに口をつぼめて息を吐いて、大変な状況に驚いたときのようにいきなり口を開く。そうだ、それがまさにカンボジアの状況だ！」

ロジェ・ガイ・フォリイはベトナムの軍隊がプノンペンの街を奪い取ったばかりで、クメール・ルージュという悪者たちを追い出したと知らせた。クメール・ルージュは人民を苦しめているが、その悪者たちは同じカンボジア人だし、僕たちのような共産主義者だ。カンボジアの隣国のベトナムの人は言った。クメール・ルージュが国境を脅かすので、カンボジアに行ってプノンペンにのり込み、クメール・ルージュを支配して、人民を安心させる。クメール・ルージュは人民を拷問し過ぎ、殺し過ぎ、処分し過ぎだから、と。ベトナム人たちがプノンペンに入ったとき、クメール・ルージュが人々を追い出していたので、街にはほとんど人がいなかった。また、クメール・ルージュはずっと前から本気で激戦をしたがっていた。国境を境にする国々のほとんどがそうであるように、すでにカンボジアとベトナムは古くから争っていたが、クメール・ルージュは隣国のベトナムをさらに挑発していた。こういう場合、一方の国は言う。ここは私の先祖の領土で、私はどんな手を使っても取り戻す、と。他方は言う。いいえ、ここはおまえの領土ではなく私の領土だ。取られるままにはさせず、どんな手を使ってもそれを守る、と。それで何年も何年もの間、いろんなやり方で闘い続ける。そのため、ベトナム人がカンボジアに入ったとき、カンボジア人は最初、怖がった。彼らは私たちをどうするのだろうか。どんな手を使って私たちを捕まえて征服するのか。その後カンボジア人は、ベトナム人はクメール・ルージュを叩きたいのだと知ったとき、もう拷問され過ぎたり、殺され過ぎたり、処分され過ぎたりされたくないので、多くの人がベトナム軍を助けた。それでクメール・ルージュの政府は逃げて、原野のなかに隠れた。彼らのボスはポル・ポトと呼ばれ、とても悪くて、ベトナム人が国に帰ったとき、彼が逃走する前に、さらに百五十万人以上を処分した。

僕、ミシェルがカンボジアにいたなら、黙ってベトナムを応援していただろう。しかし、悪者のクメール・ルージュを追い出すためにベトナムがカンボジアに入るのを他の国が皆、賛成したわけではない。ロシアは承知したが、中国やアメリカやその他の多くの国は密かにクメール・ルージュを支持した。《ベトナムがカンボジアに入るのは普通なことではない。それは認められない。私たちは原野に隠れたクメール・ルージュを支持し続ける》と言った。中国はこうも宣言した。《私たちもベトナムを罰する。当然、攻撃する。彼らがカンボジアに入ったように私たちも彼らの国に入り、その後何が起こるか様子を見よう》と。幸せなことに、中国はその計画に失敗した。

結局、これらすべての後で、カンボジアは混乱に陥った。今ではカンボジア Cambodge は新しい政府になって、カムプチェア Kampuchéa 人民共和国になった。従って彼らは少し僕たちの兄弟だ。だけど僕たちの国がベトナムに反対しているのか応援しているのか僕は知らない。その話のなかでロジェ・ガイ・フォリイは僕たちのことは話さなかったのだ。どうして僕たちのことなど話すだろうか。誰が僕たちの意見など訊くだろうか。僕たちの国はとても小さくて、ニュースのなかでは忘れられているが、もしある日、カンボジアみたいに紛争したら、あたかも大きな国のように僕たちのことを朝から晩まで話すようになるだろう。僕は、ラジオで僕たちのことを話さないほうが良い。そう、僕は、小さな国のほうが良い。少なくとも僕たちは平安で、のんびりして、つまり戦争はせず、他の国の街を攻めず、国のなかにクメール・ルージュはおらず、隠れた原野から新しいカムプチェア人民共和国を困らせるポル・ポトもいないほうが良い。

ルネおじさんがママンに、パパ・ロジェは僕のほんとうのパパではなく、《育ての親》に過ぎないと言っていたのを聞いたとき、僕はとても悲しかった。僕は食べ物のためにパパ・ロジェをあてにしているのではない。食事を与えてくれる人が、父親だと決まっているわけでもない。《養父》の言葉のほうが僕はまだ良い。これならパパは良く考えて僕を選んだことを意味するから。僕がパパの子供になると決める前にパパ・ロジェはすでに僕を見ていた。普通親は生まれて来るまでは子供の顔を見ることはできないし、選ぶこともできない。皆は、医者が娘だ息子だと言うのを待つ。しかし、パパ・ロジェは僕を選んだ。初めて僕に会ったとき、僕を欲しくなかったなら、僕を放っておいてママンもひとりにしていただろう。パパが僕を最初に見たとき、僕はすでに数カ月前にママンのお腹から出ていた。その日、僕はパパに微笑んだ。ママン・ポリヌの話では、僕は嬉しそうで、まるでそのときから僕は生き始めたようで、そしてパパは僕にこう言ったそうだ。「ミシェル、私は君のそばにずっといるよ」と。

パパ・ロジェは僕のパパだ。絶対に。僕はほんとうのパパがどこかにいるかを知りたくない。

僕の知らないほんとうのパパの顔なんか見たくない。自分でなんとかしろとママン・ポリヌを病院に残して去った卑怯者だ。そいつは憲兵で、ママンの村、ルブルで結婚して、任地のムヨンジにママンを連れて行った。ママン・ポリヌは、まだ少女に過ぎなかった。そして結婚二年後にこう言った。私は今からは好きなようにする。好きなときに外出し、望めば数人の妻を得る。おまえが承知しないならば村に送り返す。もしおまえがルブルの村人に告げ口するなら、おまえの家族を一生牢屋に入れてやる。ママン・ポリヌが一言言い返すだけでも、その憲兵は、まるでカウボーイの映画のようにピストルを見せて、怒鳴った。

「おまえは私の何の役に立つのだ、ポリヌ？　二回子を宿したのに、二回ともお腹から出たらすぐに死んだ！　結局、私の何に役立っているのだ？　おまえの家族は魔法使いだ！　おまえのお腹のなかにグリグリを入れたのだ。おまえから子供は生まれない！」

憲兵はそれから家では寝なかった。朝、数分戻って、着替えてすぐに走って出て行った。ママン・ポリヌは悪魔と一緒に住んでいるようで、怖くて黙るしかなかった。そいつに何を言えただろうか。そいつがママンよりもっと好きで、お腹から出てすぐに死なない子供が出来るだろう婦人と暮らしていることをママンはわかっていた。そいつは家に何時でも帰れるようにしたかった。扉を閉めると怒られるので、ママンは夜も扉を開けていた。しかし二日おきにしか返らず、そのうち一週間に一度になり、ひと月に一度になった。やがてママン・ポリヌはそいつを全く見なくなった。ママンはそいつが働いている警察署に訊きに行くことさえしなかった。そして、ママンは憲兵が音沙汰がなくなってから三カ月目に別の問題で困っていた。お腹が大きくなってきていたのだ。ママンは家から出なくなった。地域の人にわからないように、ママンは夜になるのを待って、路上でがらくたを売る婦人のところで買い物をした。ママンはパーニュを何枚も巻いてお腹を隠した。

ママン・ポリヌは、僕がママンのお腹から出るために、いたずらっ子のように足蹴りを送り始めた夜、ムヨンジの中央病院まで歩いて行ったときのことを、僕によく話す。お腹のなかで泳いでいるときにつかまっていた管に、毎日食糧を送ってくれていたのはママンだったし、外に出たときに会うのもママンひとりだけだと思っていた。外の世界は静かだと思っていたが、分娩室ではママンの回りでおしゃべりしている男と女の人たちが恐くて、僕はこの世に出たくなかった。しかし、僕はママンをこまらせたくなく、僕の姉さんたちのように天国に行きたくもなかった。僕の回りでおしゃべりの声が聞こえるのは、そこが天国ではないからで、どうして皆が地上で、病院の部屋でおしゃべりしているのか、何がうまくいってないか僕は知りたかった。僕は自分の目でその人たちの顔を見たかったし、自分の耳で声を聞きたかった。結局、分娩室でおしゃべりしている人たちは、僕、ミシェルが、ふたりの姉と同じ道をたどると思っていたのだろう。しかし僕は生きたかった。ママンが行くところどこでも付いて行きたかった。女の人たちをピストルで脅す地上のすべての憲兵たちからママンを守りたかった。ピストルで脅かさなければならないのは悪党に対してだ。看護婦たちは僕を二四時間監視した。僕は片目で窺っていたが、彼女らは最悪の状態を待ちながら悲しい顔をしているのを読み取った。彼女らは、以前この病院で、この同じ部屋から、ママンが泣きながら、冷たくなった子供を抱えてモーグ（霊安所）まで走り、冷蔵室のなかに置いたのをすでに見ていた。看護婦たちのなかの誰かが、僕がまだ息をしているか確かめた。僕は思った。大人と遊んでみよう。僕は言葉がわかるだけではなく、頭のなかで考えていることもわかる。少し息を止めて、目を閉じ、唇とお尻を引き締めた。そして白人の赤ん坊のようになる。黒人の赤ん坊は生まれたばかりのときは白く、後から黒くなる。そうでなければ両親は口喧嘩しはじめ、街の中の白人の誰かがほんとうの父親だと考える。永遠に死んだと考えた看護婦たちは僕のところに押しかけた。彼女らは僕のママンと一緒に泣き始めた。そこで僕は突然目を開いた。僕は叫びたかった。静かにしておいてくれ。息をしているのがわからないの？　僕の姉たちは一日も過ごせなかったかもしれないが、僕がもう三日以上も生きているのがわからないの？　僕は死んで天国に行くのにどうしたらいいかわからないほど馬鹿じゃない。死ぬのを待って時間をすごしたりするものか！　僕は赤ん坊だが気をつけなさい、すでにどう死ぬかを知っているが、生きたいのだ！　これ以上息を止めたくはない！　少し静かにしてくれ！　僕はやっとでてきたんだ！　そしてどうぞ、もう少し静かに。ここは病院なのだから。

ママン・ポリヌは僕の地上への到着から一週間後に僕と一緒に家に帰った。ママンの憲兵は、僕のことを聞いていたのに、やって来なかった。本当の父親は自分ではなく、その子は同じ地域の誰か、毎朝家の前を通る郵便配達人かヤシ酒造りとの子供だろうと、憲兵がママンに言ったと聞いた。ムヨンジじゅうでこれが繰り返され、皆は僕たちを窺った。僕の家に住んでる男はいなかったし、夜中に来て朝五時頃隠れて出て行く男もいなかった。そして数人の婦人たちが、ママンは夜に家にやって来た悪魔と子供を作ったと噂した。その地域で誰も僕の顔を見た人はいないと思う。外に出るときはママンは僕の体を顔まで覆い、空の色が見えるようにふたつの穴だけを残した。空には悪者はいないから。

ママン・ポリヌは僕の到着からふた月後に地域を離れた。ママンと僕のことに関してでたらめばかり言うそれらの婦人たちと喧嘩するだけで時間が過ぎた。ママンは婦人たちが恐かったのではない。自慢するわけではないが、ママン・ポリヌは意地悪な婦人たちをどのようにして引っ掻けば良いか良く知っていた。ママンが意地悪な婦人たちを引っ掻くと、顔に中国語かアラブ語の文字を書いたようになる。でもママンはそれをしたくはなかった。

ほんとうのところ、南の原野のブエンザ地方のなかのムヨンジ地域がどんなふうなのか僕は知らない。空を見ただけなのだから。ブエンザのすべての街のように赤い土を想像するだけだ。いずれにしろ、それは地理の授業のときに僕たちの先生が言ったことだ。僕はそこの家畜、たぶん豚があちこち散歩しているのを想像する。僕が豚だと思うのは、ムヨンジではあらゆる祭りや誰かが死んだときに食用バナナと一緒に動物の肉を料理して食べるのが好きだと、ママンが言っていたからだ。そしてもし、その地域の男の人が皆、ママン・ポリヌを捨てた憲兵みたいなら、お父さんがいない子供がたくさんいるだろうし、その子供とふたりきりになったお母さんもたくさんいるだろうと想像する。僕は死ぬまでその地域に足を着けたくない。そこを訪れたらきっと僕は、人々を嫌いになり、とりわけ憲兵と、世界戦争を仕掛けるだろうから。

僕はポワント＝ノワールの子供だと感じる。歩くこと、話すことを学んだのはそこだ。雨が降るのを最初に見たのもそこだ。ある日、パパ・ロジェが僕に言った。人は、最初の雨のしずくを受けた場所がその出身地だ。僕もそう思う。

故郷のルブルの村の人々はママンをばかにするだろうから、ママンはムヨンジ地域を離れてから、村には帰りたくなかった。ルネおじさんがフランスでの勉強を終えてから住んでいたポワント＝ノワールをママンは選んだ。子供に伯父の名前を与えることが多い僕たちの民族の習慣に従い、ママンは僕にルネおじさんの名前を付けたが、おじさんは、僕のパパではない。おじさんの兄さんである電気会社に勤めているアルベール・ムキラおじさんを、ママンが選ばなかったことに、ルネおじさんはとても満足している。

ルネおじさんはママン・ポリヌが僕と一緒におじさんの家に来て住むのを承知し、大市場でピーナッツを売って商売を始めるために少しお金も渡してくれた。ママンは朝ムボタ地区で農民からピーナッツの入った袋を買う。その後で殻をとって洗面器に入れる。大市場ではテーブルの後ろに座って客を待つ。ときに売れるけれど、ときには売れない。売れなくてもたいしたことでない、明日は今日より売れるだろうからとママンは自分に言う。ママンがお金持ちになるのはその商売によってではないけれど、少なくとも、ルネおじさんにいちいち頼まなくてもミルクとおむつを買える。ところで、ママンの人生が変わるのがそのポワント＝ノワールの大市場であることをママンは知らなかった。僕も知らなかった。

ある日曜の午後のとても暑い日だった。大市場にはあまり人がいなかった。テーブルの前に男が立ち、ママンが顔を上げた。男は、背が高くなく、髪はきれいに梳かされ、きちんとアイロンがかかったシャツを着て、そして左手にアタッシェケースを持っていた。ママンは最初、市役所にいくらか支払うよう商人に要求に来る悪者たちのひとりだと思った。それを払わなければ翌日大市場にテーブルがなくなるのだ。悪者とすれ違うときは恐い気がするが、そんなことはなかった。その男の両足は震えているようで、ママンの心臓もドキドキした。ママンによれば、恋に落ちるとそうなるらしい。アタッシェケースの男はひとりでは食べられないほどのたくさんのピーナッツを買った。売り切れてしまうくらい多くのピーナッツを買うのは、大家族を養っているからだとママンは考え、いっぱいおまけして、値引きさえもした。

その日からアタッシェケースの男は定期的にママンのテーブルの前に来た。男はママンのところでしかピーナッツを買わず、ママンがいないときには帰ってしまい、翌日まで待った。それは他の多くの商人を不愉快にさせた。ママン・ポリヌはテーブルの下に客を掴むためのべムべ族のグリグリを隠していて、ママンのピーナッツは夜に亡霊たちが準備し、その上に少し塩がかけられていると、あちこちで言われ始めた。ママンのピーナッツを一粒食べたならもうおしまいで、いつもそのテーブルの前に戻って来て散財させられるらしい。どうせ大統領の家族が当てるはずの、コンゴ国営宝くじに無駄遣いしているみたいに。

ある日ママン・ポリヌが自分の売り場に着いたとき、その辺いっぱいに魚の臭いがした。それは客がママンの店の前で止まらないように、商人たちが海の水を地面に撒いたからだった。僕がどうして皆が海の水を怖がるのかわからなかった。海には、奴隷にされ、朝から晩まで鞭打たれながら白人のプランテーションで働かされてとても怒っている先祖の亡霊も含め、たくさんの亡霊たちがいるからだ、とママン・ポリヌが説明した。だから理由なく海の水が塩辛いわけではなく、先祖たちが汗をかいているからで、それらの怒りが波を起こしているらしい。

ママンは皆がテーブルの下に水を撒いたことをむしろ笑っていた。世のなかにはもっとたくさん大事なことがあるのに、ピーナッツの商売なんかに亡霊たちは時間を無駄にしたりはしないと。アタッシェケースの男を含めてお客は常に来た。でもママン・ポリヌはその男はピーナッツを買うためにだけ来るのではないと感じた。男たちが婦人を見るときに一番好むところを、そして僕も二〇歳になったら想像するだろうところを、その男は見てばかりいたので、頭のなかに何か他のものがあったのかもしれない。でもそれは、ママン・ポリヌはお尻をしっかり締めつける、輝き過ぎるオレンジ色のパンタロンをはいていたのだから、アタッシェケースの男のせいではない。男たちは他のところに視線を回してそれを取り逃がすわけにはいかないから。ポワント＝ノワールの通りをママンが通ると男たちは振り返って口笛を吹くが、ママンは何も気づかなかった振りをして大市場まで行く。

　ママンがピーナッツを包んでいる間、アタッシェケースの男はテーブルの前に立ったまま話した。男の話術は少しずつうまくなったようで、ママンは男の話すことが好きになった。男は話し続けた。僕たちの国で乳母車はとても値段が高いので、赤ん坊はパーニュで背中に背負われるのが普通だが、僕は嫌がったので、アルミ製の大きな洗面器のなかに着替えと一緒に入れられていた。その男ははじめて僕のことを見た。アタッシェケースの男は洗面器のほうに身をかがめ、僕の顔を隠していた布をずらし、僕の年を訊いた。ママン・ポリヌは僕が五カ月半になったばかりだと言った。黙ったまま数分僕を見つめてから、僕を笑わそうとおどけた顔をした。男は僕がママンにとても良く似ていると言い、大市場のうるさい騒音にかかわらず僕は泣かずにいた。僕がその男に微笑んだのはそのときだとママン・ポリヌは僕に断言する。そしてこれもママンによると、僕が微笑んだのはこう言いたかったからだろうと。「ママン、僕はママンのための人を見つけたよ。彼を離さないで。僕のパパになって欲しい、ほんとうのパパに。こんなふうに僕に微笑む男は、憲兵みたいに、映画のなかのようにママンを脅すピストルは持っていないし、突然僕たちを捨ててしまいはしないから」

　ママンとアタッシェケースの男は大市場のバーに飲みに行った。ふたりは幾月もこっそりと会い続けた。僕を世話する人がいないときは、時どき僕を連れて行った。その男が身をかがめて僕を見ておどけた顔をするたびに、僕は微笑み続けた。一年半後、僕たちがトロワ＝マルティル小学校の休憩時間に校庭でするかくれんぼのように、かくれて会うことにふたりは飽きた。ある日の午後、アタッシェケースの男は、ルネおじさんに会いに行き、自己紹介した。彼はロジェ・キマングという名で、街の中央のヴィクトリー・パラス・ホテルで働いていると言った。そこでは責任ある仕事をしていて、ママン・ポリヌが妻になるためにすべてが整ったと説明した。

僕のおじさんは低い声でママンの耳元で言った。

「私はこの男は好きでない。背が低すぎる」

ママン・ポリヌは答えた。

「私たちの共和国大統領はまったく小さいけれど、悪者の軍隊にひとりで闘ったわ！　それに皆は彼が好きだわ。党のメンバーであるあなたを含めて」

アタッシェケースの男の前でいつまでも口喧嘩をするわけにはいかなかった。彼はヤシ酒の大瓶と白い雄鶏を持って来ていた。僕たちの種族では、婦人を望むなら、婦人のお兄さんにプレントをしなくてはならない。その後は、たとえ結婚証明書にサインしに婦人と市役所に行かなくても大してかまわない。そして、もう愛さなくなって、危害を加えられる敵みたいに路上でののしり合い、破ってしまうそれらの紙よりも、僕たちの先祖の風習のほうが強い。

ルネおじさんはヤシ酒の大瓶と白い雄鶏を受け取った。すでに夫人がひとりいて多くの子供もいるのに、どうしてもうひとり欲しいのかと、おじさんはアタッシェケースの男に訊いた。ママン・ポリヌはこの質問にいらだって、その場を離れたい気分になった。アタッシェケースの男は控えめに落ち着いて話し、僕のおじさんに繰り返した。僕のママンを愛していて、僕をも愛していて、ママン・ポリヌは良い婦人で、決して第一の夫人と僕のママンとを違うようにはしない、と。給与を二分し、一方を第一夫人に他方をママン・ポリヌに。そして第一夫人はすべてを知っていると。男は右手を上げて、亡き父と亡き母の名の下に誓った。

それで僕のおじさんが言った。

「うれしい話を聞かせてくれた！　義弟よ、喉が渇いた、さあ飲もう！」

ヤシ酒を飲む前にふたりは、祖先が味わえるように、少し地面にたらした。僕たちを保護する祖先の目を盗むことはできず、そうなれば、何をしても、すべてが失敗するとされている。そしてふたりは午後いっぱい、カール・マルクス、エンゲルス、レーニン、それに不死身のマリエン・ングアビについて話し、ヤシ酒を飲んだ。

アタッシェケースの男が帰るとき、僕のおじさんは言った。

「私は妹があなたの第一夫人と同じ家に住むのを望まない。もしそうするなら私、ルネは決してそこを訪れない」

アタッシェケースの男は、第一夫人のところからそれほど遠くない独立大通りに家を見つけ、それを僕たちのために買った。したがって家は僕たちのもので、男はそれを僕のことを思って買ったと繰り返し言った。だから、僕たちの家の書類を読むなら、書いてあるのは僕の名前だ。

パパ・ロジェが帰って来るのを見るとき、僕はいつもと違う少年になる。パパの腕のなかに抱かれて、ずっと一緒にいたいし、パパの話をいつまでも聞いていたいし、僕の頭を触ってもらいたい。時どき僕はパパが着くのをヴィッキィ写真館前のバス停で待つ。左手にアタッシェケースを持った茶色いスーツの背の低い男がバスから降りて、まっすぐに前を見て急いで歩いて来るのを見ると、僕はまるで一〇〇m競走の世界チャンピオンみたいに走って行く。パパは僕にアタッシェケースを持たせてくれるのでそれを左手に持って、顎をとても高くあげて大人のように歩く。僕たちを見る人たちに僕のほんとうのパパだと知ってもらいたい。バーに立ち寄って、パパは赤ワイン一瓶、ビール、それにレモネードを買う。そしてまた幸せな気持ちで、家まで歩く。パパが、靴を脱ぎ、居間に来て座るために、スーツを脱いで着替えている間に、僕はアタッシェケースを寝室に置きに行く。テーブルにつく前にパパはママンに何か冗談を言う。ヴィクトリー・パラス・ホテルで見たことを話す。今日の朝、多くの白人が着いたと言った。そのなかに、パパにとても親切なモントワールさんがいたと。奥さんと、ひとりっ子の息子ザチャリーと、パリから来たモントワールさんとたくさん話したと。そのザチャリー少年は僕と同じくらいの年なのに大人みたいに話すと。僕がザチャリーに嫉妬したのに気づいてパパ・ロジェは僕を慰めようと試みた。

「ミシェル、おまえも大人のような話し方ができるよ。ザチャリーと会えば、おまえたちはきっと大切な友達同士になると思うよ」

パパが話している間、僕はパパの顔をじっと見ていた。石油ランプの明かりに輝く黒い目。パパは白血球をたくさん持っていて、天国にまっすぐに行ける、神様から信頼されている人だと僕は思った。パパ・ロジェはりっぱだ。おそらく僕たちの街の全部のパパのなかで一番りっぱだ。そして僕は大人になったらパパのようにりっぱになりたい。パパのように歩き、パパのようにアタッシェケースを左手に持ち、パパのように家に帰り、居間に座るために靴を脱ぎ、スーツを脱いで着替え、僕たちのふたりの子供とテーブルにつく前にカロリヌに冗談を言う。

また僕はパパを見つめながら考えた。なぜパパは僕たち、ママンと僕を好きなんだろうか。パパは僕たちの家とママン・マルチヌの家のためにどんなに忙しく働いているだろうかと僕は想像した。僕はパパのもうひとりの奥さんをママン・マルチヌと呼ぶ。地区の人たちがパパの他の夫人を言うときに《まま母》と言うのは僕は嫌いだ。まま母は、密林と森のお話のなかでは意地悪な婦人か魔女だ。まま母は、夫の他の婦人の子供を呪って時間を過ごす。ママン・マルチヌはまま母ではない。ママン・ポリヌと同様に僕のママンだ。

パパ・ロジェはいつも朝五時に起きてヴィッキィ写真館前でバスを待つ。バスはパパを街の中心まで運び、白人たちがりんごを買うプランタニア商店の後ろにあるまっ白な大きな建物、ヴィクトリー・パラス・ホテルの前に降ろす。パパがその店で緑色のりんごを買って来るとき、僕の地区でりんごを食べるチャンスがない人たちのことを考えながら、僕はゆっくり食べる。かじる前に鼻に近づけ、目を閉じて長い間、臭いを嗅ぐ。この果物が遠い国から来たことを僕は知っている。そして食べ始めるとすぐに、僕の小さな国とはまったく違う大きな国を想像した。そこでは僕にはわからない言葉を話しているだろうけど、たぶん僕はすぐに覚えるだろうと思った。そして突然安心し、母方の祖父グレゴワール・ムキラのように一〇〇歳以上生きるだろうと感じた。国が小さければ小さいほど問題は大きく、毎日息苦しいだけだが、僕が想像しているその大きな国のなかには、もう問題はないのだろうか。僕は、大きな国の問題が僕たちのところまで来てほしくない。そうでないと、すでに小さすぎる国なので、今以上に息苦しくなってしまうから。パパ・ロジェがいくつかのりんごを僕に持って帰って来るとき、たまに僕はりんごの樹がいっぱいのヨーロッパの森にいることを空想する。雪が降り出し、小さな雪だるまたちが僕に微笑む。雪だるまたちは僕がミシェルと言う名前であることを知っている。そして僕はその川辺のりんごの樹の下に横になって眠る。そのヨーロッパの国で僕は寒さを感じず、段々成長していく夢を見る。

ヴィクトリー・パラス・ホテルは、フランス人が所有している。パパ・ロジェは到着する客と出発する客を記録する。パパは二五年以上受付係をしていて、たくさんの仕事をこなす。そうでなければパパはそこにはいない。パパの前に電話があり、すべての部屋の鍵が後ろにある。パパ・ロジェが鍵をくれなければ、ホテルの部屋に入れない。さらに、バカンスを過ごしに来ているのはほとんどがフランス人なので、フランス語をきちんと話せなくてはならない。それだけではない。客を笑わせなくてはならない。従ってパパ・ロジェはいつでも、白人が笑うように、面白い話を考えている。パパによれば、ヨーロッパの寒さのせいで白人たちはあまり笑わないから、彼らの顔の筋肉は固まっている。そして彼らが良く笑えば出発の日にパパに少しお金をくれる。モントワールさんのようにより気前が良ければ、ラジオカセットと口髭の歌手のカセットテープをくれる。

白人たちに冗談を言う前に、パパは先ず家で試して反応を見る。パパは僕たちに座って聞くように要求する。その冗談はとても良くできていて、パパ自身は笑いが止まらず、死ぬほど可笑しいと断言する。そしてパパはポケットから紙片を出して、声を高くして読み始める。

「聞きなさい！」

「クーラーを急いで修理するように上司から言われた工員が文句を言った。『ハンマーとクーラー（Clim）の間には居られません』」〔être entre le marteau et l'enclume、クーラー clim を enclume に変えて、板挟みになるという意味〕

僕たちは笑わなかったが、パパは死ぬほど笑った。
パパは続けた。
「ジョルジュ・ポンピドゥ大統領がいらだつと、いつもこう言った。『それは私の最も小さい眉毛だ』」〔C' est le cadet de mes soucis、ポンピドゥの濃い眉毛《sourcil》を《souci 心配》に置き換えた〕
僕たちは笑わなかったが、パパは死ぬほど笑った。
パパは更に続けた。
「ある男が歯医者に行って、高価な義歯を勧められた。彼は立ち上がり、歯医者に言いながら、その場を離れた。『神が私を義歯しますように』」〔Que Dieu me protège、《protège 守る》を《prothèse 義歯》に変えて言った〕
僕たちは笑わなかったが、パパは死ぬほど笑った。
パパは続けながら、僕たちの反応がないことに少しがっかりした。
「自分の出自を知るためには、婦人科の樹を遡らなくてはならない〔remonter l'arbre gynécologique、《généalogique 系図》の代わりに《gynécologique 婦人科》と言った〕
相変わらず僕たちは笑わない。僕たちは涙を出して笑っているパパを見、パパも僕たちを見た。そして僕たちは、パパが僕たちを笑わせられなかったことをおもしろがった。パパは紙片をポケットにしまった。たぶん白人たちはそれらの冗談を聞いて笑うのかもしれないが、僕たちはいつ笑ったらいいのかわからなかった。

ルネおじさんは僕のパパの仕事をよく批判する。パパの仕事はたいした役目はなくお客が鍵をとりに来るだけの受付係に過ぎないと考えている。CFAOの管理財務部長であるおじさんのような権限はないとも考えている。ヴィクトリー・パラス・ホテルの上司たちが僕のパパに話すとき、僕たちの国で独立前に黒人たちが白人のボスに答えたように、パパは下を向いて、「はい、わかりました」と返事をするだけだと思っている。僕のおじさんに言わせると、ホテルの受付係はただ単に白人たちのボーイに過ぎず恥ずべき仕事である。

でも、そうならば、僕は誰でも誰かのボーイだと言いたい。ルネおじさんだって誰かのボーイだ。いつでも上司がいて、「これをしなさい。それはしてはいけません」と言う。僕たちの共和国大統領だけが誰かのボーイではないだろう。だけど、その場合も確かではない。僕たちの大統領は、合衆国、ロシア、あるいはフランスの大統領ほどには力強くないから。たぶん、それらの大統領たちの前では僕たちの大統領は小人のように小さくなって、ボーイになり、受付係になる。僕たちのためにすべてを決めるのは、それらの国の大統領たちだ。合衆国、ロシア、あるいはフランスの大統領が話すとき、僕たちの大統領も下を向いて、「はい、命令に従います」と答える。僕たちの大統領が頑固で承知しなくて、アメリカ人、ロシア人、あるいはフランス人に礼儀を欠くなら、彼らは僕たちの国を一日で爆撃し、世界地図から消してしまうか、あるいは僕たちの領土、石油、河、それに大西洋を、それら以外はたくさん持っているザイール人たちに渡すだろう。

パパ・ロジェがヴィクトリー・パラス・ホテルの受付係で何が問題だというのだ？　愚かな職業はなく、愚かな人たちがいるだけだ。この言葉は、たしか、学生服の製作が遅れているのに、アルジェリアの話ばかりするムトムボさんに、生徒の親がろくでもないやつとみなし侮蔑したときに、ムトムボさんが言ったのだ。ムトムボさんは、愚かな職業はなく、飛び跳ねる人たちがいるだけだと答えた。皆はムトムボさんを笑った。ムトムボさん自身が足を引きずっているのに飛び跳ねる人のことを話したので。〔愚かな人たち de sots gens を、des gens qui sautent に変えたため、飛び跳ねる人たちになってしまった〕

結局僕のおじさんは、パパ・ロジェが世界全体で起こっていることを知っているとても知的な人であることを知らない。初等教育までしか学校に行っていないが、その時代、その初等教育卒業の証明書は、フランスの大学に行って白人たちと一緒に学ぶことができる免状のようだった。パパ・ロジェは仕事場でたくさんの新聞を読む。受付には白人たちがコーヒーを飲みながら読み終わって置いて行った新聞がいっぱいあった。彼らは本も置いていった。パパはそれらを家に持って来て僕たちに忠告する。

「私の本には触らないように。退職後に読むから」

カロリヌが僕の家の前を通った。僕の心臓はとても強く打ち始めた。僕は嬉しくて、家の外に出て彼女のほうに走った。一時間も走ったように息が切れたが、彼女は僕が呼吸を取り戻すまで待たずに言った。

「どうしてそんな風に走るの？　あなたに会うために来たのではないのよ！」

「君は僕の家の前にいるんだし、僕は思ったんだけど……」

「何を思ったの？　ここを通るのは禁止なの？　独立大通りはみんなのためよ！」

カロリヌは市場に行くところだと言ったが、僕はそう思わなかった。市場に行く姿ではない。籠を持っていないし、買ったものをどこに入れるんだ？

僕は家に一緒に入るように言った。

「おいで、両親はいないから、家のなかで落ち着けるし、そして……」

「いやよ！　入りたくないわ」

僕はカロリヌの頭から足先まで見た。新しい赤い靴を履いていた。彼女の黄色い花模様の白い服を僕は好きだった。

「君の服、きれいだね……」

「私を言いくるめるのはやめて！　私の服は放っといて。あなたのために着ているのではないわ！　私があなたのためにおしゃれをすると思ってるの？」

「話はやめて、一緒に家に入ろうよ」

「なかで何するの？　あなたと私はもう一緒にすることは何もないわ！」

「見せてあげたいものがあるんだ。とてもすばらしいもので……」

「すばらしいものなんてあなたの家にあるはずないわ」

カロリヌはもう僕を知らない人のように、彼女の敵であるかのように見た。

「では、まだ怒っているんだね」

「そうよ！　もう結婚していなくて、離婚したのよ！　ふたりの子供と、白い犬と五人乗りの赤い自動車を持つのはあなたとではないの！」

「どうして？」

「他の人と結婚するから……」

「ああ、わかった！　もしかして君が結婚するのはマベレという少年ではないかい？」

カロリヌは不思議そうな顔をした。

「あなたにはそれを知る権利はないわ！　誰がその名前を言ったのかしら？」

「ルネス」

「あなたにその名前を教える権利はルネスにはないわ！　今日私自身であなたに言わなくてはならないの。ルネスではなくて！」

「ということは僕に会いに来たんじゃないか……」

「違うわ。私は市場に行くの！」

僕は心の奥で思った。彼女を静めなくてはならない。僕も静まらなくてはならない。ふたりとも怒ったらほんとうに離婚になってしまうから。彼女のほうが僕より怒っているから、僕が落ち着かなくてはいけない。

「離婚したくないよ、カロリヌ……」

「あなたは意地悪過ぎるわ。残念だけど！」

「わかってるよ。ママンの髪を結ったのが君で、そのせいでママンが日曜日に外出したんで少し怒ったけれど、もう終ったし、僕の怒りも消えたし……」

「遅過ぎるわ！　私の夫が彼で、五人乗りの赤い自動車を買うのは彼だとマベレにもう約束したの」

そのときは、僕は静かにしてはいられなかった。マベレの名は僕をいらだたせ、僕は反発した。

「僕のおじさんに自動車を売らないように言いに行く！　この街で自動車を売っているのはおじさんだけだから、君たちは手に入れられない！」

「もしおじさんに言うなら、もうあなたのお母さんの髪を結わないから。お母さんはジェレミのお母さんみたいに醜くなってしまうわよ！」

カロリヌがママン・ポリヌの髪を結わなくなることで僕が不安になったかどうかを知るために、彼女は僕の目をまっすぐに見た。反対に僕は嬉しかった。そうならば少なくともママンは髪を結ってなくて、外出せずに、日曜日は僕と一緒に家に居るだろうから。

しかしカロリヌは僕が考えていることがわかって、付け加えた。

「さらに、五人乗りの赤い自動車を私たちに売らないようにおじさんに言うなら、世界の終わりまであなたとはもう話をしないし、自動車は他に注文し、あなたと私はかたき同士になるわ！そして道で会ったら、地面に唾を吐くわ！」

彼女は服のポケットのあちこちを探り、折っていた紙を出して僕に差し出した。ラ・ルドゥト〔フランスの通信販売カタログ〕から破りとった一ページだった。五人乗りの赤い自動車の前に少女と少年がいる写真だった。ほとんど僕たちと同じ年だったが白人だった。少女は白い服に、帽子と靴は同じ赤い色だった。少年のほうは服も靴も黒で、白シャツに蝶ネクタイだった。結婚したばかりで、写真屋がたぶん言ったのだろう。「ここの前で、写真を撮りましょう」

僕はさらに近くでその写真を見た。カロリヌは僕が探しているものがわかった。

「写真のなかに白い犬は探さないで。ふたりの子供たちと家に残っているの」

僕はムトムボさんのアトリエでラ・ルドゥトをすでに見ていたので、笑ってしまうところだった。仕立て屋はそのカタログを見てヨーロッパの服のデザインを真似る。客は先ず本のなかからデザインを選んでそしてムトムボさんが作れるかどうか、いくらかかるか、何日かかるかを尋ねる。しかし、ラ・ルドゥトでは自動車を売っていないのを僕は知っていたが、カロリヌを刺激したくなかったので黙っていた。僕は彼女を愛しているので。彼女と話し続けたかったし、ふたりの子供を得たいのは彼女とだから。だから、彼女がマベレを見捨てるための良い理由を見つけなくてはならない。

「マベレは醜い、僕みたいにりっぱではないとルネスが言ったけど！　どうして君はりっぱでない人と結婚するの？　君たちの子供はマベレみたいに醜くなるけれど、僕とだったらりっぱになるよ」

「そうじゃないわ！　マベレは賢いし、あなたや私より二歳年上よ！」

「年齢の他に、僕より上の何かあるの？」

「本をいっぱい読んでるわ」

「ああそう、例えばどんな本を読んでるの？」

「マルセル・パニョルの本」

「それは誰？　マルセル・パニョルって？」

「まあ、あなたは何も知らないのね！　お母さんのことやお父さんのことと彼らの四つのお城のことを本に書いた人よ。そしてマベレはマルセル・パニョルの本のなかにあるようなきれいなお城を私に買うって言ったわ」

「彼が嘘をついているのがわからないの？　お城の本はプロレタリアたちを搾取する資本主義者の本だ！」

「ではあなたは、マベレやマルセル・パニョルをそんな風に悪く言うけど、何を読んだの？」

僕は答えなかった。学校で読んだ本を考えたが、それは、僕たちの共和国大統領の本の読書マニュアルの最初の一部だった。もし僕が大統領の本のことを話すならカロリヌは笑うだろう。それで僕は学校のマニュアルの朗読文を良く考えて、答えた。

「ラ・フォンテヌの物語を読んだよ！」

「そう、でもそれは物語のなかで動物たちが話すだけよ。私も学校で朗読したわ。マルセル・パニョルは人に自慢できる、ほんとうのお城を持っているのよ！」

僕はパパの部屋にある本のことを思った。僕が決して開いたことのない、パパの退職を待っている本を。僕はひとつの題名も知らない。

「さらに、マベレは毎日、詩を書いてくれて、その詩のなかで私はとっても青い目で、とても長いブロンドの髪で、まるでヨーロッパの娘たちの人形みたいなの。それなのにあなたは私のために詩を書いてくれたことはなかったわね。あなたは私を愛していないわ！　あなたは良い夫ではないわ。私を言いくるめるのはやめて。もう行くわ。さよなら！」

それで彼女は遠ざかり、僕は叫んだ。

「戻って来て！　戻って来て！　カロリヌ！　カロリヌ！」

彼女にはもう聞こえない。彼女はすでに遠くにいる。彼女は市場に行かなかった。家に帰った。

従って彼女は僕に会いに来たのだ。そのためだけに来たんだ、と僕は独り言を言った。

パパが大声で言った。

「そんな馬鹿な！　信じられない！　どうしてそんな話を聞かせるんだ！　私が聞き流せると思っているのか？」

外にいたママン・ポリヌは走って家に入った。腰の回りのパーニュが落ちそうになったが、すぐに押さえた。

「どうしたの、ロジェ？」

「イランのシャー〔イランの最後の皇帝、パフラヴィ二世のこと〕が失脚した」

ママンは怒った。

「ラジオにはもっと面白い話はないの？　シャーなんて私たちにとっては猫（chat シャ）と同じような言葉でしかないわ！　そのラジオはあなたの頭を狂わせるわ！」

パパは、知らされたニュースがほんとうかどうか疑うかのように、アンテナをまっすぐにした。時どき音が切れて、パパ・ロジェは場所を変え、窓の近くに行く。あたかもニュースが窓から家に入り、窓を閉めるともうラジオは音を出さないかのように。パパは台所のあちこちに移動し、僕は影のようにその後ろを追った。

ラジオの音が雑音で途切れ、アメリカは僕たちの国からとても遠いことがわかった。しかし、コンゴ放送も同じく雑音を出すのだから、パパに言いたくなった。「テーブルに戻ろうよ。たぶんもっと良く聞こえるし、インゲン豆添え牛肉の料理を食べるときみたいに座れるし」

パパ・ロジェは窓の前に立ち、僕はその後ろにいた。パパは振り返って、ラジオが僕の耳の高さに来るように屈んだ。ママン・ポリヌも僕たちの後ろに立って聞いていた。アメリカ人のロジェ・ガイ・フォリイはイランのことを話している。その国がどこにあって、そこではどの言語を使っているかを説明した。僕たちは話さないその言語は発音が難しそうだったし、その国の名前を聞くのは初めてだった。パパ・ロジェは僕たちに、イランはとても遠い西アジアにあり、その首都はテヘランであると説明した。イラン人たちは僕たちと同じお金を持っているのかとパパに聞くと、パパはそうではないと答えた。

「私たちのお金を持ってないなら、市場で食糧を買うのはどうするの?」ママンが訊いた。

「彼らのお金でさ」

イランが僕たちのお金を使いたがらないのは別な理由があると思う。イラン人たちは僕たちのお札とコインの上のコンゴの大統領の顔を見たくないのだと思う。イランも彼らの革命の指導者がいるので、その顔をお札とコインの上に描かなくてはならないのだろう。僕たちにも革命の指導者がいるから、彼らは僕たちの兄弟だ。すべての指導者は兄弟だから、その兄弟の国を助けなくてはならない。

パパ・ロジェはママンを見ながら、僕たちの原野と森の小話のなかでは動物たちが地上の王様で、人間は敬って、すれ違うときには帽子を取らなくてはならないとしても、打倒されたシャーは動物ではなく人間であると、細かく説明した。

「シャーは良い人で重要な人なのに、もうひとりのイラン人であるアヤトラ・ホメイニがイランの最高指導者になった。それは恩知らずだ！　私たちは何という世界にいるんだ？　シャーはアヤトラ・ホメイニにとても寛容で、女性選挙権を与える革命に反対する行動に時間を費やしたホメイニに恩赦を与えまでしたというのに、理解出来ない！　今後は私たちの兄弟の国はどうなってしまうのだ？　ホメイニはその偉大な人に手を掛け牢屋に入れようとしている。私たちは何という世界にいるんだ？」

パパ・ロジェは僕たちの悲しみがパパの悲しみとは違うことがわかったようで、僕たちを見つめて不満げに両肩を上げた。シャーとアヤトラ・ホメイニのことを僕たちが聞いたのはそれが初めてだった。

ママン・ポリヌは皆でテーブルにつくよう言ったが、パパはとてもがっかりして窓から離れ、ラジオを持って外に出た。ママンは僕に、ついて行かないように合図した。

「パパの場所に座りなさい。パパはイラン人たちの話で頭が一杯だから、ほっといて食べましょう」

そこから僕は、パパがマンゴの樹の下に座って、ラジオカセットを地面に置いて、両手を頭に置いているのが見えた。遠くから《私の樹の近くで》の歌詞が聞こえた。歌手が《分身》と《げす野郎》のところに来たとき、僕はひとりで思った。パパは《げす野郎》のせいで問題を抱えた《分身》のことを思っているのだ、と。

僕の両親は、僕の部屋の壁の向こう側で言い争っていた。

ママンが言うのが聞こえた。

「不公平だわ！　神様がひとりだけしか子供をくれないとしても、どうして娘でなく、息子なの？　ムトムボ夫妻を見て！　彼らは好運だわ。ルネスとカロリヌ、少年と少女！」

そして泣き出した。ママンが泣くとき、涙が僕の目から出てくるように感じる。僕も自分に言う。ママン・ポリヌが少女でなく少年を得たのは不公平だ。そして僕は少女のような服を着、少女のように話し、少女のように歩き、少女のようにおしっこをしてみたくなった。たぶんそれはママンの悲しみを半分にするだろう。でも、少女たちがすることを真似するのも、少年であることを隠すのも簡単ではない。彼らはこう言うだろう。「おまえは少女ではなく、少女に仮装した少年だ」　そして道では、疥癬持ちの犬のように石を投げられるだろう。またこう質問するだろう。「おまえは少女だと思っているのだから、おまえの足の間にある物も、少女になるために変えたのか？」

だめだ！　僕が少女であるわけではないので、この考えはこれ以上続けられない。

僕は、壁の向こうの話を聞き続けた。パパ・ロジェは、ママンのお腹のなかに入った子供がこの世に来ないのは、どこかで道に迷ったからだと説明した。従ってここの下界に来る代わりに天に直接行ったのだ。もし地上の生活が幸せであるならば、そんなことが起こってはならない、と。

ママン・ポリヌは二年半の間にふたりの娘を得たけれど、ふたりとも同じように死んでしまったことを、パパに思い起こさせた。ふたりはきちんとお腹から出て、大きな目で看護婦たちを見て、泣いて、それから目を永遠に閉じた。皆が体をかしげて息をしているかを見たときにはもう遅すぎて、すでに出発していた、と。

ママン・ポリヌの話に僕はしっかり聞き耳を立てていた。僕はふたりの姉の名前を知りたかった。でもママンは言わず、《私のふたりの娘》、あるいは《私のふたりのプリンセス》と言った。僕は姉たちに似ているだろうか。たぶん似ている。僕はママン・ポリヌに似過ぎるほどだし、ママンに似てなくてムヨンジの醜い憲兵に似ているなんて思いたくもないのだ。

地上に着いた日、そんなに早く天に戻ってしまうなんて、姉たちはいったい何を見たんだろうか。出て来るのを助けた看護婦たちは赤血球を持っていたのだろうか。姉たちのひとりが行ってしまうとしても、どうして一年半後にもうひとりの姉も、出てから同じ道を行ってしまったのだろうか。何人もの子供たちがそんなに急いで上のほうに向かって行くのは、いったい天に何があるのだろうか。ずっと悲しんだままでいないために、姉たちは星になって、僕がわからないように僕に話しているのだろうと想像した。夜になると僕は近くに寄り添ったふたつの星を探す。良く探せば必ず見つかる。姉たちの名前を知らないので、上の姉のほうを〈僕の姉星〉と名付ける。ふたつ目は名前が思いつかない。考え、考え、考えても思いつかない。きれいな名前を見つけるまで仮に、〈僕の名無しの姉〉と呼ぼう。

僕はシーツにうずくまり、動くと蚊が僕の上に飛んで来るようだったので、静かに動かなかった。耳もきちんと被せていた。僕は壁の向こうで話されていることを少しも聞き逃がしたくなかった。今度はパパ・ロジェが話していた。とても低い声で話すので、良く聞こえなかった。それで、シーツから出て蚊帳を退けて起き上がり、壁の近くに行った。

パパ・ロジェがママンを慰めていた。

「大丈夫だよ、子供は出来る。約束するよ……」

「たくさんの子供を？」

「そうだとも」

「ロジェ、女の子が欲しいわ。ひとりだけでも。男の子はいいわ、すでにいるし……」

「それは私たちの思うようにはいかない、ポリヌ。先ずは子供ひとり、神に頼もう。男でも女でもかまわないじゃないか」

ママンは何も言わなかった。パパ・ロジェはひとりで話し続けた。パパは、ママン・マルチヌとの子供たちもママンの子供で僕の兄弟姉妹だと言った。パパは彼らと僕とを差別して扱うことは決してしないと付け加えた。確かに、ママン・マルチヌに会いに行くと、ママン・マルチヌは僕もお腹から出て来た子供のひとりとして接してくれる。さらに僕の兄弟姉妹は皆とても僕が好きだ。パパ・ロジェはまた皆の話をした。僕はマキシミリエンが好きで、僕が抱いているときにフェリシアンがおしっこしたのを見たときは感動したとか、マリウスは僕によく話すとか、ムボムビは僕に一目置いているとか、ジネットは僕を守っているとか、そしてジョルジェットは良い姉で、ヤヤ・ガストンは皆の兄で、僕はいつでも彼の部屋にいると言った。

これらの楽しい話にかかわらずママン・ポリメは、ママン自身のお腹から出て来る子供が欲しいと主張した。僕が他の家の兄弟姉妹と口喧嘩したら、皆が気分を悪くして、結局僕には本当に血のつながった兄弟姉妹がいないことを思い起こさせるだろうと、心配している。

「ロジェ、あなたは知らないはずないでしょ？ 地区では皆、あなたがミシェルのほんとうの父ではないことを、マルティヌの子供たちはミシェルの兄弟姉妹でないことを、私の子供たちでないことを知っているわ！ 私を馬鹿にしたように話すのはやめて！」

そこでパパは声をあらげた。あまりに大きな声だったので、僕の部屋にいるみたいだった。

「くだらない話だよ、ポリヌ！ ばからしい！ 地区のなかで人が陰口を言うのを考えながら生きて行くのか。彼らは関係ないよ。彼らはいつでも、唐辛子を食べるとき、他人の口を使いたがるのだ〔敢えて言いたくないことは他人に言わせるのだ〕。聞く必要はない。私はおまえたちを愛していて、誰も私たちを別れさせられない。誰もだ。わかるかい?」

「でも、大市場の商人たちは私にたくさんお客がいるのは私が魔女だからで、だから子供が出来ないと言っているのを知ってる?」

「ポリヌ、良く聞きなさい。医者のところに行けば、ものごとがうまくいくようになるだろう」

「医者のところにはもう行ったわ。数年来それしかしてない。もう嫌になったわ! 私がどこの医者にも行ってないと思っているの?」

「新しい医者を紹介されたよ……」

「コンゴ人の医者にはもう行きたくないわ! 全部皆に話してしまって、皆は私をばかにし続けているわ」

「それは白人の医者だ。少しの間に地区で一番の医者になったことは皆が知っている」

少しの沈黙があって、僕はママン・ポリヌは承知したと思った。

パパが続けた。

「大市場のおしゃべり女たちはほんとうにばかだ! それぞれが刺されたところを掻けば良い! 〔他人のことは構うな。Que chacune se gratte là où elle a été piquée ブルキナファソのことわざ〕それでは私、ロジェが他の男とは違うところを見せてやろう! 来月、おまえに少しお金を渡そう。ここから遠いところで他の商売をするんだ。レ・バンダの原野に行ってバナナを房で買いなさい。そして鉄道のワゴンに乗せてブラザヴィルに売りに行く。今一番良い商売だそうだ」

その計画を聞いて僕は跳び上がった。ママン・ポリヌは少なくともひと月に一週間いなくなることを理解した。僕は壁を叩いて、僕が承知しないことを、僕の気持ちも聞くべきだと言いたかった。この家には三人いる。僕が存在しないみたいにして決定するのは良くない。ブラザヴィルはとても遠い。国に命令を出す共和国大統領がそこに住んでいる。そこに行くには少なくとも二日、列車で寝なくてはならない。ブラザヴィルの人たちはママンを殺してしまうかもしれない。パパ・ロジェは何を考えているんだ？

僕は夜半まで聞いていた。毎月ブラザヴィルに行くママン・ポリヌのことを考えた。ママンが是が非でも子供を欲しがっているその話に関し、千もの質問をしたかった。白人であるにしても医者が、地上を通らないで天に行くのを自分で決めたお腹のなかの子供に、いったい何が出来るというのだ。白人、黒人、黄色人、赤い人でも人間は神様が望むことをほんとうに変えられるのか。むしろ、サン＝ジャン＝ボスコ教会に行って強く祈るべきなのではないか。たとえその教会のミサが長過ぎるにしても。

僕の両親は明りを消して声を低くして話した。さっき泣いていたママンは今では笑って、パパが言った。

「しっ、そんなふうに大声で笑わないで。ミシェルに聞こえるよ」

「大丈夫よ。この時刻はいびきをかいているわ。私は良く知ってるんだから」

僕が大きくなったら、向こうの遠くの島に君を連れて行く
自然のままの海岸の砂の上を蟹たちが歩く島に
僕たちの娘は輝く赤い靴を履き
黄色い花模様の白い服だろう
君のように
僕たちの息子は帽子を被っているだろう
なぜなら僕もまた、大きくなったら
帽子を被りたかったので

僕は娘を右手で支え
僕のママンのようにポリヌと名付け
君は息子を左手で支え
僕のパパのようにロジェと名付ける
僕たちのまっ白な犬は五人乗りの赤い自動車を見張る

僕のおじさんの犬のようにミゲルと名付ける
でも猛犬ではない
そして僕たちと一緒にテーブルで食べる

僕はマルセル・パニョルの本を読むと君に約束する
僕が大きくなったら
だけど僕は君のためにきれいな城を建てたりしない
僕は君に木でできたきれいな家を建てよう
ママン・ポリヌとパパ・ロジェの家のような
城は大き過ぎる
僕は僕たちの夢がそのなかで失われてしまうのを恐れる
そして皆が僕のことを資本主義者に過ぎないと言うのを恐れる
僕は資本主義者の赤血球を持ちたくない
そうでないと僕のふたりの姉は僕がわからなくなってしまい
僕が天に昇る日、ふたりの姉は僕を天から追い出すだろうから

ミシェル

ルネスが言った。

「昨日、君は面白いものを見逃したな。僕はあちこち探したのに」

そしてルネスは、地区のお母さんたちをののしる意地悪なジェレミのお母さんのことを話した。今回はご主人と言い争ったらしい。はじめは家のなかから、子供たちの前で始まって、そのあと路上で人々に囲まれて、まるで競技場のサッカーの試合みたいになって終った。ご主人を馬鹿にして、皆の前で叫ぶジェレミのお母さんの声を、ルネスは僕のために真似してみせた。

「あんたはちっぽけな間抜けでばかもので、なにもできない！　あんたはそれでも亭主だと思ってるの？　まともな男がやるようにベッドでする当たり前のことを私にすることさえできない。私は色々やって試したのにあんたは何も出来ない。寝たままいびきをかくだけ！　インポやろう！　私の家にいるのは亭主なの？　独立大通りの電柱のように電気が来てない柱なの？　どこの女がこれを我慢できると思うの！　待ってなさい、今日から何が起こるか見てなさい！　あんたの生活は変わるわ。革命よ！　私は地区のりっぱな若い男を見つけて、そのりっぱな若い男は毎晩私をしっかり抱いて揺り動かしてくれるから、あんたが私に触ろうとしてもいびきをかいてやるだけにするから！　私のことを子供を作るだけでいいと考えてるんでしょう、間抜け！」

僕はルネスを喜ばすために少しだけ笑った。今日、ルネスの家の区画に来て三回口笛を吹いたのは、川辺に行ってある物を見せたかったからで、商売がうまくいき過ぎているママン・ポリヌをののしる、僕が嫌いなその婦人の話を聞きに来たのではないのだ。それでも僕はルネスに物真似を終わりまでやらせた。ジェレミのお母さんが大きなお尻をしっかり締めつけていた赤いパーニュを腿まで上げたと付け加えたときに、僕はまた少し笑った。彼女は群衆に向って、「誰か疲れきるまで私を揺り動かしたい人はいないか」と訊いた。そして口笛を吹いたり、叫んだりした男たちがいた。

「俺！　俺！　俺はしっかり揺すってあげるよ！」

ルネスは僕が前みたいには笑わなかったのがわかった。

「何か僕に言いたいことがあるの、ミシェル？」

僕はそこでポケットから紙を出してルネスに差し出した。

「これをカロリヌに渡してくれる？」

ルネスは紙を取って僕が書いた物を読み始めた。僕の心はもう穏やかではなかった。数分間目を閉じた。目を開いたとき、表情を変えないルネスの顔が見えた。ルネスは何も言わずにまた読み続けた。僕が書いたことがわからないのだろうか。

「ミシェル、君が書いたのは詩ではないよ！　悪くないけど、詩はそうじゃないんだ。行の最後は同じに響かなくてはいけないんだ。ほんとうの詩をひとつ暗唱してあげよう。行の終わりで同じ音が聞こえるのを良く聞いてごらん」

Tout enfant, tu dormais près de moi, rose et fraîche,
Comme un petit Jésus assoupi dans sa crèche;
Ton pur sommeil était si calme et si charmant
Que tu n' entendais pas l'oiseau chanter dans l'ombre;
Moi, pensif, j'aspirais toute la douceur sombre
Du mystérieux firmament.[*8]

まさしく子供、私のそばで眠る薔薇色のさわやか（fraîche）な君、
秣桶（crèche）のなかのまどろむ小さなイエスのよう
君の純な眠りはとても静かで魅力的（charmant）
日陰（l'ombre）で鳥が歌うのが聞こえなかったか？
思いにふけった私は暗い（sombre）優しさのすべてを吸い込んだ
不思議な蒼空（firmament）の

僕は紙を受け取ってポケットにしまった。ルネスが暗唱したその詩を、僕は学校で学んでいなかった。ルネスはそれはヴィクトル・ユーゴが娘のために書いた詩だと言った。それを聞いたとき、僕はすぐに、おじさんの家の壁に掛けられたヴィクトル・ユーゴの写真を思った。

僕の詩に関してはもう話さなかった。良いか悪いかルネスに言ってもらいたかったのだけど。風と共に草が歌うのが耳に聞こえ、それは僕たちの眠気を誘った。

ルネスは起き上がって、ジョンとか言う先生がサヴォン地区に開いたばかりの空手クラブに行かなくてはならないと言った。

「五時ちょうどにそこに行かなくてはならないんだ」

「誰、ジョン先生って？」

「ブルース・リーの映画みたいに空中に跳ぶ強い男だよ。黒帯で六段だ。どうやって跳ぶかわかったらすぐに君にも教えるよ」

別れる前に、僕がまだ寂しそうだと感じたのか、ルネスは僕の右肩に手を置いて言った。

「カロリヌはフク地区の母方の伯母のところに行ってる。いつ戻るか知らないんだ。手伝ってあげたいけれど、君はその間に詩を書き直せるじゃないか」

訳者注

＊8　ヴィクトル・ユーゴの、《八〇のエスプリ》 Les quatre-vingts de l'esprit の第三部、《叙情詩》 Le Livre Lyrique の第一六番目、《我が娘、アデルへ》 À ma fille Adèle の最初の段

アメリカ人のロジェ・ガイ・フォリイはウガンダの大統領イディ・アミン・ダダのことを告げた。隣のタンザニア人たちがカンパラという首都に攻めてきたので、彼は自分の国から逃げた。イディ・アミン・ダダの権力にうんざりしたウガンダ人たちを追いかけて、ウガンダの軍隊がタンザニアに侵入して以来、タンザニア人たちは怒っていた。

パパ・ロジェがイディ・アミン・ダダの名を繰り返したとき、僕は身をよじって笑った。

「気をつけなさい、ミシェル、そんな風に笑ってはいけない！　それは大変な話なのだ。その大統領が三〇万人以上を殺しているのを知ってるか。八年間君臨していた間に、ウガンダ人だけではなく外国人も殺した。殺し、殺し、殺して、それしかせず、人を食べさえし、大市場で売っている肉のように頭を切り、性器を切った」

そのとき、僕はその大統領の名前を笑うのをぴたっとやめた。しっぽが螺旋状で朝から晩まで片目から目ヤニがにじみ出ている僕たちの地区の《ダダ》という犬の名前と同じでおかしかっただけだったけれど。

パパはラジオの音を下げて、イディ・アミン・ダダがドラゴンよりも意地悪な怪物で、人間を唐辛子と塩で食べたと説明した。彼が二m近い背丈で読み書きがあまり良く出来ないのを知ったときには不思議に思った。なぜ皆と同じように、遠い学校まで行く時間を取らなかったのだろうか。ママン・ポリヌも良く読み書きが出来ないと皆はいうかもしれないが、ママンは人を殺していないしフランス語はきちんと話す。人は、良く読み書きできなくてもきちんと話せる。そうでなかったら読み書きを教わらずにどうして皆は部族の言葉を話せるのだ。小さいときにママンが学校に行かなかったのはママンのせいではない。当時、皆は愚かで、女が学校に行くと、あれこれと夫と議論し、夫の命令に従わなくなるから、良くないと言われていたとママン・ポリヌは話した。女が学校に行けば困ったことになって、下品なフランス語を話すようになり、叩かれるのとは反対に夫をどなりつける白人の婦人みたいになって、いつでもノンと言うようになると。でも、ママン・ポリヌは学校に行かなかったけれど、三〇万人以上も殺して何人かを塩と唐辛子で食べたイディ・アミン・ダダより頭が良い。どうして捕まえずに、今はイスラム教徒の国へ逃げたままにさせるのだろうか。パパはその国の名前を挙げた。リビア（首都はトリポリ）とサウジアラビア（首都はリヤド）だ。サウジアラビアはその殺人犯に静かな小さな家を与え、専属の料理人も付けた。僕たちの大陸では、殺されなかった人たちが飢えて死につつあるというのに。これは当たり前のことなのか。イスラム教徒の国にただで泊めてもらうには三〇万人以上殺さなくてはいけないということなのか。さらに毎月お小遣いまでもらえるそうだ。優秀な成績の生徒のように。でも彼は学校に行っていない。

そうだ、イディ・アミン・ダダは全くドラゴンより悪い怪物だ。僕はもうんざりして、パパ・ロジェがどうしても聞かせたがる話を聞く気がしなくなった。しかし、政治は全然興味がないと言っているママン・ポリヌが静かに聞いているので、「無礼なやつ」、あるいは「自分たちの大陸の国のなかで起こっていることを知りたがらない」と言われそうなので、僕はテーブルを離れられなかったけど。

パパ・ロジェはさらにイディ・アミン・ダダについて説明し、ク・デタによって権力に就いた軍人だと言った。それは普通のことだ。不思議なことでは全くない。しかし文字が読めない者に、「おまえは読めない、おまえは書けない、それはたいしたことではない。ともかく私たちのために世界じゅうに話してくれないか」と言う国がどこにあるだろうか。そんな国は尊敬されないだろう。学校に行った大統領が一緒に紙の上にサインするとき、どうやってその文字が読めない者はサインできるのだ？　ウガンダ人たちの富を吹っ飛ばして資本主義の国に渡す約束にサインしていることがわかっていただろうか。最悪なことに、パパ・ロジェがつけ加えた話によると、イディ・アミン・ダダはアフリカ統一機構（ＯＵＡ）の総長だったそうだ。つまり、ほとんどすべてのアフリカの国々の長だ。アフリカの大統領たちが彼をそこに据えた。それは冗談ではなかった。ヨーロッパ人たちはイディ・アミン・ダダが読み書き出来ないことを喜んだ。ここで言うヨーロッパ人たちとはイギリス人だ。フランスが僕たちの大陸のすべての国を植民地化したのではない。ヨーロッパ人同士で国を分け合ったのだ。さもなければ彼ら同士で、白人同士で戦争していた。そしてイギリス人は言った。イディ・アミン・ダダが読み書きが出来ないのは良いことだ。植民地主義がその国で終ったとしても、遠くから管理できるだろうと。

パパ・ロジェはさらに興奮した。

その独裁者が、大統領になるためにク・デタを起こしたときに、合衆国とイスラエルさえも支持した！　ク・デタの後でその怪物は軍隊に自分の種族の者を入れ、それ以外の種族の者を排除し始めた。ある日、狂乱して、朝起きたときに神妙な顔をして宣言した。神から直接に下された夢を見たと！　その種の特別な夢を見るなんて、マーティン・ルサー・キングみたいなアメリカの黒人なのか。

誰だって夢は見ると思うが、パパによれば、問題はイディ・アミン・ダダの夢が大き過ぎることだ。イディ・アミン・ダダの夢は、アジア人をその国から追い出すことだった。朝、昼、晩、ウガンダ人たちの食料のための商売をしているのは彼らだというのに。神様は誰かにそんな夢を見させるほど意地悪なのか。そしてイディ・アミン・ダダはアジア人たちを追い出した。そして言った。「私たちは私たち自身で国を動かします。店と商売を私たち自身で管理します。あなたたちがウガンダ人たちのパンを食べることに嫌気がさしました。三カ月以内に私たちの国、ウガンダを離れないならば、見るべきものを見ることになります。すべてを残して出て行きなさい。歯ブラシとパンツとサンダルだけで」

可哀想なアジア人たちは、目眩を起こしたホロホロ鳥のように右往左往した。ずいぶん前からウガンダに住んでいた彼らはアジア人であることを忘れていたし、祖国アジアでは、ウガンダでアフリカ人になった兄弟たちのことをもう忘れていた。それら可哀想なアジア人は誰も知人がいない隣の国々に逃亡した。

日毎イディ・アミン・ダダは精神異常の程度がひどくなり、村人全体を殺したり、気に入らないときは頭か性器を切った。擁護しているアメリカ人とイスラエル人たちは、言い始めた。「病人に支配されているこの国から引き揚げるべきだ。この大統領は精神異常だ。もう武器は売ってはならない。さもなければある日、彼は私たちに向けて撃つだろう」独立後にウガンダに残ったすべてのイギリス人も言った。「私たちも永久に出て行こう。このままではさらに悪くなる可能性がある。こんな状況はこの大陸の他のところでは見たことがない。そいつが食べるべき黒い肉がなくなれば、次に鍋に入れられるのは私たち白人だ」そして、何も気にしないイディ・アミン・ダダは答えた。「そうです、その通りです。哀れな旧植民地主義者たち、私の国から出て行きなさい。私があなたたちを追い出します。ロシアとリビアと友人となり、同じく良い商売をする彼らからりっぱな武器を買い、私との問題を探すウガンダと隣の国々の人々を、私は虐殺し続けられます」

今では公然たる敵となったかつての友人のイスラエル人たちをうんざりさせるため、イディ・アミン・ダダはパレスチナ人たちを言いくるめた。彼はパレスチナ人たちをウガンダに招待して言った。「私のところに来て下さい。イスラエル人たちはいつでもあなたたちパレスチナ人に対抗していますが、私、イディ・アミン・ダダはあなたたちに事務所を構えられる広い場所を差しあげましょう。きれいな建物です。それらイスラエル人たちの大使館があったところですが！彼らに対して仕返しが出来て良いでしょうし、私は最後まで支持します」

パパ・ロジェは、イスラエル人はユダヤ人で、パレスチナ人は大部分がアラブ人でそのふたつの人たちはずっと前から喧嘩していると説明した。ママン・ポリヌはどうして喧嘩するのか訊き、パパは答えた。

「たくさんの話があってすべてを説明できない。政治、宗教、殺された人々、そして、パレスチナが私たちの国と同じようなひとつの国家であることを多くの国が認めないなど、その話は、私自身も混乱している」

僕は考える。僕たちの国と同じような国と認められていないパレスチナはいったい何なんだ？なかに住んでいる人はいないのか。僕みたいに学校に行っている子供はいないのか。道もなくて、ラッシュアワーでクラクションを鳴らす自動車もないのか。家、旗、音楽、学校はなく、そして大統領もいないのか。パパ・ロジェは言った。幸運なことに皆が望もうと望むまいと、ヤッセ・アラファトが大統領になり、パレスチナが国であることを宣言した。僕はヤッセ・アラファトという名前が好きだ。ニックネームみたい。

それで僕は耳に優く聞こえるヤッセ・アラファトの名を繰り返した。パパはパレスチナを困らせる大きな問題があると付け加えた。

「ヤッセ・アラファトは私をがっかりさせた。彼は、イディ・アミン・ダダの結婚の証人になることを承諾した。三〇万人以上を殺したその犯罪人が五人目の妻を得たときに」

そのとき僕もその名前を嫌いになり始めた。


ルネスがトロワ・グロリューズ中学校で学ぶこと以上にたくさんの複雑なことを頭のなかに入れたので、僕の頭は爆発しそうだった。パパ・ロジェが、ウガンダの首都の飛行場に、パレスチナ人たちを応援している悪者たちによってハイジャックされた飛行機が着陸した話をしたときに、脳が沸騰するのを感じた。それらパレスチナ人たちの応援者は飛行機を乗っ取って、僕はどこかは知らないところに投獄されているパレスチナ人たちを釈放しないならば、哀れな乗客たちを殺すと脅した。イディ・アミン・ダダは、この話の仲介者を演じ、世界じゅうに彼がりっぱな男で白血球を持っていることを示せることを嬉しがった。彼は人々をなだめ、長い演説をし、飛行機のなかに閉じ込められた乗客を訪問した。しかし、パレスチナのことを話すたびにいつでも怒るイスラエル人たちは、大急ぎでウガンダにかの有名な恐ろしい軍隊を送り、彼らが人質を解放した。パパ・ロジェは、イスラエルがこのような任務を行うとき、彼らは有能でいつでも成功すると言った。そのような特別任務のために訓練されており、ときにはなかに女性もいると。たしか僕たちの軍隊では女性は軍人になれない。

解放された人たちとともにウガンダを離れる前に、イスラエル人たちはその機会に乗じてウガンダの戦闘機を爆破した。イディ・アミン・ダダは怒り、飛行場で働いていたすべてのウガンダ人を殺した。彼らのばかさ加減がイスラエル人たちを国に入らせ、人質を解放させ、彼の戦闘機を爆破させたと考えて。戦闘機なしでどうやって防衛したり、あるいはタンザニアのような隣の国を攻撃できるのか。怒りのなかでイディ・アミン・ダダは国のなかのすべての外国人を追い出し、さらにウガンダ人を殺した。そして彼が世界で一番強いことを誰も認めないと思って、自分で自分を元帥に指名し、首から腰まで届く戦勝のメダルを望み、イギリス人を追い払った戦士なのだからと、自身をスコットランドの王と呼び、地球全部の王であることを望んだ。彼は言う、

「私は絶対だ。私の国に用があって来る外国人は私の前では動物のように四つ足で歩くように。特にイギリス人は」

今日がサン＝ミシェルの日だったのでルネおじさんは僕たちを訪ねて来た。僕は今でもその聖ミシェルが誰なのかを知らないし、おじさんがなぜ僕にミシェルという名を与えたかったのかいつも不思議に思っていた。もしそのミシェルが《聖》ならば、その話はバイブルのどこかに出ているだろう。聖者たちとその他の神様に近い人たちが見つかるのはバイブルのなかだから。一方、カレンダーを見ると、サン＝ミシェルの日は九月二九日だ。それはまた、僕が生まれた月と日でもある。そうするとおそらくルネおじさんはカレンダーを見てママンにこう言ったのだ。「おまえの息子はすでに数カ月になるが名前がない。難しく考えることもないだろう。カレンダーを見て、生まれた日の記念日の名前を付けよう。それで話は終わりだ」〔フランスでは三六五日、どの日にも聖者の名が付けられている〕

従って僕の誕生日に、おじさんは僕に、農民遊びをするための、プラスティックのトラック、小さなスコップ、そして小さな熊手を持って来た。僕たちのところにほんとうの革命が起こるなら、それは農業からで、農民こそ、土地を愛することを知っている人たちだからだと、おじさんは言う。それらの人々のために共産主義者たちは闘う。事務所で座っているだけで、自分のために他人を搾取するだけの者たちのためではない。世界が存在して以来人間が行っている農業を好きになるように子供たちに良い習慣をつけさせなくてはならない。おじさんはそう思っている。

僕たちは、おじさんが農業のことやカール・マルクスとエンゲルスが考えたことを話すのを聞いた。そしてママン・ポリヌのほうを向いて言った。

「エンゲルスは正しい。[*9] 私は彼に賛成だ。哲学者たちは世界を解釈しただけだが、今は変革するときだ……」

僕は言われたことを心の奥で繰り返した。聞いていて心地よかったし、おじさんは拳骨を振り動かしてまるで革命の敵たちと喧嘩したいようだった。ママンと僕が理解していないのがわかって、おじさんは家から出て車のほうに行き、一分後に戻って来て、たぶんママンのためにもってきた、おじさんが暗唱したその共産主義者の小さな本を僕のほうに差し出した。

訳者注

＊9　この言葉はマルクスによってブリュッセルで書かれた『フォイエルバッハに関するテーゼ』の最も重要な第一一番目のテーゼである。そのときブリュッセルに着いたエンゲルスと一緒に唯物論的歴史理論を練り上げることが決まり、後に大著『ドイツ・イデオロギー』が出来上がった。従って、ルネおじさんの言葉はエンゲルスではなく「マルクスは正しい。……」とすべきだが、ここはおじさんが革命的実践について熱弁している懐かしいユーモラスな思い出のシーンなので、おじさんの間違いかミシェルの聞き違いであったにしても、マバンクは訂正せずそのまま主人公に語らせたのであろう。

「ミシェル、ほら。私が言ったことすべてがこの本に書いてある。それは科学的事実であり、人民を騙すための阿片ではないので、この本はバイブル以上だ！」

僕はその本を手に取って、発音するのが難しい名前から始まる題名を読んだ。『ルートヴィヒ・フォイエルバッハとドイツ古典哲学の終結』　それを書いたのはフリードリヒ・エンゲルスという名前だ。そうだ、僕はすでに写真をおじさんの家で見ていた。そのとき初めてエンゲルスの名がフリードリヒであることを知った。ルネおじさんはいつも《エンゲルス》と言って、《フリードリヒ・エンゲルス》と言ったことはなかった。

本の後ろにはエンゲルスの写真はなかった。僕はおじさんの家のと比較したかった。たぶん、有名になったら本の後ろには写真は載せないのだろう。写真を載せるのはまだ有名ではないので、知ってもらいたいからだろう。エンゲルスは僕たちの大統領より有名なのだろうか。僕はそうだと思う。だから、僕たちの大統領の本には笑っている大きな写真があるのだ。

僕はなかにエンゲルスの写真がないかどうか見るためだけに本を開いた。なかった。僕たち子供には読んで欲しくないかのように、とても小さな字で書かれた言葉があるだけだった。

僕が一ページに時間をかけ過ぎるので、おじさんは本を僕の手からもぎ取った。

「ミシェル、読まなくていい！　今はまだおまえにはわからないことだ。私たちの地区の人民委員会の同志たちでも苦労している。エンゲルスは全くの妄想家だ！　世界は変わらなくてはならず、その変化は農業を通してしかあり得ない。農民たちは自分たちの生産手段の所有者でなくてはならず、資本主義の利潤を阻止しなくてはならず、この国に真のプロレタリアの独裁を実現しなくてはならない！　どうしたらそこにたどりつけるか。もちろん、カール・マルクスが私たちに、史的唯物主義、あるいは本の通りにいえば、新唯物主義によって、間接的な方法で説明した世界史を読み直さなくてはならない。なぜならしばしば皆は、マルクス思想の利益者とみなされている人民大衆に大損害をかけて、それを忘れるからだ。マルクスは史的唯物主義について話したことはなく、新唯物主義についてだ！　それは微細な差異だが、主要な、基本的なことだと私は言いたい。ちゃんと話について来てるかい？」

僕たちは頭で、「はい」とうなずいたが、まったくわからなかった。おじさんは僕たちが賛同したのだと思って続けた。

「それは当然、一目瞭然だが、すべての社会関係は対決の上に必然的に打ち立てられる。よりテキストに沿って言えば、階級闘争だ。私たちの関係は私たちが具体的に生きているものの上に基づいており、イデオロギー――上部構造と言いたいのだが――、の上ではない。なぜならば今ではイデオロギーは、私たちの生活条件、社会関係その他が変化する限り、世界を説明できないことがわかっているから。これに関してはマルクスははっきりしている。白の上に黒くはっきり書かれている。引用しよう。《新唯物主義は人間社会、あるいは社会的人間性の視点に位置づけられる》　引用終わり……」

おじさんは、エンゲルス、レーニン、カール・マルクスあるいは不死身のマリエン・ングアビのことを話すときには汗が吹き出る。ここでハンカチーフを出して汗を拭った。おじさんは僕たちが何も理解していないのがわかって、ママンのほうにまた振り向いた。

「では、ここまでにしよう。サハラ砂漠で釣りをしているような印象だ。私と一緒に来なさい。いくつかのことをきちんとしておかなくてはならない。子供の前では話せないことだ」

ふたりは家から出て家の敷地のまんなかで話した。大き過ぎる声で話したので全部聞こえた。また、ルブル村の長だった僕のおじいさんと結婚した僕のおばあさんが残した土地の相続の話だった。おじいさんは家の土地、鶏小屋、羊、ヤギ、豚、牛、マニオク芋とトウモロコシの畑をもっていたが、亡くなった後おばあさんが引き継いだ。そのあと今度はおばあさんが亡くなって、ルネおじさんは兄なのですべてを譲りうけることになり、僕のママンはおじさんが死ぬのを待ってから、おばあさんとルネおじさんの財産を相続すれば良いと、伯父さんは主張している。

ママン・ポリヌは承知しなかった。

「ルネ、家族の問題はあなたが好きなアンジェルスの本のなかに書いてある政治の話とは関係ないわ」

「エンゲルスだ！」

「知ったことじゃないわ！　私たちの家族に関することよ。どうしてあなたはそんな風に嘘をつくの？　あなたはすでにあなたの兄さんの家を取ったけど、彼の子供たちが相続するべきだったでしょう！」

「冗談だろう？　どうして子供たちがその家を相続するんだ？」

「相続すべきなのは子供たちよ！」

「違うよ。それは世界の資本主義者の幻想で、私には帝国主義が人々の頭をいっぱいにし続けているのが見える！　私たちは私たち自身の伝統に戻らなくてはならない。その家は私の兄の物だった。そして彼が入院したときに薬を買ったのは私だから、それを使うのは私だ。棺桶を買ったのも私だし、そのアルベールの夜の集いに来た者たちに食事を出したのも私だということを忘れないでくれ！　アルベールが病院にいたあいだ、子供たちは具体的に何をしたというのだ？」

　話している亡くなった兄は、僕のおじいさんの最初の子供でポワント＝ノワールの電気会社に勤めていた。彼は僕がとても小さいときに亡くなった。ルネおじさんが子供たちと奥さんと住んでいるきれいな家はアルベール・ムキラおじさんの家だったことを僕は初めて知った。ママンは時どき、まだ僕は会ったことがないその子供たちのことを話した。そのうち、一番上の姉のアルベルティヌは別にして、何人かはおかしなあだ名がついていた。アルベルティヌの次に生まれた従兄は《ミツバチ》というあだ名をつけられ、ソ連で勉強して帰国した。《りっぱなガキ》はレクス地区の小さなアマチュア管弦楽団員だ。その次の《都会風》はフランスで勉強を続けている。そして双子がいて、《奇術師》と《気まぐれ》。ふたりは僕のママンを男勝りとして《パパ・ポリヌ》と呼ぶ。ルネおじさんはそれらの子供たちを彼らのお父さんの家から追い出し、相続品を全部取って、あたかも自分の仕事で得たかのようにみせている。

「今度は、私たちのお母さんの財産はそんな風に取って行くようにはさせないわ」ママン・ポリヌが再開した。

「おまえは私が死ぬのを待って、私の財産、亡き私たちのお母さんの財産、それにアルベールから相続した家を相続すればいい」

「私が先に死んだらどうなるのよ？」

「おまえには息子がいる。ミシェルが相続する！」

「ミシェルは私たちのお母さんの息子ではなくて、私の息子よ！　家族には他の人もいることを忘れないで！」

そして僕はまだ知らないおばやおじの名前を聞いた。ポワント＝ノワールから二〇〇㎞以上離れたドリシイに住んでいるブアンガおばさん。ムサンダ村に嫁いだドロテおばさん。ルブルに住んでいるママンのすぐ下の最後の家族であるジョセフおじさん。僕にとってはただ名前だけ。誰にもまだ会ったことはない。ママン・ポリヌは、皆優しくて、僕のことを考えていて、いつかは会いに来たいと言っている、とよく僕に話した。

ルネおじさんは家族で一番上の兄として振舞っているけれど、上にブアンガおばさんとドロテおばさんがいる。でもふたりのおばさんはおじさんをとても怖がっていて何も出来ず、おじさんは家族の誰かが死ぬのを待っていて、お通夜に急いで行ってこう言う。「死者が残して行ったものは私のものだ」　もしママン・ポリヌが死んだら僕たちの家を取りに来て僕をアルベールおじさんの子供たちみたいに追い出すだろうか。でもその区画はパパ・ロジェが僕たちのために買ったものだし、僕の名前が書類の上に書いてあるので、そうできるとは思えない。どうしたらルネおじさんが取りに来れるだろうか。パパ・ロジェは、普通は相続は子供にだから、ルネおじさんに対して世界大戦をするだろう。僕はルネおじさんがなぜそういうふうに振舞うのか考えてみた。たぶん、お金持ちだともっとお金持ちになりたくて、何も持っていない周りにいる人たちが見えなくなるのだろう。

帰って行く前におじさんは千フランCFAのお札を地面に投げ、ママンは受け取るのを拒否した。自動車が動くとすぐに僕は急いでそれを拾った。そうでないと、風が独立大通りのまんなかまでお札を運んでいって、人々が取り合いする。僕たちのだという証拠はないので、人々は自分のだと言うだろう。

ルネスはお父さんとレクス映画館に行って、『マンダラ、インドの娘』を観た。映画館では、泣ける映画が毎日見られるわけではないが、この映画ではムトムボさんを含めて、皆が泣いたそうだ。

カイ＝ドゥ対ドラゴンの試合があるサヴォン地区のサッカー場に向かって歩いている間、ルネスはそのインドの映画について説明した。資本主義者たちに比べてもすごい差がある豪華な生活をしているサムシャという王子とその妹ラッシャー王女のことを話した。象、虎、ライオンがいて、虹色の幸せの宮殿、花がいっぱいで、下半身を揺らして踊るきれいな婦人たちが水浴する河もある。僕は聞いていて羨ましくなった。同時にルネスは僕がその映画を見たくなって、映画館には子供だけでは入れないので、パパ・ロジェに連れてってほしいと頼みたくなるように、話におもしろい味付けをしたのではないかと思った。

その映画では王子と王女は村人を苦しめる。だから、地上の、劫罰に処せられた者たちと資本主義者の話のようだ。王子と王女は金持ちなのに、どうして貧しい人々の静かな生活を脅かすのだろうか。幸いなことに、ジェという勇気ある若者がいて、それらすべてに戦う決心をする。その上、その若者はラッシャー王女を妻にしたいと思っている。けれど、王国を攻めるのも王女を妻にするのも簡単ではない。ただじゃもらえない。その王女はとても高慢で、ジェの甘い蜜の味がする美しい言葉にも、ぜんぜん耳を貸さない。神のおぼしめしか、ジェを愛している田舎の娘がいて、ジェが王国を攻めるときに、彼女は身を犠牲にしてジェの命を救う。そのとき映画館の皆は拍手した。なぜならジェはきちんと仕返しし、金持ちだけではなく貧しい人たちでもそんな冗談ぽいことができると示したので。

ルネスが宮殿の様子を細かく述べたので、彼がインドに行ってその宮殿を訪問したかのように感じた。そしてその話が、僕に起こっている、僕を愛さなくてはいけないのにマベレを愛しているカロリヌとのことと少し似ている気がした。多くのプラスチックのトラック、スコップ、そして熊手を持っている僕は、少し、マンダラの農民のようだ。僕はカロリヌ王女を言いくるめなくてはならないが、田舎の娘に愛されたくないし、僕を死から救うために田舎の娘が犠牲になってほしくない。マルセル・パニョルの本を読んだのはマベレだけで、彼はカロリヌのために詩を書けると思っている高慢なやつだ。

「ミシェル、君はひとりごとを言ってるぞ!」

僕は考えていることを大きな声で言っているのは気づかなかった。

「僕はマベレを好きではないことは知っておいてくれ」ルネスが言った。

「彼を良く知ってるの？」

「いいや、ブロック五五の地区の少年たちと路上で遊んでいるのを良く見るだけだ」

「僕も見たい。僕のほうがりっぱだかどうか知りたいし」

「君は彼よりりっぱだ。すでに言っただろう」

「ほんとう？」

「あとで彼の姿を見ることができるよ」

「どこで？」

「サッカー場で」

「そこの、サッカー場で？」

「カイ＝ドゥの一一番が彼だ」

「でも一一番は普通、ジョナ・ル・プチ・ペレだよ！」

「ジョナは終わった。コーチを侮蔑したのでやめさせられた。今ではドラゴンでプレイしている」

「ということは、ジョナは前のチームに対抗してプレイするということ？」

「彼は僕たちのカイ＝ドゥに対してプレイする」

ルネスと僕はカイ＝ドゥを応援していた。サッカー場のまんなかから相手チームのゴールキーパーまでドリブルするジョナが好きだったからだ。皆は《小さなペレ》とあだ名を付けた。彼の足にボールがあるときは誰も止められない。彼はロケットのように飛び立ち、抜け出し、左足でボールを蹴るときは確実にゴールネットの奥に行く。他のチームは良くこう言った。試合に勝つためには誰かがジョナの脚を折らなくてはならない。だから、筋肉隆々の背の高い守備選手を彼にはりつけた。彼はすでに二〇歳くらいに見えたが、年齢が高いとしてもルネスと同じでそれ以上ではけっしてなかった。

僕はルネスに言った。

「ジョナがもうカイ＝ドゥにいなくてマベレに交替したのなら、僕はカイ＝ドゥを応援しないで今度はドラゴンを応援し、この試合に勝ってもらいたいよ」

僕たちはサッカー場に着いた。ルネスは遠くのマベレを僕に示した。

「ほら、あそこにいるよ。ゴールキーパーの側で靴の紐を結んでいるのが彼だ」

競技場はすでに人で埋まっていた。人々は穴だらけのそのサッカー場の周りに立っていた。背が低い人は腰掛けを持ってきてその上に立った。そうでなければ何も見えなかった。

僕はまたマベレを見て、僕以上のものはなさそうだとひとりで言い、ルネスが僕の耳元でささやいた。

「みてごらん、正面にいるよ」

「カロリヌ？」

「しっ！　じろじろ見ないで。彼女もこっちを見てる」

カロリヌはオレンジ色のTシャツを着ていた。カイ＝ドゥのチームカラーだ。ということはカロリヌはマベレを応援に来ていた。

「カロリヌは君のおばさんのところだと言ったよね……」

「うん、今でもそうだ。たぶんマベレがここに招待したんだ」

「僕は家に帰る。もう試合は見たくない」

「いや、残って。マベレは僕に任せて。みんなの前で僕がどうするかわかるだろう。ジョン先生からすでに、オレンジ帯しか学ばない上級の型を習ったんだ。見ていろ！」

「いいよ。帰る」

ルネスは僕のシャツを引っ張った。僕は暴れてむりやりルネスから離れたのでシャツが破れる音がした。

僕はすでにルネスから二〇〇mは離れていたが鉄砲の弾のように走り続けた。人々を押しのけて走っていたので後ろから僕をののしるのが聞こえた。僕は気にせず、走り続けた。

遠くからルネスの声が聞こえた。

「戻って来いよ、ミシェル！　戻って来いよ！　戻って来いよ！　戻って来いよ！」

プラトー通りは通らないで、学校の友人のひとりのプラシドの両親の家の敷地に入った。僕が良く知っている近道だ。プラシドの兄さんのポールが道を塞いだ。

「ミシェル、止まれ。そんなふうに走るなんて、何か盗んだかどうかしたのか」

僕は左に走るふりをして右に戻り、ポールをフェイントするのに成功し、彼は柱みたいに立ったまま走り続ける僕を見た。僕は、もうひとりの学校の友人のゴデの両親の家の敷地に入った。それもまた、直接に独立大通りにつながる抜け道だ。僕はルネおじさんがエンゲルス、レーニン、カール・マルクス、あるいは不死身のマリエン・ングアビのことを話すときみたいに汗をかいた。僕は右手で額の汗を拭いた。裂けたシャツが広がって、背中に翼があるようだった。こんなふうに走りつづけると飛んでしまいそうだ。

ついに独立大通りに出て、振り返った。ルネスは追いかけては来ず、僕が一緒でないのに試合を見ているだろう。マベレとの間に何が起るかは知らない。喧嘩しただろうか。ルネスはジョン先生の空手をやっただろうか。その先生が教えた上級の型って何だろうか。自分より背が高い人たちを殴りつけるときのブルース・リーのように、すでにルネスは跳び上がれるのか。心の底では僕はルネスがマベレと闘って欲しくなかった。カロリヌがすべてを僕のせいにするだろうから。

カロリヌに仲良くしてほしくって、僕がルネスに頼んだとき、ルネスは妹に僕の家に会いに行くように怒鳴り、カロリヌは首を絞められたかのように叫んだ。カロリヌはとても難しくって、ルネスによれば、カロリヌが泣くと、両親はルネスをとがめ、一週間、小遣いをくれないそうだ。それでルネスは、今ではそれは僕たち、僕とカロリヌの問題だときっぱり言う。ルネスはもう、それについてはカロリヌと話さない。

僕は家に着き、ママン・ポリヌがちょうど大きなかばんを整理していたところだった。どうしてシャツが破れているのかと聞くだろうから、僕は背中を見せなかった。ママンは僕が喧嘩したと思うだろう。今まで勝ったことはないので喧嘩するのは怖いのに。

「試合はもう終わったの？」

「いいえ、お腹がすいたし、向こうはとても暑かった」

僕はママンのかばんから目を離さなかった。旅行かばんだ。だからママンは旅行に出かける。

「二週間後に出かけるの。忘れ物するといけないから今から準備するのよ」

「僕も一緒に行くよ……」

「とんでもないわ。バナナの房を原野で買ってそれをブラザヴィルに売りに行くのよ。原野は、子供たちには危険すぎるわ」

パパ・ロジェが新しい商売のためにお金を渡したのだ、と僕は理解した。

「ご飯を作りましょう」

「いいよ、食べたくない」

僕は自分の部屋に行き、ベッドに横になって目を閉じたけれど、眠くはなかった。小さな音が聞こえ始めた。家のトタン板に水滴の音が響いた。心の底で僕は叫んだ。ああ、だめだ！　雨はだめだ！　だめ！　僕は雨が降って欲しくなかった。降り始めたらカイ＝ドゥが試合に勝つだろうから。彼らは呪術師に頼み相手のチームの呪術師を追い払うために雨を呼ぶと言われている。よくそんなふうにして勝っているのだ。カイ＝ドゥが勝てばカロリヌはますますマベレに狂うだろう。一一番はドリブルをたくさんするし、皆が熱愛し、褒め称えるのはいつでも一一番だから。試合の後で娘たちが会いに行くのは一一番だから。

怪物、イディ・アミン・ダダを誰も追跡せず、サウジアラビアに定着しておとなしくなった。ダダはウガンダのボクシングのチャンピオンでもあったのでボクシングをする部屋があるだろうし、たぶん大きなプールで毎日泳いでいるだろう。ウガンダを今指揮する人たちは言っている。「彼はサウジアラビアに留まるがいい。彼を追いかける時間はないが、戻ってきたいなら牢屋に入れて犯罪のつぐないをさせてやる」たとえ教育を受けていなくても、彼を殺す国に戻る愚かな決断をするだろうか。だから、彼は朝から晩までプールで泳ぎ、コックや庭師とボクシングの練習をするだろう。

それに反しイランのシャーのほうは、イランからの脅威を受けずに家族と一緒に住める場所をまだ見つけられず、国から国へ渡る放浪者になった。残された首相も国から逃げた。シャーと仕事をした者たちとは仲良くできない新政府によって死刑執行されていたかもしれない。さらには、アヤトラ・ホメイニは、亡命していたフランスから戻って以来、猛烈な手腕で君臨し、毎日、苦しんでいるイラン人たちを助けるために支配する前に、まずシャーを捕まえて裁判にかけようとしている、とパパ・ロジェは言った。

ロジェ・ガイ・フォリイと同時にパパが話している間、僕は頭のなかでシャーが行った国の数を数えた。アメリカのジャーナリストが国の名を言うたびに僕はすべてを記憶した。シャーは先ず、友人のアンワル・アッ＝サダトという名のエジプトの大統領のところに向かった。アッ＝サダトはシャーが妻のファラ皇后と一緒に国際的浮浪者になってしまうままにさせたくなかった。あまりに悲しいことだ。従って、彼はシャーに言った。「心配しないで、友人、エジプトに居てください。ここはあなたの国でもあります。あなたは私の永遠の友人で、エジプト人たちの友人です。今、あなたの国では、旧大臣たちを処刑し、あなたに対しても、処刑するための裁判をもくろんでいます。あなたをそれらの者たちの手に渡すことはしません」

だけど、イランはシャーがそこに住むのは不満だとエジプトに知らせた。アッ＝サダトはともかく友人を守りたかったが、こう言った。「あなたは友人だから、ホメイニに渡しはしない」しかしシャーはエジプト人の友人を紛争に巻き込みたくなかったので、自らエジプトを離れることを決断した。

シャーは、避難所を提供しようと提案したもうひとりの友人アッサン二世という別の友人の王様のところに行った。

僕はまだ国の数を数え終わってないときに、ラジオに向かって叫んでいるパパ・ロジェは、話しているロジェ・ガイ・フォリイを恨んでいるみたいだ。パパは音量を落として僕たちのほうに振り向いた。

「アメリカ大統領はシャーを見捨てた！　アメリカ人はそういう奴なのだ！　これが普通だと思うかい？　なにさまだと思っているのだ？　共産主義者たちを怖がってアンゴラを混乱させたのはアメリカ人だ。パトリス・ルムンバの殺害を陰謀し、数年前からあらゆる策略を繰り返し、ザイール（コンゴから改名）の人々の富を盗んだ与太者のモブツを、ベルギー人と組んで権力ある位置につかせたのも彼らだ。イランのシャーを助けるには、イディ・アミン・ダダのような独裁者でなくてはならないのか」

そしてシャーはモロッコに行った。だが、イランは、シャーがモロッコを離れないならば、アッサン二世の家族を殺すと予告したので、長くは留まらなかった。シャーがモロッコの王様に言った。「大丈夫です。私はモロッコを離れます。あなたの家族が殺されてほしくはありません」

そしてモロッコを離れ、受け入れる勇気のある国はもうひとつもなかったので、バハマという島に行った。そこでも長くは留まらず、ヘンリー・キッシンジャー（米国、外交問題担当大統領補佐官）がメキシコに住むように提案した。

僕は思った。どうしてアメリカはシャーを留めないで他の国に送るのだろうか。たぶん、パパ・ロジェが言うように、火中の栗を拾いたくないのだ。メキシコ人たちは僕たちみたいだとパパは僕たちに思い出させた。メキシコ人たちは僕たちみたいに苦しんでいるが、少なくともサッカーはコンゴ人より上手だ。そのときはブラジルが勝ったけれど、すでにワールドカップを開催している。コンゴがいつ世界のプレイヤーたちと試合する資格が取れるかどうかは僕にはわからない。イランのシャーに僕たちのところに住みに来るように提案できなくて、サッカーのワールドカップをある日開催するための信頼が得られるのか。

ロジェ・ガイ・フォリイはシャーの冒険はそこでは終わらないと付け加えた。彼は癌で、健康を取り戻せるのが期待できる国に治療に行かなければならず、間もなくメキシコを離れなくてはならない。そうでなければ死ぬ危険がある。

従って、近い将来、シャーは治療のために合衆国に送られる。親切なメキシコ人たちは手術の後にまた迎えると約束した。それが少なくともパパが得た情報だ。

少し前に、食べたくないからとマンゴの樹の下で口髭の歌手を聞いていたのに、突然パパはママン・ポリヌに頼んだ。

「何か食べるものが残ってるかい？　マニヨク芋と何か焼き肉でも」

僕はパパの本棚の一冊の本を読もうとした。それが他の本のいちばん上にあったから。そしていちばん小さかったから。表紙に若い白人の写真があった。とても利口そうで普通の人は長生きしても知ることができないことまで知っているような顔をしている。左手で顎を支え、天使のようだ。その微笑が僕にも微笑を誘い、それはほんとうの人間とは思えないような写真だった。僕は思った。その若者がすべての白人同様、豊かな髪をしているのは、僕たちのところでは降らない雪のせいで僕たちより早く髪が伸びるからだ。きっとそうだ。

本の裏には、何が書いてあるのか、誰が書いたのかが書かれている。天使の顔の若者の生涯が書かれていた。それを読みながら僕は考えた。彼は若いのに、書かれていること全部をする時間があったのだろうか。例えば彼のお父さんは彼のお母さんを捨てたとある。彼のお母さんがひとりで五人の子供を育てたと。とても早くから詩を書き、ポール・ヴェルレーヌという大人が彼をとても好きで、ピストルで危うく殺すところだったともある。その大人と彼はここではっきりと説明していない特別な関係があり、それを明らかにするのは恥ずかしいことらしい。ヴェルレーヌはピストルで哀れな若者の手首を撃ち、そのために刑務所に入れられた。ヴェルレーヌが良くない行動を取ったのは、天使の顔の若者と待ち合わせたその日、夫人との心配事があってお酒を飲んでいたそうだ。酔っ払うと、コントロールできなくなって人にでたらめを言ったりするし、道がまっすぐに見えずにふらふら歩く。そして通りすぎる自動車を、ルネおじさんがクリスマスや聖ミシェルの日に僕にくれる農民遊びをするためのプラスチックのおもちゃに過ぎないと勘違いする。そうだ、やっぱり酔っ払うと、お酒の製造者が瓶のなかに入れた透明人間と話すようになるし、何もしていない通行人を笑ったり侮蔑したりするんだ。

隣人のヴィヌさんはこの世にふたりといない酔っ払いだから、僕は酔った人のすることを良く知っている。酔っぱらって、僕たちの家の敷地に向かって話すときは、まるでトロワ゠サン地区のバーにトウモロコシのお酒や赤ワインを飲みに行くのを、僕たちがけしかけたみたいだ。アルコールが唇を赤くさせ、喧嘩しようとするが、全然強くない。彼はいつもわめく。「どうして私が飲むとき、ここの皆は私に反対するのだろう？」彼がポール・ヴェルレーヌのようにある日ピストルを持つなら、動くものすべてを撃つだろう。しかし彼はまだピストルを持っていないので、彼の六人の子供をどなりつけ、彼らを、私生児、原野のカエル、西アフリカのバッタ、そんな風に見下すだけだ。彼の妻のことは女ではなくトロワ゠サン地区の男たちがごみを捨てに来る公衆ごみ箱みたいなもので、そのごみが腐ってからだのなかで臭っていると言う。ヴィヌさんは、おしっこやその他の臭いものをしたくなると家の敷地から出て道でパンタロンを下げてすべてをする。

それは普通の人間のすることだろうか。彼の家の敷地の奥にはちゃんとトイレがあるのに、それを忘れるなんてアルコールが何か変なほうに追いやっているのだ。ポール・ヴェルレーヌもたぶんそのせいで天使の顔の若者に一発撃ったのだ。

『地獄の季節』、これが、僕がめくっている本の題名だ。なかに僕が好きな題もあった。「悪しき血」。僕たちの部族の言葉みたいだ。リンガラ語で「悪しき血」は makila mabé だ。ママン・ポリヌは、リンガラ語で悪しき血というのは、運悪く生まれたということで、全ての運に見放され、空を飛ぶ鳥さえもその人の上に糞を落とすといった意味のようだ。天使の顔の若者が言いたいのもこれと同じかどうかわからないが、彼の本を読む者に不幸をもたらすそんな題を選んだのだから、怒っていたに違いない。

僕はあるページで止まって低い声で読んだ。僕は祈っているようだった。

私はすべての職業を憎悪する。親方たちと工員たち、すべての農民、下劣な。羽根を持つ手は鋤を持つ手に値する。

本の裏表紙にそれは詩の本だと言っているが、行で分かれていないし、ルネスが言ったようには各行の終わりで同じように響いていない。それはルネスが言ったことに僕は従わなくてもいいということだろうか。この詩には僕には難しすぎる言葉や表現がある。僕はルネスに説明してもらわなくてはならない。あるいはルネスが中学校の先生に質問するか。例えば、《羽根を持つ手》が何を意味するのかわからない。それはたぶん、夜、鳥に変装して子供を捕まえて、一季節の間、地獄に連れて行く白い魔術師の手だろう。そうだ、少し前に若者はガリア人の先祖のことを話していて、そのガリア人はほんとうの悪者で、彼らは《動物の皮を剥ぎ、野焼きをした当時最も無能な人たち》だったと言っている。僕たちの先祖もそうだったのでこれは奇妙だ。たぶん僕たちの先祖はそのガリア人のそのまた遠い先祖なのだろう。ある日パパが、学校で僕たちの先祖がガリア人だったと繰り返えし聞かされたと言っていたのを思い出した。

その詩に、《鋤を持つ手》というのがある。僕はすでに《鋤》と言う言葉はルネおじさんの口から、農業の話をしていたときに聞いたことがある。ものごとを急いでやろうとしたときや乱雑だったときに、僕に怒鳴ってこう言った。

「鋤を牛の前に付けるな!」

だから、牛が引っ張る鋤はいつでも後ろでなくてはならない。しかし、若者は《鋤を持つ手》の話しをする。それは僕を混乱させ、羽根を持つ手と鋤を持つ手の違いがまったくわからなくなった。

ムトムボさんのアトリエに入ると、頭の上のほうに吊るされている服で、まるでトンネルのなかにいるようだ。ルネスのお父さんには見習い職人がいて、奥のほうで静かに同じ動作を繰り返していて、まるでふたつのロボットのようだ。ムトムボさんが縫い終わるとシャツとパンタロンにボタンをつけるのは彼らだ。布をテーブルの上に置いてはさみを手に取って切るのを見たことがない。だから僕は彼らが幼稚園児の半ズボンさえ作れないだろうと思う。彼らにしゃべらせようとすると、彼らは口を開くのが怖いのか、大きな目で見つめるだけだ。ムトムボさんはこう言う。「なまけもの、両親のところに返すぞ。そしてお前たちを育てている間支払った金はお前たちから取り返すぞ」

彼らが好きなのはとりわけ婦人たちの寸法を取るときだ。彼らは言う。服を脱いでください。パンツも。そして普通は夫か医者にしか見せないものを彼らはよく見る。婦人たちの寸法を取る場所は奥の右だ。見習いが行っているところは良く見えない。ふたりの内のひとりが婦人に命令しているのが聞こえた。上を脱いで、下を脱いで、パンツも。まっすぐに向いて頭を上げて目を閉じて。

男性客は同じではない。皆の前で寸法を取る。そういうとき僕は目を閉じる。男たちの大部分は、プロレタリアを搾取している経営者や資本主義者でもないのに大きなお腹をしているからだ。彼らはわきの下にも長い毛があり、ときには髪の毛がまっ白で、上から灰をかけたみたいか、少なくとも一週間前からくっついた粉のようだ。

アトリエのなかはいつでも暗い。そこはかつてサン＝ジャン＝ボスコ教会の神父がスコップ、熊手、それにつるはしをしまって置いていたところだ。数m離れた教会で鐘が鳴ると、ムトムボさんは皆に「一分間黙祷」と言う。神父がただでその小さな建物をくれたことに感謝する。暗いなかで彼がどのようにしてそのシンガーミシンの針で大きな手を刺さないようにしているのかわからない。たぶん、耳の近くに少し灰色の毛があるだけの禿げ頭なので、その頭が部屋のなかに少しの光を与えているのだと思う。タバコを吸うために彼が外に出るとなかがさらに暗くなり、戻ってくると少し明かりも戻る気がする。地区でこんなふうに輝く頭は見たことがない。たぶん、ヤシ油を塗っているか、マダム・ムトムボが毎朝特別なポマードで頭をこすっているのだろう。

今日ムトムボさんのアトリエに僕がいるのは、以前、競技場で、サッカーの試合が始まる前に僕が逃げたとき、ルネスが破ったシャツを修理に来たからだ。僕はムトムボさんに彼の息子にその責任があるとは言わない。ルネスはわざとやったのではない。結局は勝ったカイ＝ドゥを応援にカロリヌがいたにしても、彼と試合を見るために僕を残そうとしただけだ。マベレはその試合で三点入れたと聞いた。いずれにしろ、彼らの呪術師が雨を降らせてドラゴンの呪術師たちをきちんと濡らして不能にしたのでそのチームが勝つことはわかっていた。また、カイ＝ドゥのゴールの前にボールが来ると、すぐに見えないプレーヤーがその上に息を吹いてボールがどこかに行って、ゴールできなかったらしい。逆に、一一番を付けて誇ったマベレは、ドラゴンのキーパーの前でキックしたとき、哀れなキーパーはボールが投槍に見えて、そんなことで死にたくないので急いで遠ざかり、それでゴールが決まった。

もし僕がこの地区のサッカーの審判なら、ゴールのネットの後ろにいる呪術師たちにレッドカードを出す。どちらのチームが勝つかあるいは引き分けかを決めるのは彼らだから。引き分けのときは、ふたつのチームが同じ力を持つ呪術師たちを選んだからだ。つまり同じグリグリを。

僕は破れたシャツをムトムボさんに渡した。古い布切れのように見えていたが、それは去年、ムトムボさんが縫ったものだ。

「どうしたんだ？　学校で喧嘩して、私、ムトムボがシャツを縫わなくてはならないということか？」

「喧嘩はしていません、ムトムボさん」

「では君のシャツを破ったのは幽霊か？」

見習いたちは仕事をしているふりをしていた。僕は彼らがじきに笑い出すだろうと感じていた。彼らは僕のシャツを良く見ようと、少し近づいた。

「誰がやったのだ?」ムトムボさんが再び訊いた。

僕は答えなかった。

「先ず誰がやったのか言わないなら、シャツは私が預かってロジェとポリヌに今晩見せに行く。君は裸で帰りなさい」

僕はシャツなしで家に帰りたくない。僕の胸にはまだ筋肉が付いてないのを見られたくない。とりわけ娘たちはすごく笑うだろうから。僕は話さなくてはならない。

「誰がやったか言います……」

「ああ、そうだな!　さて、誰だ?」

「僕自身です」

「おもしろい!　どんなふうだったんだ?」

「説明するのが難しいですが、こんなふうに座っていて、壁に背中を付けて、ビリッ、たまたま釘があって。それで立ち上がったときに……」

「ミシェル、やめなさい。小さなお情けの芝居は。君はルネスが好きで、自分の責任にしてまでも彼をかばっているのがわかった。彼は全部白状したんだ。全部!　彼がシャツを持って君を引っ張ったと」

ムトムボさんは見習いのほうに向き直った。

「ロンゴムベ、少年のシャツを急いでやりなさい。そしてモコベは昨日から私をうんざりさせているカシミールさんのパンタロンの折り返しをやりなさい。カシミールさんは背が低いし、折り返しはさらに低く見せ、ガボンの大統領みたいになると言い続けているのに、おかしな注文だ」

僕はムトムボさんのほうに進み、耳元でささやいた。

「ところでとっても大事な問題があります……」

「なんだい、君の小さなとっても大事な問題とは？」

「ムトムボさんの見習いたち……」

「彼らが何をしたんだ？」

「ふたりはボタン付けしかできないし、僕のシャツを駄目にしてしまうのではないかと心配です。そうだったら僕はママンに叱られます」

ムトムボさんは大笑いした。見習い生たちもそれを聞いてその機会に笑った。ずっと前から笑いをこらえていたので、こらえていた後の笑いは止まらない。三人が死ぬほど笑ったので僕も笑い始め、止められなくなった。僕が笑うとき、他の人を笑わせてしまう。僕は、咳をしている小さなジャッカルのように笑うから。だから、ひとりの婦人が扉の前に来るときまで、四人は笑うことを止められなかった。婦人は前向きでも横向きでも入れないようだった。シルエットはとても巨大で、扉が宇宙人によってふさがれたみたいだった。ムトムボさんの頭でさえ、アトリエをもう照らしていなかった。婦人の頬は膨れていて、トランペットを吹いているか、大きなみかんをふたつ口に入れているようだった。それを見たとき、僕はさらにわき腹を支え、もうだめで、笑いに息を詰まらせその婦人を指で指して、アトリエでは皆も、僕と同じく笑うはずだと思った。しかし、他の人の笑いは聞こえなくなった。皆は僕を見ていた。ムトムボさんは喉をこすって頭で合図した。もう笑わないように要求したようだった。そのときとっさに笑うのをやめて、シャツの先で涙を拭いた。

おしゃべりしすぎて、《道徳授業の時間中にもうおしゃべりはしません》と百回黒板に書くように言われた生徒のようにロンゴムべが立ち上がった。彼は僕の前を通り、手に破れた僕のシャツを両手に持って、今では扉から離れた婦人のところに行った。婦人が移動したとき、アトリエのなかで独立大通りの街灯が点いたのかと思った。ロンゴムべとその婦人が話しているときにムトムボさんが僕のほうに身を屈めた。

「笑っちゃだめだよ！　あの婦人が誰だか知ってる？　ロンゴムべのお母さんだ！　毎日息子に少しお金を無心に来るんだ」

そしてロンゴムべがアトリエに戻った。彼は僕の前を再度通って、奇妙な雰囲気で僕を見た。僕は自分に言った。彼は怒ってしまった。仕返しのため、僕のシャツを駄目にするだろう。

僕のクラスでいちばんのインテリはアドリアノで、アンゴラから来た。彼は肌の色がとても薄く、それは、彼の祖父母のうちにポルトガル人との間に子供ができた人がいたからだ。肌の色は彼にはどうしようもなく、彼が僕たちみたいにとても黒くないのはポルトガル人のせいなので、皆はその理由で彼をうるさく邪魔して困らせることはしない。

アドリアノが学校に初めて来た日、先生は、彼のお父さんは彼の国で起こった市民戦争の間に殺されたと説明した。彼らのところでは夜になると、ジョナス・サヴィンビという悪者のアンゴラの民兵が大統領アゴスチノ・ネトの軍隊を攻撃する。アドリアノは殺されないように、お母さんと一緒に、ポワント＝ノワールに亡命した。アンゴラは僕たちの国から遠くなく、僕たちの国みたいに石油が豊富にあるカビンダ〔アンゴラの一州とされる飛び地。一九六三年からＦＬＥＣカビンダ解放戦線が存在し、カビンダ共和国の分離独立を宣言している〕というとても小さな国を通って歩いて来れると先生が言ったときに、皆とても怖がった。皆が怖がったのは、悪党ジョナス・サヴィンビとその民兵たちがある日歩いて僕たちの国に来て、僕たちの大統領を困らせて僕たちを市民戦争に追いやると想像したからだ。アゴスチノ・ネトが権力に留まれるよう、キューバやロシアの多くの軍隊が支援し、アンゴラにいるのを皆は知っている。政権側はジョナス・サヴィンビに攻撃されているだけではなく、他の敵もいる。アンゴラ民族解放戦線ＦＮＬＡが創設され、そのチーフはホールデン・ロベルトとか言う冗談を言わないやつだ。アゴスチノ・ネトは、帝国主義者たちから直接にあるいは隠れて援助を受けているジョナス・サヴィンビとホールデン・ロベルトに挟まれて身動きが取れない。

説明の最後に先生は、僕たちのように共産主義者なので僕たちの国は大統領アゴスチノ・ネトが好きだと言った。アドリアノはとても満足した。

クラスは頭が良い順に席が並べられている。教室に入ると最初の列がクラスのベスト三だ。アドリアノ、ウィリイ＝ディバ、そしてジェレミ。二番目の列はクラスで四、五、六番。このように教室の奥まで続く。最もばかなのは最後の列。お互いにおしゃべりし、顔にインクをかけあえるようにそこに座らせておく。

先生が質問するとすぐにアドリアノは答えを知っていて、まるで、犯罪者イディ・アミン・ダダがアジア人に対してしようとしたことを夢に見たように、質問の答えを前の晩夢でみていたみたいだ。先生は毎回アドリアノに言う。君は質問には答えず、その他の者にチャンスを与え、少なくとも生涯の数分間、インテリでいられるようにしてあげなさい。アドリアノは不満で、すべての質問に答えたい。たったひとりのアンゴラ人が僕たちの国に関する質問、例えば川とか大河に関することをすべて答えるなら、僕たちが学校に来る意味はあるのだろうか。アドリアノは彼の他に誰かが解答を見つけるのを好まない。いつでもそうだが、誰も答えられないときは、先生はこう言わなくてはならない。「アドリアノ、こんどは答えていいよ」　彼が解答を見つけると、皆は立って少なくとも五分間、拍手を送らなくてはならない。彼の顔はトマトのようにまっ赤になって、先生はご褒美を渡す。チョークでいっぱいの箱、ノート、そして僕たちの共和国大統領の演説の要約が書かれた冊子。

　教室の中央の平均的な僕たちはある日、最前列のアドリアノの隣に行くことを夢見るがそれは簡単なことではない。より上の列の友人より良い成績をとったときはその場所に行き、友人と交代する。あるとき僕は三列目まで行ったが、そのうちすぐに元のまんなかの場所に戻った。なぜなら、僕がその場を取った友人は、ベスト一〇の位置を取り戻そうとして、日曜日に朝から晩までしっかり勉強したからだ。アドリアノ、ウィリイ＝ディバ、そしてジェレミはとてもインテリで、誰も彼らに加われないように三人で話し合っている。もしこの三人が君に対して腹を立てると、彼らは君が嫌いな隣の友人に紙切れを渡す。紙切れには問題の答えが書いてあり、君が嫌いな隣の友人は写すだけだ。翌日学校に来ると、その友人は場所を替わっていて、アドリアノ、ウィリイ＝ディバ、そしてジェレミのすぐ後ろにいる。君はかーっとなる。

僕は最後の列まで下がらずにまんなか辺の列に留まれるようにベストを尽くす。その列は皆が邪魔しないし、先生はほとんど前のほうと後ろのほうの列しか見ていないので。

僕たち少年はカーキ色のシャツとブルーの半ズボンをはいているが、少女たちはオレンジ色のシャツとブルーのスカートだ。毎朝、パイオニア国民運動MNPの規則の最初の四項を暗唱しなければ教室に入れない。僕はもう暗記している。ときには革命競技場よりももっと満員になった競技場で暗唱しているところを夢に見る。毎晩寝る前と毎朝起きた後に僕はそれを暗唱する。僕は目を閉じ、近いうち、僕たちの国に仕え、僕のおかげで資本主義者たちは僕たちのところでは勝てないことを想像し、その四項を祈りのようにつぶやく。

第1項　パイオニアは青年期の自覚ある有能な闘士である。すべての行動においてコンゴ労働党の指示に従う。
第2項　パイオニアはコンゴ労働党の創始者である不死身のマリエン・ングアビを手本として生きる。
第3項　パイオニアは倹約家で、規律正しく、仕事熱心で、その役割を最後まで果たす。
第4項　パイオニアは自然を敬い、それを変革する。

僕たちのクラスにブゾバという名の賢くない生徒がいる。賢くないと僕が言うのは僕が優しいからで、ブゾバはクラスのばかたちのなかの最もばかで、従って、あらゆるばかなことを隠れてできる隅の最後の列に座っている。今では休憩時間に熱狂するようになった有名な《鏡の遊び》を発明したのは彼だ。休憩時間の間、彼は小さな鏡をポケットに入れて散歩し、少女達が遊んでいるときに、そのうちのひとりの立っている少女の後ろに行って、少女の両足の間の地面に彼の小さな鏡を置いてショーツの色を見る。そして戻ってきて僕たちに、あそこに立っている少女は赤いショーツをはいている、その隣は緑色の穴のあいたたショーツだと教える。そして少女たちが僕たちの前を通ると皆は言う。マルグリット、おまえは赤いショーツだ！　セレスチヌ、おまえは穴があいた緑のだ！　かわいそうな少女たちはめそめそして、先生に皆はマルグリットの赤いショーツとセレスチヌの穴のあいた緑のショーツを見たと言いつけに行く。先生もまた、校長にマルグリットの赤いショーツとセレスチヌの穴のあいた緑のショーツを見た生徒たちがいると言う。校長は自ら来て、クラスのすべての少年を鞭で叩いた。誰もブゾバを告発しなかったから。そうでないと、筋肉質で強い彼は自由時間に殴りかかり、一カ月の間、罰金を支払わせる。毎日お小遣いを彼に渡し、彼がおしりがかゆいと言うときは掻かなくてはならない。あがいても無駄なのだ。

校長はとても抜け目がなくて、どうしてもその《鏡の遊び》を発明したのが誰かを知りたがった。僕たちをしっかり叩いた後で教壇に上がって質問した。

「誰か私にセレスチヌのショーツの色を言えるか」

クラスのなかに沈黙があって、ハエが飛ぶのが聞こえた。校長は大きく微笑んで、セレスチヌのショーツの色を言っても叩かないと約束して、質問を繰り返した。そのとき、ばかのブゾバが右手を上げて、クラスの奥から叫んだ。

「校長先生、セレスチヌのショーツの色は緑です！」

「ああそうか。どうしてわかるのだ？」

「僕は僕の鏡で見ました！」

彼は鏡をポケットから出し、空中で振って付け足した。

「嘘ではありません、校長先生。これが僕の鏡です！」

校長はブゾバの耳を掴み、校長室に連れて行き、さらに鞭で叩き、本を整理させ、窓を拭かせて罰した。

机といすが小さすぎるので、僕たちは隣同士すれすれに寄っている。勉強しなくても、隣の友人が書いているのを読んだり写すのは難しくない。しかし僕は誰かのを見たくはない。いつでも間違いを写してしまうから。誰かが速く書くのをみると、きっと答えを知っているからで、まさか彼が間違いを書いているとは思えない。友人がでたらめを書いているならば、そんなに速く書けるはずはなく、きっとアドリアノ、ウィリイ＝ディバ、そしてジェレミのようにインテリだと思って、良く考えずに写してしまう。

先生が言った。

「練習問題が速く終わった者は、他の人より早く帰ってよろしい」

これはいくらかの愚か者たちを捕まえる罠であるのを僕は知っている。僕、ミシェルは捕まらず、僕のリズムで勉強する。たとえクラスで最後に出るとしても、ゆっくり書いた方が良い。少なくとも翌朝、先生が練習問題を添削するとき、鞭で叩かれない。先生は、僕が資本主義者の子供のようには家に早く帰って食べたり寝たりするために急がなかったことを思い出す。学校が大好きで家には帰りたくないのだと、先生は思う。それで、先生は強くは叩かない。

テヘランは今、混乱している。アメリカは世界一の国なのに、イランの学生はアメリカ大使館で人質を取った。世界大戦があったときにドイツに反撃して人々を助けたのは主にアメリカだったと、パパ・ロジェが話してくれたことを僕は思い出した。当時ドイツ人たちはフランスを占領し、複雑な武器を開発してユダヤ人を虐殺しようとしていた。アメリカは、海岸があるノルマンディの片隅からヨーロッパに上陸し、ドイツ人を撃退した。それで僕は、そんなに強いアメリカを挑発し、五、六〇人のアメリカ人を大使館の地下室に閉じ込めるなんて、学生たちはどうしてできたのだろうかと思った。アヤトラ・ホメイニはアメリカの大統領よりも強いのだろうか。

学生たちは、アメリカで入院しているイランのシャーを彼らに返すように要求し、さもなくば人質を解放しないと告げた、とロジェ・ガイ・ソフォリイが報道した。どうして良いかわからないアメリカは学生との話し合いを承諾した。同郷者たちを助けるために話し合いたくて、ヤッセ・アラファトが仲介者になった。パパ・ロジェはヤッセ・アラファトについてはすでに話してくれたことがあって、イディ・アミン・ダダの五人目の妻との結婚の証人になったと強調した人だ。ヤッセ・アラファトは、僕たちの国のように皆が国と認めたがらないパレスチナの大統領だ。彼はアメリカ人の人質のこの話に仲介ができてとても満足しているに違いない。しかしもし僕がその立場なら、アメリカ人たちにこう言う。「わかりました。あなたの大使館の地下に閉じ込められた五、六〇人が解放されるように助けたいと思います。しかし、重要な要求があります。先ず、私の国パレスチナの存在を、皆が今すぐ承認しなくてはなりません。そうでなければ私はイランの学生たちにアメリカ人をその地下のなかに閉じ込めておくように言います」

昨日の午後、ある男が、僕たち家の正面に住んでいる指物師のイェザの奥さんの頭を混乱させ、大変なことになった。そいつは《弥次飛ばし》とあだ名されている。彼はいつも結婚している婦人たちを言いくるめる。まるでこの街には独身の婦人が不足しているみたいだ。大人たちの話では、この国では女のほうが男より多く、男たちが三人も四人も奥さんを持つのは当たり前だそうだ。

《弥次飛ばし》はイェザが仕事場にいて棺桶を作っている最中だったのを知らなかった。同じ日に何人も死んでも在庫がなくならないように彼はあらかじめ作っておく。それに親戚が入院するとすぐに棺桶を注文する人もいるのでいつも忙しい。誰かが死んだときに棺桶を急いで注文するととても高くつく。値段を交渉すると、指物師は、脚から頭まで眺めてから答える。「私の値段に承知できないなら自分で棺桶を作りなさい！」

イェザの奥さんは口笛を聞くや否や、家を飛び出して《弥次飛ばし》について独立大通りの先まで行った。同時に、イェザがかなづちを手に持って仕事場を出たのを僕は見て、ひとりごとを言った。「お終いだ。イェザが作っている棺桶に入るのは《弥次飛ばし》だ」

僕は指物師の後を歩く群衆についていった。皆はすでに、「アリ・ボマ・イェ！　アリ・ボマ・イェ！　アリ・ボマ・イェ！」と叫んでいた。地区で皆がこう叫ぶときは喧嘩が準備されているときだ。人々を熱狂させる掛け声で、喧嘩をあおり、互いの闘志をかきたてる。パパ・ロジェは、その「アリ・ボマ・イェ！」の叫びは、最初ザイール人たちが言い出したと思っている。〔アリ・ボマ・イェ！ Ali, boma ye!　現地、リンガラ語で「アリ、奴を殺っちまえ」〕

ボクサーのモハメッド・アリとジョージ・フォアマンが、僕たちの大陸に来て闘ったときのことだ。ふたりのアメリカの黒人がザイールに来て闘ったのは、彼らの先祖の故郷に近づくためだったらしい。その闘いを興行したのはドン・キングというアメリカ人で、鳥が樹だと思ってその上に止まり、巣を作って卵を産みそうなほど大きくてふさふさした髪をしていたそうだ。パパ・ロジェによれば、そのドン・キングはその闘いを開催するために独裁者モブツから数百万ドルも受け取った。ザイールの大統領は悪いやつなのに世界じゅうに良く見せるため、自分の宣伝のために、たくさんのお金を使った。しかしドン・キングは、モブツが人民たちを怖がらせているることも、国家のお金を盗んでヨーロッパの銀行に隠していることも、更に、ベルギー領コンゴが自由な国になるようにすべてをやったパトリス・ルムンバを殺した者たちのひとりだったことも知らなかった。

パパがその闘いを話すたび、フォアマンをKOしたアリの右ストレートの真似をするので、僕は少し離れる。パパに近づきすぎると、顎に一発受ける可能性がある。パパによると、最初はザイール人たちはジョージ・フォアマンのほうが好きだったらしい。モハメッド・アリより肌が黒くて、ほんとうのアフリカ人のようだった。アリは僕たちのクラスのアドリアノのように明るい肌で、ザイール人は、そんな肌で黒人だと主張することに疑いを持っていた。だが、フォアマンが、コンゴ放送のアンテナのように耳をまっすぐに立て、舌を出した大きな犬と一緒にキンシャサに飛行機から降りたとき、皆が怖がった。ザイール人たちは言った。「その犬は植民地時代の間、私たちに命令したベルギー人たちの犬と同じ顔だ！　白人のいじめから逃れようと暗い夜に原野に逃げた黒人の臭いを嗅ぐために教育された犬だ。どうしたら黒人が植民地主義者たちの犬と同じ種類の犬を持つことができるのだ？　どうして黒人が私たちに恐怖を思い起こさせる犬を持つのだ？」　ザイール人はさらに言った。「そのフォアマンは私たちのような黒人ではなく、白人のようになりたいと思っているのだ。ベルギー人たちの犬に噛まれた私たちの両親と、またその両親たちの仇を取るためにアリは彼をKOしなくてはならない。それにしても、アリは何と気さくなのか。私たちの大河のそばで、またキンシャサの街路で小さな子供たちとジョギングしている。裏切り者のフォアマンは練習室に留まって精神異常者のように、砂がつまった袋を叩いているだけなのに。アリは私たちの仲間だ。男のなかの男だ。フォアマンがこれまで負けていないとしても、皆はアリが勝つのを助けなくてはならない。私たちには呪術師たちがいる、先祖がいる。呪術師たちがアリの代わりに闘い、アリを応援するように頼もう。そして先祖たちにフォアマンをすぐに疲れさせるように、アリのパンチがどこから来るか見えなくするように頼もう」

闘いの日、五月二〇日、競技場のリングの上でアリの二本の脚がダンスをした。僕たちの先祖はアリが柔軟になるのを助けた。彼は強烈なパンチを避けてロープにもたれかかり、フォアマンは叩き、叩き、アリは叩かれるままだった。やがてフォアマンは叩き疲れた。アリは仕事を始め、僕たちの先祖の言うことを聞き、呪術師たちの指示に従った。彼は左利きなのに、左で叩く代わりに右で叩いた。第八ラウンド。どすん！　アリの一撃が出た。フォアマンはそれが来るのは見えず、両足の力を失い、大きなジャガイモの袋のように倒れた。起き上がったときには闘いはすでに終わっていた。アリは勝った。そして雨が降り始めた。僕たちの先祖は満足し、モハメッドアリの勝利を祝った。

地区の群集が「アリ・ボマ・イェ！　アリ・ボマ・イェ！　アリ・ボマ・イェ！」と指物師の後ろで叫んだのを聞いたとき、僕も皆と同じに叫び始めた。しかし、この喧嘩でどちらがアリでどちらがフォアマンなのかわからなかった。指物師の奥さんはその間、どこかにいなくなっていた。

《弥次飛ばし》は、イェザがかなづちを持って来ているのを見た。彼は逃げたかったが群衆がすぐに捕まえた。

誰かが言った。

「逃げるな。闘え！　こんなにおもしろい機会を皆が放っておくと思うのか。行って闘え！」

彼は答えた。

「相手がかなづちを地面に置かなければ私は闘わない」

群集はイェザのほうに振り向いた。

「かなづちを地面に置け！　かなづちを地面に置け！　ほんとうのきんたまがある男ならば、かなづちを地面に置け！」

指物師はかなづちを置かなかったので百歳のバオバブの樹のような大きな強い男が彼からかなづちをもぎ取った。皆はふたりの闘士の周りを囲んだ。百歳のバオバブの樹のような大きな強い男がふたりの対抗者に言った。

「指物師イェザは筋肉隆々だからフォアマンとし、《弥次飛ばし》はよりりっぱだからアリとする」

勝つのはいつでもアリだからアリになりたかったイェザをいらだたせた。

「何であいつが俺よりりっぱなのだ？」

《弥次飛ばし》はあざ笑い、皆が彼と一緒にあざ笑い、イェザは気に入らなかった。

「どうして皆は彼と一緒に笑うんだ？　皆は彼を応援するのか。彼が皆を混乱に陥れているのがわからないのか。そうなら私、イェザがほんとうのモハメッド・アリであることを見せてやる！」

指物師がジャンプして《弥次飛ばし》の上に跳んだが、そいつは猫のようで、相手をひっくり返して上になった。今ではふたりとも地面に伏している。僕にはどちらが上だか下だかもうわからない。パンチはあらゆる方向に出されていた。イェザが良い形勢のとき、群集の誰かが押し、彼は下になる。《弥次飛ばし》が上のときは別の誰かの手が押して、彼が下になる。独立大通りのまんなかで始まった喧嘩は通りのずっと先まで移動しながら続けられ、ふたりの拳闘者は押されるばかりで、誰も分けようとはしない。

一〇分以上の闘いの後で、警察のサイレンが聞こえた。人々は逃げ出し、家の敷地の柵を越しているのが見えた。警察が到着するときは先ず見物人たちを叩いて遠ざけ、それから誰が闘っているのかを知ろうとする。僕も皆のように逃げた。僕は自分の家に戻った。そこから、シャツが破れて顔から血を出して、まるで同じ日にライオンの群れとボノボ〔コンゴに生息するチンパンジー〕の軍隊と戦ったようなイェザが家に戻るのが見えた。彼はかなづちを持ったまま直接仕事場に入った。棺桶にとても強くぶつかり、僕は胸に一発打撃を受けたみたいな気がした。

僕は胸の奥で考えた。「奥さんが家に戻ったら、何が起こるのだろう?」

カロリヌが僕ではなくマベレを愛してるというけど、マベレはいったい何が僕以上にすごいのだろうか。彼がカロリヌに手を出せないように彼と闘いたい。僕は僕たちの喧嘩を想像する。僕はアリで彼はフォアマン。僕は蝶のように舞い、蜂のように刺し、見えなければ叩けないのでマベレは拳骨を僕に送れない。僕はとても速くて宙に浮いている。マベレの拳骨は横にずれる。マベレは足が壁塗り職人の金ゴテみたいに平らになって地面にくっついて突っ立ったままになる。さらに、ルネスが教えてくれたジョン先生の型で、僕はブルース・リーの映画のなかのように跳び上がる。

僕が初めてサッカー場でマベレを見たとき、僕は思った。「奴がかっこいいって？　カロリヌは目が見えなくなってしまったのではないか。僕のほうがりっぱなのがわからないのか。マベレの膝はマヨムベの森で変に育ったイニャム芋みたいなのが見えないのか。彼が立っているとき、首だけを動かしているので七面鳥みたいなのが見えないのか」

まだ僕は筋肉が付いてないのは事実だが、じきにそうなるし、僕は今日よりもっとりっぱになる。カロリヌは本気なのか。マベレの子供を作ったら子供たちがお父さんのように醜くなるのがわからないのか。もしかしたら子供たちは利巧かもしれない。でも醜い。それはかわらない。

カロリヌがマベレを愛しているならば、それは大人みたいにすごいマベレの口車のせいだ。大人たちは婦人たちにうまく話し、歯と舌を見せて笑わせる。そうすることが彼女らの関心を引くとわかっているから。僕は笑わせたり、関心を引くために話そうとは思わない。娘たちが喜ぶ何かがなくてはならない。でも、それは何だろうか。マベレはいんちきだ。彼はマルセル・パニョルの本のなかから捜して来た詩でカロリヌを魅了し、耳元でささやく。僕はランボーの詩でカロリヌの関心を引こうとは思わない。関心を引くには、例えば、ポケットのなかにホロホロ鳥の羽根を隠しておいて、すれ違いに羽根の先で耳をこする。そうすれば彼女が笑い崩れるのは確かで僕をマベレより興味深く思うだろう。

これもまたカロリヌの関心を引くためだけど、僕は、ルネスがもう三回も見たと言う、『憲兵と宇宙人』の映画のなかのルイ・ドゥ・フュネスのしぐさが良いと思う。その映画では宇宙人は変身し、憲兵になる。皆良く似ているから誰が宇宙人だか誰が人間だかわからなくなるらしい。僕はマベレの顔に変身する、カロリヌは一緒にいるのはいとしいマベレだと思っているけれど、実は僕、ミシェルがマベレの顔をしているに過ぎない。そして僕が僕自身の顔に戻ると、僕はマベレよりもりっぱだから、カロリヌは息を詰まらせるまで笑い崩れる。ルネスによれば、ルイ・ドゥ・フュネスは皆を、娘たち、少年たち、老人たち、そして動物たちを笑わすので、これはうまくいくと思う。しかし、僕は皆を笑わせたいわけではない、カロリヌを笑わせたいだけだ。

ママンは、恋をすると心臓が胃に落ちる感じがするそうだ。僕は生まれてから今までそれを感じたことはない。僕の心臓はほとんど動かない。跳び上がっても今あるところから移動しない。ある日ルネスに心臓が胃に落ちたのを感じたことがあるかと訊いたら、僕を精神異常者扱いした。

「心臓が胃に落ちられるか！」

恋しているときはそんなふうだとは言いたくなかった。僕はまだルネスが少女たちを言いくるめているのを見たことはない。むしろ少女達のほうが彼を言いくるめたいのに、彼は何も気づいていないかのように、関心のない振りをする。そして、そんな素振りをするのは、少女たちが彼の後を追いかけるようにするためだ。そして彼は僕のほうに誇って言う。

「見たかい、あの子を？　ずっと前から僕に気があるんだけど、少しじらしておくんだ。僕が声をかけるときはすでに出来上がってる！」

僕はその方法をカロリヌにするのは怖い。僕が望んでないと示せば彼女を戸惑わせ、彼女自身に言うだろうから。「仕方ないわ。マベレは私を愛しているし、ミシェルのように私を戸惑わせたりしないわ」

僕たちの学校は赤い焼きレンガでできた古い建物で、屋根は、数カ月のうちに、あるいは二、三週間のうちに何もしなければ崩壊してしまう。生徒の親たちは毎月、屋根の修理のために会議をしている。パパ・ロジェはその会議には出席したくない。その人たちは、ルネおじさんみたいにフランスで勉強したこともないのに下品なフランス語で、どうでもいい無駄話をしているだけだと、パパ・ロジェは思っている。結局彼らは次の会合をいつにするかで議論する。そして学校の屋根が腐っていく間に、下品なフランス語で無駄話するためにまた集まる。さらに、家で焚き木にするために学校の窓の木を盗む悪者もいる。雨が降ると教室に水が入り、僕たちは濡れないように隅でまとまらなくてはならない。そのために僕たちは教室でもレインコートを着ていて、僕たちのノートにはビニールの覆いがしてある。すでに屋根から水が漏ってくる他に今度は窓からも水が入る。これは学校ではなく、街の中央の資本主義者たちのプールみたいだ。

教室がとても臭いのは先生が鞭で叩いたときに生徒がお漏らしするからだ。例えば君がおしゃべりしすぎると、立ち上がって教壇の前に行き、皆が見ている前で腕を組んでひざまずくように言われる。先生が授業を続けている間に考える。授業が終わって先生が来たら何が起こるのだろうか。それを考えて君は泣き出す。どうせあとで泣かなくてはならないのだから、それは涙の無駄だ。泣き出したのが皆に聞こえる。授業のノートを取っている生徒の邪魔だから状況は悪化する。先生は振り向き、とても怒って外に出てレンガを見つけてくる。頭の上にしっかり支えて授業の終わりまで動くなと言う。レンガを落とすと、罰は二倍になる。レンガが体重よりも重くても、落とさないようにあらゆることをしなくてはならない。そのとき、君は汗をかき、鼻水が出てくる。鼻水を垂らしたくないので、鼻のなかに留まるように鼻で息を吸い込む。そのとき変な音がして、まるでとても飢えたカメレオンが昆虫を飲み込んだみたいだ。先生は君の前に来て、カメレオンが昆虫を飲み込んだ音を聞いて、さっきよりもさらに怒っている。先生はアンゴラ人のアドリアノに教壇に上るように言う。それから何が起こるのかをすでに知っている僕たちの優等生は喜んでいる。

先生が彼に言う。

「アドリアノ、私たちの勇敢なコンゴ労働党創設の日、一九六九年一二月三一日に宣言された、不死身、マリエン・ングアビの演説を暗唱しなさい」

アドリアノは気をつけをする。空のほうを向いて、不死身、マリエン・ングアビの声を出す。この声は革命劇場の授業のときに私たちは習う。

アドリアノが叫ぶ。「パイオニアたち！」

生徒は答える。「ここにあり!!!」

アドリアノ。「人民のためにすべてを！」

生徒。「人民のためだけに！」

アドリアノ。「勝つか死ぬか！」

生徒。「勝つか死ぬか!!」

アドリアノ。「誰のために死ぬのか？」

生徒。「人民のために死ぬ!!」

アドリアノ。「何のために死ぬのか？」

生徒。「革命のために死ぬ!!!」

教室は十分に熱くなり、アドリアノは不死身の演説を暗唱する。

「一九六九年が終わろうとしている。暗礁に、挫折に、そして歓びに出会い、走ってきた道の大きさを測る完遂の年である。とりわけこの一年の苦難と努力を語れる年である。この年、最も危険な対抗者たちが革命評議会において有利になる希望を抱いた。節義を無視する者たちの寄せ集めであった幹部会議は、一時的な試みに終わったが、親支配主義の上に、親植民地主義の上に、つまり、部族主義、地方分権主義、そして派閥主義の上に、国家統一の基礎を据えようとした。これら反動的な階層において育まれた希望はすぐに失われた。そして、帝国主義者と売国奴たちとの戦いの勝利の輝きのもとで、若く力強い我らは、今日ここに、革命の歴史の中に最も新しい行動を宣言する。コンゴ労働党。コンゴ人民は、トロワ・グロリユウズ（栄光の三日間）の燃える日々をよみがえらせた。今日からは、私たちは偽りの《インターナショナル》をもう歌わない。今日、一九六九年一二月三一日、コンゴ＝ブラザヴィルは偉大なるプロレタリア世界革命の参加リストに加わる……」

教室は拍手する。先生は、頭の上にレンガを乗せて泣いている君に振り向いて命じる。

「レンガを降ろしなさい。今度は君が、アドリアノがやったように、不死身のマリエン・ングアビの演説を暗唱しなさい」

口ごもりもせず、一言も間違えなかったアドリアノのようには君は暗唱できないので、君はさらに激しく泣く。それで先生はかばんのなかにしっかり隠しておいた鞭を取り出してアドリアノに渡す。

「さあ、アドリアノ、不死身のマリエン・ングアビの最も有名な演説を暗唱できないその生徒を鞭で二〇回叩きなさい」

アドリアノは、教室が斉唱して二〇まで数える間、君を叩き、君はお母さんの名前を呼ぶが、残念ながらかわいそうなお母さんは起こったこの不幸を知らない。

黒板のすぐ近くに、アフリカの地図の隣に、コンゴ人民共和国の地図が掛けられている。コンゴ人民共和国は中部アフリカにあり、ザイール、アンゴラ、ガボン、カメルーン、そして中央アフリカに囲まれていると、僕たちは繰り返し言わなくてはならない。

僕はよく、僕たちの国はとても小さいと言うが、教室では言ってはならない。そうでないと、先生は怒って鞭で叩く。アフリカの地図では隣のザイールは僕たちの大陸で最も大きな国のひとつだ。これも言ってはならない。そうでないと、ヨーロッパの多くの国よりも大きいことを知らず、貧困のなかで暮らしているザイールの人々に、独裁者大統領モブツが、ジョージ・フォアマンとモハメッド・アリがザイールに来て闘うために、ドン・キングに数百万ドルも出したことを思い起こさせてしまう。

先生は僕たちの国の地方の名を、北から南まで、西から東まで覚えるように厳しく言う。特に不死身のマリエン・ングアビの村が正確にどこにあるか知らなくてはならない。彼の生地はオムベレで、北のオワンド郡にある。地図に赤い×印が書かれているところだ。道徳の授業の間、不死身のングアビのお母さんの名はママ・ムブアレで、お父さんはオスレ・ドミニクだと教わる。不死身は彼同様に大統領になりたかった北軍者たちに殺された。その悲しい話をどのように話さなくてはならないかも学んだ。皆、こう繰り返さなくてはならない。

《コンゴ労働党の創始者、不死身のマリエン・ングアビは一九七七年三月一八日、武器を片手に亡くなった。彼は帝国主義者たちとその現地の追従者たちにより、卑怯にも暗殺された》

政府は、同士、マリエン・ングアビを殺した帝国主義の現地の追従者たちを捕まえ刑務所に入れたと、先生は言った。不死身は身を守ろうとしたが、それはヨーロッパから考え出された陰謀で、ヨーロッパ人たちがアフリカに陰謀を企てるときは、彼らはとても強いので、僕たちは何もできない。僕たちの不死身を殺した帝国主義の現地の追従者たちは僕たちのような黒人だ。僕たちのようなコンゴ人だ。政府は革命競技場で、人民の前で絞首刑にするために裁判にかけると約束した。人民は不死身には手をかけてはいけないことを知らなくてはならない。従って今は、首謀者の帝国主義者たちを裁くことが残っているだけだ。現地の追従者たちのように僕たちのところに住んでいないので、捕まえて刑務所に入れるのは難しいだろう。さらには、白人でもあるし。

ルネスによれば、脳が発達途中の小学生にはまだ理解できない学課を、彼と友人たちは中学校で勉強する。僕たちが難しすぎることを無理やり頭に入れようとすると脳が爆発してしまい、精神異常者になって、透明人間と話したり、街路のごみを拾う危険がある。そうなってしまった街の精神異常者たちは家の壁で算数をし、ときには詩を書いたりする。自分で考え出したのではなく、彼らの狂気がそれを書かせたに過ぎない。

地区の精神異常者たちにはそれぞれ呼び名が付けられている。その名を誰が考えたのかは僕にはわからない。ルネスはそのうちのひとり、独立大通りの家々の壁に自分で考案した練習問題を書いたために警察に捕まったアテナについて話した。アテナは解答も書き、生徒たちはそれを書き写せば良かった。そして偶然にも試験問題と重なった。試験の数週間前に、中学校の生徒たちはポワント＝ノワールのあちこちをアテナを捜し回る。見つけた後、飲み物と食べ物を与え、彼が小さかった頃お母さんの腕のなかで聴いただろう歌を歌った。その歌を聴いてアテナは泣いた。皆は、アテナが泣けば、彼の想像力がより大きくなることを知っていた。生徒たちは新しい服を贈り、髪の毛と髭を剃り、ヴィッキイ写真館の正面の壁に連れて行った。

「アテナ、僕たちを手伝って。練習問題を壁に書いて、解答も教えて」

ルネスによれば、精神異常者たちは子供を巨人だと思っていて、大人よりも子供を恐れているので、アテナは怯えた。そしてアテナは考えて、壁の上に殴り書きした。生徒たちはひしめき合って写した。そして皆はアテナに訊いた。

「アテナ、その答えは確か?」

「アテナ、その問題が試験に出るのは確か?」

もうひとりのサヴォン地区の精神異常者はアルキメデスという名で、ブロック五五の他のもうひとりはラ・マンゴという名だ。アルキメデスは裸で散歩し、チヌカ河で水浴するのが好きで、なかでおならをしてプルッ! プルッ! プルッ! と泡が上がってくるのが見える。ラ・マンゴは道のどこでもマンゴの樹があればその下に座る。誰かが何をしているのか尋ねると、頭にマンゴの実が落ちてくるのを待っていると答える。

ルネスは、アルキメデスとラ・マンゴが精神異常者なのは、子供の頃、彼らの頭ではまだ理解できないことを皆が教えたからだと思っている。それらが頭のなかで腐って、哀れな男たちは見えない人々と話したり街のごみを拾ったりするようになる。まるで市の道路課で働いているみたいだ。

複雑な数学は中学校の生徒のためで、僕たちは暗算、幾何、その他だ。先ず、長方形をわからなければならず、三角形、正四角形、円、そして立方体。その後で僕たちの脳は中学校での練習問題に少しずつ慣れていく。

僕はルネスに賛成しない。小学校でもすでにとても難しいと思う。一度今でも忘れられない練習問題が与えられたことがあった。僕は答えを探す代わりに自問した。ほんとうの生活でこのようなことが起こるのだろうか。問題はこうだった。商人が一〇hLの赤ワインを一L当たり三〇フランCFAで、それと、五〇Lのやし酒を一L当たり二五フランCFAで買った。いくら払わなくてはならないか。それで教室の皆は、すでに計算を始めたアドリアノ、ウィリイ＝ディバ、それにジェレミを見た。教室のまんなかから僕は彼らをうかがった。せむしたちが地面の一本の針を捜しているような姿勢だった。僕たちが練習問題を何度も読み直ししている間、彼らは書き続けていた。僕はまた自問した。その商人が払わなくてはならない金額を、なんで僕たちが計算しなくてはならないのか。まだ商人になるには小さすぎる僕たちをうんざりさせたりしないで、何で自分で考えないのか。商売しているとき、ママン・ポリヌとマダム・ムトムボはこのおかしな計算ができるだろうか。ともかく答えを見つけなくてはならなかったが、アドリアノ、ウィリイ＝ディバ、それにジェレミはやがて答えを出した。彼らは皆より先に帰り、僕は最後に教室を出た。

翌日、先生は僕たちをしっかり鞭で叩いた後で、その商人が払わなくてはならない数字をどのように計算するか説明した。

「皆、わかったか」

皆は答えた。

「はい、先生‼」

「ほんとうか」

「ほんとうです‼︎!」

結局、皆は何も理解しなかった。わからなくなって、先生が黒板に書いたのを写しただけだった。もし同じ練習問題が出されたら、答を見つけられるのはアドリアノ、ウィリイ＝ディバ、それにジェレミだけなのを僕は知っている。


ルネスの中学校はトロワ・グロリユーズという。海から遠くないアドルフ＝シッセ病院の近くにある。歩いては行けず、途中のサヴォン地区まではバスで行く。でも生徒たちは、休憩時間に揚げ菓子を買って食べるお金を残しておきたいのでバス代を払いたくない。学校に行くには、他にサヴォン地区から街の中心まで直接に行っている工員列車に乗る方法もある。それは四両編成の古い列車で、普通は鉄道の従業員用だ。良く勉強した生徒がやがて、国営会社、コンゴ＝オセアン鉄道のチーフに成り得ると思われているので、生徒たちも乗ることができる。

ルネスは、生徒たちがその列車でごまかすことを思いついたのは映画『街の恐怖』を見たためだと思っている。映画のなかで、ジャン＝ポール・ベルモンドという白人の俳優は、街のなかでピストル強盗する悪者に悩まされる。それでジャン＝ポール・ベルモンドは悪者を見つけなくてはならない。ピストル強盗を捜している間、ミノという別の悪者がいて、独身女性たちを殺した。彼は国の正義を実行したと主張する。街で正義を実行したい者がそのたびに独身女性を殺すのが普通のことだろうか。それで今度はジャン＝ポール・ベルモンドはミノを捕まえなくてはならない。列車の上の殺人者を追いかけて動いている列車に飛び乗る。ルネスはジャン＝ポール・ベルモンドはミノと戦っている間、決して落っこちないと断言した。それで生徒たちは思う。「動いている列車の上に乗って落ちないなら、僕たちも検札係をごまかして工員列車の上に乗れるだろう」

その結果、工員列車がサヴォン地区の駅に止まると、生徒たちはすぐに乗らないでそこで待つ。先ず、検札係がどこにいるかを探る。そして列車が走り出すと生徒たちも走り出して扉につかまる。数秒で少なくとも百人がワゴンの上に上がる。ルネスはこれを《よじ登る》と呼んでいる。上では、『街の恐怖』のように、きちんとつかまってトンネルに入るときには頭を下げる。検札係は落ちて死ぬのが怖いので追いかけられない。さらに検札係は老い過ぎで生徒たちみたいにはよじ登れない。列車が止まり検札係は警察を呼ぶ。でも、警察が着くときはすでに遅すぎて、生徒たちは列車を降りて、学校に向かって歩いている。翌日彼らは戻ってきてまたよじ登る。

ある日僕はきちんとよじ登るのにはどうしたら良いか、ルネスに訊いた。

「先ず、怖がってはいけない！　ジャン＝ポール・ベルモンドは、映画で見る限りでは決して怖がらない。『街の恐怖』で怖がっているのは街であって、ベルモンドではない。きちんとよじ登るのは単純で、列車が走り出すのを待ち、少し走り、さらに速く走って扉につかまる。その後で、ふたつのワゴンの間にあるはしごを登れば上に着く！」

独立大通りの大きな店のひとつのセネガル人のディアディウの店に行って砂糖を買ってくるようにとママン・ポリヌが言った。

歩き始めて少ししか経っていないのに、その日曜日の午後はとても暑くて、足が焼けるようだった。サンダルを履いていくようにママンが言ったけれど、僕はいうことをきかなかった。炎天下で裸足でコールタールの上を歩くのは炎で熱したフライパンの上を歩いているかのようだ。足を冷やすためにときどき道の端のマンゴの樹の影で休むけれど、コールタールに戻ると足はさらにひどく焼ける。だから、コールタールの上にずっといて足を慣らしたほうが良く、そのうちに感じなくなる。歯を食い縛って、足のことを忘れなくてはならない。この気持ちはおしっこしたくなったけれどまだ家が遠いときに少し似ている。どうやっておしっこするか、その後どんなに気持ちいいかばかり考えていると、突然、道で、半ズボンのなかにもらしてしまう。でも少しその感覚を忘れるなら、数mの間、我慢できる。

従って、哀れな足のことではなく、楽しいことを考えながら速く歩いた。カロリヌのことを考えた。五人乗りの赤い自動車のことを。まっ白な犬のことを。ラジオカセットのことを。エンジェルの顔の詩人、アルチュールのことを……。そしてうまくいった。

こうしてディアディウ商店の前に来た。誰がなかにいたのか。僕の目を信じられない！　戻ってしまいたかった。なかにいたのはマベレで、ディアディウがパンにバターを塗り終わるのを待っていた。こんなに近くで彼を見たのは初めてだった。僕の心臓は胃に落ちた。それで自分に言った。怖いときは恋したときと同じで心臓が胃に落ちる。

今度はマベレが僕を見た。僕はどうしよう？　わからない。僕はカウンターのほうに進んで彼の後ろについた。少なくとも一ｍ間隔を取った。拳骨を出してきても数㎝だけさがるだけで、僕には届かないように。

マベレは僕を見なかった振りをしていた。セネガル人がバターを塗り続けているのを見ていた。ついにディアディウはパンを差し出し、マベレはお金を払い、出るために振り向いた。彼は僕の前を通り、僕を乱暴に押しのけて低い声で言った。

「ちっぽけなまぬけ、外で待ってるからな！　おまえか僕か、どちらが強いかやろうじゃないか！　おまえの顔をぼこぼこにすれば、カロリヌはもうおまえを気にかけないだろう！」

彼は出て行った。僕はとても怖くて、この店に何をしに来たのか忘れてしまった。

「何が欲しいの、ミシェル君？」

僕が何も言わずに外を見ていたので、ディアディウは質問し直した。

「何が欲しいのだ？　外で何か問題があるのか」

セネガル人は、マベレが拳骨を激しく動かして、僕とボクシングするために外で待っているのがわかった。

「おい、おまえ、外にいるやつ！　おれの店から離れろ！　店の前で喧嘩はだめだ！　喧嘩するならおまえの親に店の営業税を払ってもらうぞ」

マベレはいなくなり、僕はママンの砂糖を買いに来たのを思い出した。僕は支払って、そっと扉のほうに進んで止まって、右、左を見た。マベレがどこかに隠れているのか探った。が、誰もいない。たぶん樹の後ろか大通りに駐車中の自動車の後ろだ。

僕は弾みをつけようと、心の奥で数えた。一、二、三！　僕はロケットのように突っ走った。後ろは見ずに走り、走り、走るだけだった。あまり走りすぎて、家の前を通り過ぎて、隣のヴィヌさんの家まで行ってしまった。ヴィヌさんは酔っ払いだがポール・ヴェルレーヌのようにはピストルを持っていない。彼は僕を怒鳴りつけ、泥棒、強盗扱いした。僕は家の境の有刺鉄線を超え、汗びっしょりで家に帰った。

僕は窓から様子を窺った。マベレが見えた。今度はしっかり握ったこぶしを三回振り動かしてからどこかに行った。僕は自分に言った。「彼の身振りは、今度会ったら今日みたいには逃がさないということを意味する」

僕はメキシコ人たちに怒っている。彼らはシャーがアメリカで手術した後でメキシコに戻ってきて欲しくない。それで元皇帝は今はパナマにいる。普通じゃない。

パパ・ロジェは、パナマがどこにあるか説明できない。ただコスタ・リカとコロンビアの隣だとだけ言った。コロンビアはメキシコと同じくらいサッカーが上手だけれど、メキシコのようにはワールドカップをまだ開催していない。いずれにしろ、パナマがシャーを受け入れるのは良いことだ。彼はとても疲れていて休まなくてはならない。

パパが、パナマはアヤトラ・ホメイニの影響を受け、シャーをイランに返したいらしいと言ったので、僕の喜びは長く続かない。ここで僕は叫ぶところだが、ママン・ポリヌが怖い顔して僕を見ているので、静かにしている。ママンは僕が、シャーを受け入れる国を捜しているこの話で、パパの共犯者だと思っている。

今日はラジオが気まぐれだ。ときどき数分間切れる。世界で起こっていることを知るのを妨げ、不死身、マリエン・ングアビを殺したのは帝国主義と現地のその追従者たちだと僕たちが思い続けるように、政府がわざと途切れさせているのだと、パパは思っている。政府が僕たちの不死身の死の共犯者でないならば、そんなにしつこくその暗殺について話す必要はないだろう？

ラジオの音が戻ってきて、アメリカのジャーナリストが言ったのは、僕が初めて耳にする言葉だった。本国送還（extradition）。発音が難しい。僕はパパを見、パパは僕のほうに屈んで、本国送還は他の国で捕まった者を裁判するために生まれた国に戻すことだと言った。世界じゅうでは多くの国がシャーのように皆が捜している人を捕まえて裁判にかけるために出生地に戻すことを承知している。

パパ・ロジェがかっとなった。

「パナマがシャーをイランに送り返すのは普通じゃない！　そのあと何が起こるのかわからない。幸せなことにエジプトの大統領は、落ちつけるエジプトに戻ってくるように言っている！　それはシャーにとっては最初の出発点に戻ることだが、他の選択肢はないのだから、彼はエジプトに戻るのがいいだろう！　彼の癌は次第に悪化している。合衆国でわざと手術を下手にやったのは間違いない。ああ、少なくとも、哀れな捨て犬のようにエジプトで死にませんように！」

パパ・ロジェとママン・ポリヌはいないので、エンジェルの顔の若者の本を隠れてまた読む。今日はより微笑んでいるみたいで、僕に会えて嬉しそうだ。少し長くひとりにし過ぎた。写真を見たとき、友人に再会したようだった。この間、僕の妻を奪い、マルセル・パニョルの城のことで僕をいらいらさせ、僕をぶちのめそうと望んでいるマベレのことを話したかった。ルネスのことも話したかった。良く会っている友人で、兄弟みたいで何も隠さない。でもマベレが僕をぶちのめそうだったことはルネスには言わない。そうでないと彼はジョン先生に教わった上級の型で僕の仕返しをするだろうから。僕は喧嘩は嫌いで、だからルネスの空手クラブに行かないのだ。

アルチュールは話さず、僕に微笑み続ける。彼について、《羽根を持つ手》と《鋤を持つ手》以外に僕は何を知っているのだろうか。「君は誰なの？」

本の最初に、《序文》と書かれたところに、彼の生涯に関する他のことが書かれている。そこには、アルチュールが僕たちの大陸に来て、象牙、金、それにコーヒーの商売をしたと書いてある。ということはママン・ポリヌやマダム・ムトムボのように商売が好きだということだ。ときにはとてもきれいなアフリカの婦人たちと騒いだと書いてある。誰がとてもきれいなアフリカの婦人たちと騒ぐのを拒否するだろうか。しかし、外国でとても退屈だったというのは良くわからない。とてもきれいなアフリカの婦人たちと騒いでいたのに？　もう少し先のページに、アルチュールは商売で、お金を、それも、おそらくは多くのお金を得て、エジプトの銀行に預けた、とあるのを見つけた。

エジプトに？　ここで僕はほとんど跳び上がった。シャーが癌で苦しんでいるのはそこだから。国から追われた者が癌と本国送還に苦しまないように休みに行くところにお金を隠しに行くのは変だ。

その本に書かれているように、アルチュールが武器を売っているところを想像することはできない。武器は人を殺すためのものだ。世界戦争をするためのものだ。武器を売るものは、使うのも同様に有罪だ。酔っ払いの友達がピストルで撃つのをしくじらなかったなら彼自身が死ぬところだったというのに、なぜ武器を売ったのだろう？

僕が悲しくなるのはそれだけではない。とりわけ、彼は病気で、足を切ったことだ。そうでなければ腐ってしまうから、切るしかなかった、と！　それでムトムボさん以上に足を引きずるようになった。足の代わりに木を付けたそうだ。短かった一生の終わりに彼はとてもひどい病気に苦しんだ。それで僕はシャーの病気のことを考える。シャーのようにアルチュールも癌で、アルチュールの癌は足を食べつくし、やがて右手に達した。癌はいつもこうで、ひどくなってじわじわと人を殺す。それはパパ・ロジェがシャーのことを話したときに言ったことで、アルチュールのことではない。パパがエンジェルの顔の若者がシャーのように病気だということを、まだ知らないのは確かだ。定年退職して僕が今もっている本のこのページを開くときに知るだろう。

さらに先のページに、アルチュールは一か所に留まっていないで多くの旅をしたと書いてある。受け入れてくれる国がなかったシャーとは違う。彼は冒険のためで、それが好きだった。今日、シャーが旅するのはアヤトラ・ホメイニに捕まらないためだ。しかしアルチュールは過去の生活に縛られたくなくて旅をした。フランスで死にそうだったときでさえ、エジプトのほうで冒険を再開したいと妹に言っている。自分の国のフランスに戻れたのに、そこで死ぬよりもエジプトに戻りたかった。そういうアルチュールの気持ちは理解できない。ピラミッドとたくさんのミイラがあるその国について考えた。エジプトがそんなにいいのか。エジプトというのは死ぬのに良い場所なのだろうか。幸い彼はフランスで死に、フランスに埋葬された。出生地に。シャーはもし死んでも、イランに埋葬されるチャンスはたぶんないだろう。僕はシャーが出生地で平安に休めるようになってほしいけど。

去年、先生から通信簿を渡されたとき、僕は悩んだ。パパ・ロジェに見せたら、先生が僕の態度について書いたことを見て、その態度が良くないと、ママン・ポリヌに話して、ふたりが太鼓を休みなく叩くみたいに怒鳴るだろう。

僕は通信簿をプラスチックの袋のなかに入れて、家の近くの放置された小屋のなかに隠した。犬たちとねずみたち以外は誰もそこには来ない。犬たちとねずみたちのことを考えて、穴を掘って通信簿を埋めた。僕は学級で一番おとなしい少年のように家に帰った。毎日、こう訊かれるのが怖かった。「ミシェル、通信簿は？」

最初の週、パパ・ロジェは、ママン・マルチヌの家の兄弟姉妹は通信簿を見せたのに、僕のは見ていないので心配した。僕は先生はまだ記入し終わっていないと答えた。二週目も同じことを言った。三週目は、皆は通信簿をもらったが僕のは忘れられたと嘘を言った。

パパ・ロジェは不満だった。

「私の息子にそのような扱いをするのは許せないとおまえの先生に言いに行く！」

そしてパパが学校に来た。とても重大なことだと考え、その午後は仕事を休んで。教室にいるとき、パパは窓から様子を窺った。先生は外に出てパパのほうに行き、数分間話した。先生は僕を指した。

「ミシェル、来なさい！」

僕は外に行き、僕の後ろでは友人たちがささやいた。

「大変だ！　大変だ！　大変だ！」

僕が地面を見ていたので、先生は僕の頭を上げさせた。

「ミシェル、君はお父さんに何と言ったのだ？　私は三週間以上前に君の通信簿を渡さなかったか？」

僕はまた頭を下げた。

「君がお父さんに言ったことを繰り返しなさい！」

先生の声を聞いた友人たちは窓にあつまり、そこから何が起こるか見ていた。

今度はパパ・ロジェが僕の頭を起した。

「さあ行こう。今日、通信簿を見せなくてはいけない！　かばんを取って来なさい！」

僕は教室に戻って持ち物をまとめている間、友人たちはささやき続けた。

「大変だ！　大変だ！　大変だ！」

パパが後ろ、僕が前で道を歩いた。三〇分以上経って放置された小屋に着いた。扉を押すとすぐに、犬たちが彼らの複雑な言葉で吠えて、木の壁の穴から逃げて行った。腰に両手を置いたパパ・ロジェはあたり一帯を見回して僕のほうに向いた。

「ほんとうにここなのか。それで、おまえの通信簿はどこに隠した？」

僕は隅にひざまずいて掘りはじめ、パパはそれを見ていた。掘って掘って掘った。通信簿はきちんとそこにあった。プラスチックの袋に触れたとき、すこし湿っていて、人間のように汗をかいてるようだった。パパ・ロジェは僕の手からもぎ取って結び目をほどいた。パパが読みはじめたとき、僕は思った。「逃げなくては。もうすぐ先生が生徒の態度を書く欄に目が行く」

僕は二歩下がり、振り返り、この放置された小屋に住むねずみたちや犬たちのように逃げた。ときどき振り返ったがパパ・ロジェは後ろにいなかった。僕は自分に言いながら走った。「僕、ミシェルは、ロジエ・ガイ・フォリイが話していたアメリカの黒人カール・ルイスだ」カール・ルイスはまだ高校生だが、りっぱな大人のように跳んで走り、二、三年以内には世界で一番の走者になるらしい。

僕は家にたどり着き、呼吸を静めた。直接僕の部屋に入り、ベッドの下に隠れて考えた。「パパ・ロジェは僕を叩くだろうか。もし叩けば、ママン・マルチヌとの子供たちと同じように僕も彼の息子になることを決めて以来、はじめてのことになる」

「ミシェル、そこから出てきなさい！　ベッドの下に隠れたのはわかっている！」

埃とクモの巣に覆われた顔で僕は出て行った。僕はすでに泣き始めていた。外で音がした。ママン・ポリヌが大市場から帰って来たところだった。新年に首を切られるのを怖がっている雌鳥のように僕が突っ立っていたので、パパが合図した。

「そこに座りなさい。おまえがしたことを私は良く思っていないのは分かっているな！」

僕は、インゲン豆付き牛肉を食べるとき、パパのお皿の上で光っている大きな塊を見る場所に座った。

「今度は何が起こったの？」

僕の後ろに立ったママン・ポリヌが訊いた。

「ついにミシェルの通信簿を見つけたよ」

「どこで？」

「地区の入り口にある放置された小屋のなかに埋めてあったのさ」

ママンは座り、パパは通信簿を開いた。いつものように気が短いママンは訊いた。

「それで？」

「ミシェルは良く勉強して、平均点をとった。所見欄に先生はこう書いた。《とても勤勉な生徒》」

僕は何が何だかわからなくなった。通信簿を僕が隠したのは、《とても勤勉な生徒》を良くない振舞いの、教室でおしゃべりばかりする、ブゾバみたいなばかということだと思ったからだ。

パパ・ロジェは僕を褒め、ママン・ポリヌはインゲン豆つき牛肉を作りに行った。僕は考えていた。《とても勤勉な生徒》とは、とても良い生徒で、良い振舞いの生徒で、学校に来て先生が言うことを良く聞く生徒、という意味なのだ。今、やっと理解できた。

ママン・ポリヌが商売のために原野に行くたびに、僕は今日のようにパパのもうひとつの家に泊まりに行き、七人の兄弟姉妹に再会する。ヤヤ・ガストンは二四歳で、ジョルジェットは一八歳、マリウスは一三歳、ジネットは一一歳、ムボムビイは九歳、マキシミリエンは六歳、そして一番最後のフェリシエヌが二歳だ。

僕はこの家を自分の家だと思えるし、僕の姉妹と兄弟は、パパ・ロジェが僕の《育ての親》だとは言わず、僕をほんとうの兄弟として接してくれる。

ヤヤ・ガストンは家族で最初の子供だ。二四歳なのにまるで大人の紳士のようだ。レックス映画館のポスターの中の人物のようにカットした小さな口髭がある。背丈が高いのを除いてパパ・ロジェに似ている。ミュニュキュテュバ、リンガラ、あるいはべムべ語で話してもフランス語でいつも答えるので、《フランス人》とあだ名がついている。さらに、フランスから来た服しか着ない。それらを税関吏として働いているポワント＝ノワールで買う。大きな荷物を税関で何も支払わずに出したい人が、彼にくれることもあるので、ときどきは買わないでも手に入る。彼は金の大きなブレスレットをしていて、ミロワという名の薬品をつけたぼろきれで拭く。その薬品はフライトックスのように目を刺激し、野生の猫のおしっこよりも臭い。母屋に続いた道路側の彼の小さな部屋の扉の前で、毎朝、ブレスレットをきれいにみがく。

ジョルジェットはとてもきれいだ。皆にそれを自慢するふうに、長い間鏡に姿を映し、少年たちが自分をどう思っているだろうかと友達に尋ねる。週末、赤いマニュキュアを指に塗るが、高校では禁止なので平日はとらなくてはならない。パパ・ロジェは、去年、ジョルジェットが一七歳のとき、真夜中に家の前をよく散歩していた若者の所に永遠に住ませようと、危うく送り出すところだった。そいつはダッサンという名で、指物師イェザと喧嘩した《弥次飛ばし》のように振舞う。

あるときヤヤ・ガストンが彼を捕まえて言った。

「ダッサン、この家のあたりをうろうろするのをやめないなら、妹を家から抜け出させるために口笛を吹くのをやめないなら、おまえをぶん殴ってやる」

僕たちの長兄はターザンみたいに強いので、ダッサンは震え、顔から汗を流した。地区の皆が長兄を怖がっている。しかしダッサンはナイーヴでも経験が足りないわけでもなかった。彼は僕たちをごまかす別の方法を見つけた。近所の子供たちにそれぞれに二五フランCFA渡して僕たちの姉、ジョルジェットを家から連れ出すために送った。

パパ・ロジェは悪い人ではないけれど、ダッサンが僕の姉をはらませたときのパパの判断は少し残念だったと僕は思う。この世を通らずに直接天に行ってしまって、皆が赤ちゃんをみられなかったから。


マリウスは老人みたいな名前だと、地区の人たちは言う。パパ・ロジェはフランスチームで最初にプレイした黒人のサッカー選手のマリウス・トレゾールが好きなので、僕たちの兄弟のひとりにその名前をつけた。ときどき皆はトレゾールと呼び、彼はそう呼ばれるのが好きだ。マリウスはある日フランスに行ってマリウス・トレゾールのようなサッカー選手になるのを夢見ている。フランスチームには白人のプレーヤーがたくさんいて、いつもなら彼らのなかの誰かがキャプテンになるはずだが、マリウス・トレゾールは黒人で初めてキャプテンになった。黒人が白人に命令するのは普通ではない、と彼は話す。

マリウスは一三歳ですでにどうしたらフランスに冒険に行けるか知っている。冒険者たちは内戦状態ですべてをコントロールできないアンゴラを通って行き、そこから飛行機に乗り、ポルトガルに行ってからフランスに行く。これを知っているのは、一番の友達のタゴの兄さんがル・パリジャン、ジェリイだからだ。ル・パリジャン、ジェリイは乾季毎に帰ってきてフランスのことを話す。何も仕事をしないで、スーツもネクタイも、何でも手に入れるにはどうしたら良いかを話す。ル・パリジャン、ジェリイはサッパー（Sapeur めかし屋）で、マリウスもめかしこみたいと思っている。Sapeが《A＝場を盛り上げるE＝エレガントなP＝人たちのS＝会社》だと言ったのは彼だ。従ってサッパーは、ムトムボさんではなくヨーロッパの仕立て屋によって作られた服をエレガントに着て歩く、それだけしかしない人たちだ。たぶんそのせいでムトムボさんは彼らが嫌いで朝から晩まで彼らを批判するのだ。サッパーは不良で、娘たちをはらませるためにパリから来て、やがてその子供と共に見捨てる。そして彼らはヨーロッパで気楽に暮らす。

マリウスは一八歳になる日に国を離れる予定だ。きちんと計算するならたった五年後に、ル・パリジャン、ジェリイのようにサッパーになるために旅に出る。サッカーの神様、ブラジルのペレは一五歳のときにプロデビューしたが、マリウスは一八歳からではマリウス・トレゾール、ディディエ・シス、あるいはミシェル・プラチニのようなサッカー選手にはなれないと思う。偉大なサッカー選手よりはお兄さんのような偉大なサッパーのほうがより可能性があると僕は思う。めかし込むのに年齢は関係ないし、体操の訓練も要らないし、朝走ったり汗をかいて練習する必要もない。先ずマリウスは、フランスに旅するためのたくさんのお金がいる。そのため、休暇の間、ヴィクトリー・パラス・ホテルで、ごみ箱を外に出し、花に水をかける仕事をする。その小さな仕事はパパ・ロジェが与えてくれるが、パパ・ロジェは、マリウスがある日、皆を残してヨーロッパで白人たちと住むために働いていることを知らない。それで、マリウスは貯めたお金を木の箱に入れてベッドの下に隠し、夜寝る前と朝起きてから数える。マリウスは、地区の嫉妬深い者たちが彼をヨーロッパに行かせず、偉大なサッパーにも偉大なサッカー選手にもなれないように魔術をかけに来ると思っている。それらの嫉妬深い者たちがネズミをベッドに送り込み、お札と、コインまで食べてしまう危険がある。それが毎夜、木箱の回りに《ネズミたちに死を》という薬品を振りかける理由だ。彼のお金を食べて喜ぶネズミたちはその毒で死ぬことになる。

ジネットは、地区の皆を意外に思わせている名前だけど、僕はきれいな名前だと思う。ヴィクトリー・パラス・ホテルの持ち主の名前だ。僕たちのパパは、雇ってくれて何年も働かせてくれているパトロヌ（女性支配人）を喜ばせたかった。パパがその名を僕たちの妹につけて、パトロヌはうれしかったらしい。それで、ジネットさんはパパ・ロジェの給与を月当たり一三〇フランCFA上げた。一二月には、僕たちのジネットに、自分の娘にジネットと命名する賢さを持たないその他の従業員の子供たちよりもっと大きなプレゼントを贈ってくれる。

ジネットは背が低い。一一歳には見えず、八歳くらいにしか見えない。小さすぎるパパ・ロジェのせいで大きくはならないと僕は思う。でもそう言ってはいけない。そうでないとジネットは怒って昼も夜も食べないと言い張る。しかし、僕たちが彼女の分も食べるつもりで彼女を怒らせようとして、「八歳の子供みたいに小さい」と言っても、結局はお腹がすいていれば食べてしまい、その後、明日は昼と夜は食べないと言う。そして翌日になると、「とても小さい」と僕たちが言ったことを、すでに忘れている。

ジネットという名を僕たちの妹につけてパトロヌが満足したことに味をしめ、パパ・ロジェはもうひとりの娘ができたときにまたやろうとした。パパ・ロジェはジネットさんのお姉さんのようにマリイ＝フランスという名をつけようとした。娘が生まれたニュースをパトロヌに知らせたらとても喜んでくれた。しかし、ジネットさんは今度は全く賛成しなかった。「ひとりで十分。それでは滑稽になってしまうわ」パパ・ロジェはがっかりし、結局、亡くなったお母さんの名前を娘につけた。従って、僕たちの九歳の妹は、亡くなった父方のおばあさんと同じムボムビイという名だ。そうでなければマリイ＝フランスという名で年末毎により大きなプレゼントをもらっていたはずだった。パパ・ロジェはほんとうにパトロヌが好きなのでムボムビイをマリイ＝フランスと呼ぶことがある。でもムボムビイはその名が嫌いで、そう呼ぶときは絶対に振り向かない。

「マリイ＝フランスと呼ばないで！　誰か、マリイ＝コンゴとか、マリイ＝ザイールとかいう名前の子を見たことがあるの？」

マキシミリエンはもう六歳なので、大人からやってほしいと言われても断ることを学んでいるはずなのに、決してノンと言わない。家では皆があれやこれや買って来い、家の扉を閉めろ、あるいは台所のお鍋が沸騰していないか見てこいなどと彼に言う。何か買ってこいと言うとすぐに一〇〇mの世界チャンピオンのように走り出す。そして少し遠くで止まって、戻ってきて大きな目をして言う。

「買いにいくものは何だっけ？　どこに行かなければならなかったのだっけ？」

皆はよく、揚げ菓子、ボンボン、ヤヤ・ガストンのためのジレットの替刃、ジネットの髪を結うための紐、ママン・マルチヌのためのヤシ油を買いに行かせた。でも戻ってくると、おつりがないので皆は怒る。道を指して泣き出すので路上でなくしたことがすぐわかるが、道がそのお金を盗んだと言いたいみたいだ。あるとき、交差点で止まっていたとき、ザイール人の娼婦たちが、若い方が年取ったほうの客を取ったからとフォークと鍋の蓋で喧嘩しているのを見ていて、買った物を持ってすぐに家に戻るのを忘れた。マキシミリエンは一所懸命喧嘩をやめさせようとし、結局、若い方が年取ったほうを殴りつけて、助けてくれたマキシミリエンにお金を少しくれたそうだ。

フェリシエヌは家族の最後だ。ママン・マルチヌはまるでひとりっ子のように彼女を大切に扱う。それで、二歳なのに、とてもわがままな五カ月の赤ちゃんのように振舞う。大きくなりたくないようで、僕のほうに来るときなど歩けるはずなのに、はいはいしたがる。さらに、哺乳瓶でミルクを飲むのをやめる様子がない。一度、彼女が自分で哺乳瓶を用意しようとしていたのを見たことがある。僕が見ているのがわかったらすぐに全部やめて、蜂が刺したように泣き出した。たぶん僕に彼女の小さな企みが知られてしまったからだろう。

　フェリシエヌは僕に抱かれるのが好きだが、彼女を腕に抱くと僕のお腹にいつも温かい何かを感じる。彼女は僕の上でおしっこして笑っている。彼女はわざとしたのだ。それで彼女が僕の肩に乗せてもらいたいと手を差し延べるとき、僕は知らんふりをする。他の人ではなく、彼女は僕の上におしっこをしたがっているのを知っている。それは、意地悪をしているわけではなく、僕と遊ぶ彼女の最良の方法で、おそらく姉たち兄たちを好きなのと同じに僕を好きだと言っているのだ。

兄弟たちが少し嫉妬するかもしれないけれど、ヤヤ・ガストンが僕に彼の別棟の部屋で寝るように言うとき、僕はいつでも嬉しくなる。ヤヤ・ガストンは、彼の部屋で起こることを僕が人に言わないことを知っている。実際、きれいな娘たちがたくさん訪ねてくるので、僕は千もの話をすることができていただろう。なかには食事まで用意して来る子もいる。その食事はとてもおいしくて、ヤヤ・ガストンにもっと気に入られたくて、作ってきたようだ。僕は彼女らが話しているのを聞いたけれど、自分が映画俳優よりもきれいだと自慢していた。映画俳優よりもきれいな婦人はいやしないのに。彼女らはヤヤ・ガストンに嫌われないように、僕には親切だった。でもそれはみせかけだけで、ヤヤ・ガストンが背中を向けると、僕の長兄とふたりだけになれるように僕が早く出て行ってほしいような、意地悪な大きな目をして僕を見る。僕はヤヤ・ガストンが僕に外をひと回りしてこいと言わない限り出て行かない。ここは彼女らの家ではなく、僕たちの家なのだから。

ヤヤ・ガストンに夢中になっている娘たちのなかで僕はジュヌヴィエヴが一番好きだ。彼女は意地悪な大きな目で僕を見ない。僕のお兄さんと秘密のことをするために僕に外をひと回りして来いと言わない。逆に僕に一緒にいるように言い、学校で習ったことや僕が好きなこと、二〇歳になったらしたいことなどを僕は彼女に話す。僕は止まらなくなって、すずめの家族よりもおしゃべりになって話してばかりいる。そうなりたいこうなりたい、もし可能なら同時にそうなってこうなりたい。僕は生きているうちに何でもやりたい。インドの映画の女優たちにキッスするために俳優になりたいし、革命競技場で長い演説をし、国の敵に対する僕の勇気を語る本を書くために共和国大統領になりたいし、日中熱くなったコールタールの上を長く歩かなくていいようにタクシーの運転手になりたいし、ヨーロッパから来るものをただでもらえるようにポワント＝ノワールの港の管理者になりたいし、獣医になりたい。ただし、僕を農民にしたいルネおじさんのせいで農民にはなりたくない。僕はまた、カロリヌに詩も書きたい。そう言ったら彼女は微笑んで、誰かがそれを全部するには一生は短すぎる、と言った。何に一番なりたいかはっきりしなくてはいけないと。

ジュヌヴィエヴといると僕の心臓は強く打つ。僕は彼女に近づき、香水を嗅ぎたくなる。彼女は背は高くない。ルネスが言うには婦人は背が高すぎないほうが良い。そうでないと、隣を歩く男は小さく見えて恥ずかしいし、誰も結婚したがらない。

ジュヌヴィエヴは肌がとても黒く、それでヤヤ・ガストンは《僕の黒い美女》と呼ぶ。彼女は地区の他の娘たちのように白人たちの薬品で髪の縮れを伸ばすことはせず、自然に梳かした髪は大きなアフリカ風のふさふさで、おもわず触りたくなる。アメリカ黒人の髪のようだ。彼女は白い服が好きだ。それは、服が汚れないように気をつけて振舞っている婦人だということだ。

ヤヤ・ガストンがジュヌヴィエヴを好きなのは目のせいではないかと思う。彼女が見つめると、すべてをあげたくなる。三階建ての家でも、たとえ二日前からお腹が空いていたとしても大きな牛肉の塊でも。小さなダイヤモンドが輝く静かな緑色の河のような、そんな色の目を見たのは僕は初めてだった。

ジュヌヴィエヴと散歩したあのときは楽しかった。皆からりっぱな青年にみられるように、きちんと頭を上げて歩いた。僕たちの後ろに自動車が来たとき僕はジュヌヴィエヴに言った。

「気をつけて。後ろから青いプジョー五〇四が来てる!」

彼女は笑い、横によけ、自動車は通り過ぎ、僕たちは道を続けた。長く歩いたが、彼女は静かだった。彼女が話さないのはいろいろなことを考えているから、ヤヤ・ガストンの部屋に残った娘たちのせいで彼女は悲しくて心を痛めているからだ。

さらに歩いた。もうすぐフェリックス・エブエ通りに並行する通りだ。突然彼女はUターンするみたいに背中を向けた。僕も止まり、彼女が涙を拭いているのが見えた。僕がどうして泣いているのと訊いたら、泣いてないわ、蟻が目のなかに入ったのと言った。僕は蟻をどけるために目に息をかけてあげようかと言った。

「優しいのね。大丈夫。蟻はもういないわ」

僕は、ヤヤ・ガストンが苦しめたから、涙が流れていたのを知っていた。そうでなければどうして部屋に残った娘たちには目のなかに蟻が入っていないのだ？　だからその娘たちはヤヤ・ガストンをほんとうに好きではない。誰かを好きで、良くない振舞いで苦しめられたら、目のなかに蟻が入って涙が流れる。

僕たちは来た道を戻った。僕はジュヌヴィエヴの苦しみを思った。娘たちが言う。「彼女は黒すぎて、背が低いし、料理がおいしくない」等々。そして、ジュヌヴィエヴの気持ちになったら、僕にもまた目に蟻が入った。僕はいかにもUターンするように背を向けた。でも遅すぎて彼女に見られた。

彼女は止まって僕に訊いた。

「蟻をどけるために目に息をかけてあげましょうか」

すぐに彼女の答えを思い出したので僕はつぶやいた。

「優しいんだね。大丈夫。蟻はもういない……」

僕たちは笑った。僕はもう離れたくなかった。彼女が僕の手を離さないでほしかった。ヤヤ・ガストンの部屋に戻りたくなかった。彼女といると気分が良い。彼女の手をしっかり握った。彼女も僕の手をしっかり握った。僕は彼女を愛していると思った。彼女は僕を愛しているだろうか。僕は彼女に恋している。僕はすぐそう言いたくなった。でもどういうふうに？　彼女は僕をばかにするかも知れない。

それでも僕は言った。

「ジュヌヴィエヴ、僕の心臓は胃のなかに落ちそうだ。僕は結婚したい」

彼女は少しも驚かず、微笑んで質問した。

「どうして私と結婚したいの?」

「毎日苦しんでほしくないから。そのたびに目のなかに蟻が入るのを見たくないから」

彼女は僕の頭を触り、僕は彼女の目を見つめた。緑の河のなかでダイヤモンドの輝きが益々増した。僕は自分がダイヤモンドのひとつだと想像した。一番大きなダイヤモンド。他のダイヤモンドより僕のほうが輝いていて、河をいつでも緑にしているのは僕だと。

「ミシェル、私と結婚するにはまだ十分に大人じゃないわ……」

「いつか、大人になるよ!」

「そのときは、私はあなたにはおばあさんよ」

「違う。おばあさんなんかにはならないし、それに僕は……」

「ミシェル、あなたにはすでにガールフレンドがいたじゃない。こないだ私に言ったわ。なんていう名前だったたっけ?」

「カロリヌ」

「あなたが結婚しなくてはいけないのは彼女よ。同じ年なんだし……」

「離婚したの」

「もう？」

「彼女が決めたんだ。僕じゃない」

「どうして？」

「マベレと結婚するんだ。五人乗りの赤い自動車を持って、ふたりの子供とまっ白な犬を……」

「カロリヌに話してあげようか」

「ノン、僕は全くだめなんだ。サッカーは下手だし、マベレがカロリヌに買ってあげる四つの城のことを話すマルセル・パニョルをまだ読んでないし」


バー、ル・ルレの正面のセネガル人の店の前に来た。なかに入って、ジュヌヴィエヴはコジャック印のボンボンをふたつ僕に買ってくれた。

家に戻ったら娘たちはいなかった。彼女らはあちこち散らかしたまま帰った。ヤヤ・ガストンと夜を過ごすのはジュヌヴィエヴで、彼女が散らかった部屋を片付ける。

先ず三人で夕食を食べて、母屋のママン・マルチヌと僕の姉妹兄弟におやすみを言いに行った。パパ・ロジェは部屋で新聞を読んでいて、咳をするのが聞こえた。心の底で、もうひとつの家に残したラジオカセットのことを残念に思っているのを僕は知っている。「ヴォイス・オヴ・アメリカ」を、ロジェ・ガイ・フォリイがイランのシャーのニュースを言うのを聞きたいのだ。樹の話をし、《分身》のことを言う口髭の歌手を聞きたいのだ。でもそれは僕たちの、別の家のなかの秘密だ。人々が話すことを録音できるラジオカセットを持っていることはヤヤ・ガストンにさえも明らかにしてはならない。

ヤヤ・ガストンとジュヌヴィエヴはベッドで寝て、僕は床の小さなマットで寝る。黒いシーツが壁の代わりになって僕たちを分ける。部屋はふたつに仕切られ、向こう側のほうが僕より広い。そのシーツの壁の後ろに明かりがあるとき、ふたつのシルエットがひとつになって動き、白黒の映画を見ているようだった。ふたりは僕に聞こえないように低い声で話した。お母さんにひとりぼっちにされた子猫のような小さな音が聞こえた。それはジュヌヴィエヴの声だ。どうして助けを呼ばないで今ではふたりは笑っているのだろう？

目を閉じる前に、僕は天にいるふたりの姉のことを思った。僕の姉星と名無しの姉。天国は夜になるのだろうか、それともいつも太陽が照っているのだろうか。ひとりで原野に行き、ブラザヴィルではぴったりしたパンタロンを見続ける悪者たちのなかでやはりひとりきりだろうママン・ポリヌを守って欲しいと姉たちに頼んだ。

ママン・マルチヌは髪の両側に白髪がある。ママン・マルチヌは、僕が見ているのに気づいていて、ママン・ポリヌよりも年寄りで、ママン・ポリヌは妹、それも一番小さな妹、もしかしたら娘くらいかもしれないと僕が考えていると思っている。でも僕は他のことを考えていた。どうしてママン・マルチヌはママンのお腹のなかの子供の種を受け取って、ママン・マルチヌのお腹で育てるのを承知しないのだろうか。そうすればママンの子供はもうこの世を通らずに天に行くことはなくなるのに。それを承知してくれれば、ママンはもう不幸ではなく、僕の家にもうひとりの子供ができるのに。ママン・マルチヌの子供たちは生まれてきたときに直接天には行かない。さらにママン・マルチヌが僕の考えに賛成ならば秘密を守って問題の種が彼女のお腹のなかで育ったことは人々には言わない。いつか僕はパパ・ロジェに話さなくてはならない。ママンのお腹のなかを整える医者のことを。しかし、それが決して間違わないといわれている白人だとしても、僕はあまり信じられない。白人たちのところでもママン・ポリヌのように子供を欲しがる婦人がいっぱいいるのに、白人の医者にかかってもだめなのを僕は知っている。

僕たちは家の扉の前に座っている。ママン・マルチヌは今晩皆が一緒に食べる海の魚の鱗を取っている。インゲン豆付き牛肉の料理でなくともかまわない。ここでは僕は何でも食べ、何でも自由に振舞っている。しかし僕はママン・ポリヌにはわがままを言えるけれど、ママン・マルチヌにはできない。そうでないと困らせてしまう。

家にはムボムビイ、マキシミリエン、それに親切に哺乳瓶まであげたのにまたさっき僕におしっこをしたフェリシエヌがいるだけだ。他の子供たちはどこに行ったのか知らない。ヤヤ・ガストンは朝早く港に出かけ、パパ・ロジェは日が暮れるまでは帰ってこない。年末の祭日が迫っていて学校は休みなので、他の兄弟姉妹は普通ならばここにいるはずなのに。

僕がママン・マルチヌの白髪を見てばかりいるので、彼女は僕に言った。

「そうね。あなたのポリヌお母さんのようにはもう若くないわ。私の妹たちのなかの一番若い、今でもキンコソに住んでいる二七歳の妹の年くらいよね」

彼女は空をみて、誰か他の人に向かって話しているようにつぶやいた。彼女は話し始めた。ブエンザ地方のキンコソで育ち、ここポワント＝ノワールからその村に行くにはいすゞのトラックで四、五日以上かかると言った。いくつかの村を通り、トラックが通れるように河の両端にふたつの木を平行に置いただけの橋にぶつかる。そのふたつの木の橋は事故でたくさん人が死なない限り取り替えない。パパ・ロジェとママン・マルチヌが知りあったのはそこだ。

パパ・ロジェとの話をするときのママン・マルチヌの声が僕は好きだ。彼女はそれらの話に魔法を加えているのではないだろうか。僕は信じるが、まるで人と動物が喧嘩しないで一緒に生きていた時代の話のひとつのように感じる。

ママン・マルチヌがその話をするとき、笑顔で顔が明るくなり、皺のないとても滑らかで赤ん坊のような肌になって、目が輝き、白髪は見えなくなり、まるでママン・ポリヌと同じくらいの歳に見えてくる。彼女は僕に直接話さずにむしろ僕の頭の上を見て話す。それで僕は、若い娘が若者のほうに頭を向けたような錯覚に陥る。まるで僕の存在を忘れ、誰か違う人に話しかけているると思い込んでいるみたいで、なぜそうできるか不思議だ。大人はいつもそうだ。いつでも過去に住んでいた人たちと話している。僕は過去を持つには小さすぎ、そのせいで透明人間に話しているようにひとりで話すことはできない、僕はそう思っている。

ママン・マルチヌはすでにしばらく前から唇が動いていて、目が湿ってきて、まるで泣き出すみたいなのが自分ではわかっていないだろう。手のなかの魚の鱗がふたつ、三つ残っていて、食べるときに息を詰まらせる危険があると僕は知らせなくてはならない。

彼女は低い声で話した。

「ロジェは全く魅惑的な小さな悪いやつだったわ！　その年、私の村で会ったときは皆はまだ、《ロジェ王子様》と呼んでいて……」

そして彼女は、もう過去に住んでいた人にではなくほんとうの人に話したいのか僕を見た。その話で僕は二〇歳のパパ・ロジェがブエンザ地方で最も偉大なダンサーだったのを知った。出生地の村ンドゥンガでは皆が尊敬していた。タムタムのリズムが強く叩かれるとき、大衆の拍手のなかで、すでに結婚している婦人を含め多くの女性たちの愛するまなざしのもとで、彼は床から離れ、宙に浮いて踊った。彼は《ロジェ王子様》と呼ばれていて有名だった。ダンスでは他の誰も彼を負かすことは出来なかった。地方に葬式があると、病気のときに医者を呼ぶように彼を緊急に呼んだ。彼はたくましくて強い彼の一〇人のダンサーグループと一緒に来た。そして、音楽もダンスもない他の世界に死者が悲しみと共に旅立たないように、夜中じゅう踊った。

キンコソの村の村長が一一〇歳で亡くなったとき、村人は《ロジェ王子様》に踊りに来るように頼んだ。ママン・マルチヌとパパ・ロジェが遭遇したのはそのときだった。一一〇歳で死ぬのはまれなことなので、地方の村のすべての住人がその葬式に来た。《ロジェ王子様》はキンコソに着き、捧げ物が積まれた村で人たちに告げた。

「私たちの祖父たちの祖父が亡くなったので、私は今夜、地上から一〇cm以上浮いて踊ります」

宙に浮くダンスの秘密の技を考案したのは村の老いた魔術師たちで、彼らがそれを考案して以来、一〇cm以上で踊るのは見たことがなかった。魔術師たちは、それを邪魔するためにグリグリを使うと威嚇した。そうでないと、ブエンザ以外の村の人たちは《ロジェ王子様》が世界のダンサーたちのなかで一番すごいと思ってしまうから。

《ロジェ王子様》は頑固だった。

「私たちの祖父たちの祖父の栄誉を称えるのを誰も邪魔できない！　私は床から一〇cm以上で踊る！」

老人たちは、恥をかかせる無礼な若者に対する会議のため、村から少し離れた。その会議で彼らは、礼儀知らずの《ロジェ王子様》を招待したことを互いに非難し、仲間同士で喧嘩するところだった。結局合意した。「そのよそ者のダンスは床から一〇cm以上超えてはならない」

夕方、村長の遺骸の側で泣いている婦人たちの村の広場に《ロジェ王子様》があらわれ、三人の魔術師たちと出会い、そのうちの最長老が彼を掴まえて言った。

「息子よ、おまえはどうでも良い村のなかにいるのではない。ここには大昔の先祖がまだ言葉のほんとうのところを理解していなかった頃からの決まりがある。四つ目四つ耳の人間たちだけが捉えることができる何かを捉えるためには、おまえの髭は十分に灰色になっていない。だから私がおまえに言うことを良く聞け。この村を尊敬しなくとも、少なくとも私の灰色の髭と禿げ頭は尊敬しろ」

《ロジェ王子様》は答えた。

「おじいさん、私は招待に応えてキンコソに来ました。亡くなったのはどうでもいい人ではありません。彼は私たちの祖父たちの祖父です」

「そうだ。しかしおまえが床から一〇cm以上で踊るならおまえはお終いだ！　好きなように踊っていいが一〇cmを超えるな。観衆の前で私たちに恥をかかせるな！」

とても優しくないもうひとりの老人が威嚇した。

「おまえは何様だと思っているのだ？　灰色の髭でも禿げ頭でもないのに私たちにそのように話すのは？　私たちが生まれたとき、おまえは生まれていたのか。白人が来て、鏡、砂糖、銃を私たちに贈り、海の彼方の遠くに連れて行くために私たちの最も強い男を選んだときにおまえはそこにいたのか。灰色の髭と禿げ頭を尊重しろと言った老マニオンギのようにおまえは戦争のメダルを持っているのか。老マニオンギはフランスの大統領エミール・ルベを今世紀の始めに見、ド・ゴール将軍まで見ている！　いったい誰がおまえにその価値もない王子の尊称を与えたのだ？　それを与えるのは私たちだ！　従って、最後に警告する。もしおまえが床から一〇cm以上で踊るなら、私たちの祖父たちの祖父を埋葬した後で埋葬されるのはおまえだ！　それにおまえの死体はおまえの村への道を見つけられず、おまえは野生の動物のように原野に埋められるだろう！」

三人目の老人は地につばを吐いた。他の人みたいに無駄に言葉を発したくないことを意味する。

《ロジェ王子様》は威嚇し続ける老人たちから離れ、一〇人のダンサーを集めて指示した。

「宙に浮くダンスが生まれたのはここキンコソなのに、この村のダンサーは誰も一〇cm以上で踊ったことがないので、老人たちは嘲笑されるのを怖がっているのだ。伝統の管理人を自認している老いた雄ヤギたちに影響されるままにはしない。私たちは彼らの技術を学び、それを修練し、地区で最良となった。今夜、それをまた証明しよう。恐れることはない、準備を整え、いつものように奏で、タムタムを叩き、踊りなさい。そのあとは私に任せなさい」

ママン・マルチヌは最後の魚の鱗をとり、彼女が叫んだとき、危うくナイフで怪我するところだった。

「《ロジェ王子様》！　何という若者！　何と頑固な！」

彼女は僕が話の続きを待っているのがわかった。喉をなでてから続けた。

「私たちの祖父たちの祖父の葬式の晩、キンコソの男たちは列を作り、婦人たちは別の列を作った。そしてまんなかに、胸は裸で椰子の葉の腰布で、腰の周りに子安貝、両足首に鈴を付け、顔と髪に白い粉を塗った《ロジェ王子様》が立った。《ロジェ王子様》と一緒に踊るために勇気ある婦人たちが加わらなくてはならなかった。でも誰も彼のほうに行かなかった。村長との別れの儀式がそんな簡単な見世物ではだめなので、公衆はいらいらし始めた。りっぱな儀式を待ち望む村人の怒りの口笛が聞こえ、誰かが加わって皆を喜ばせなくてはならなかった。《ロジェ王子様》はダンサーたちのひとりに何かささやき、そのダンサーは公衆を挑発し、私は重々しい声で叫ぶのを聞いた。『《ロジェ王子様》はこの村にとてもがっかりしている！　あなたたちのキンコソの村に婦人はいないのか。私たちの祖父たちの祖父に挨拶もできないのか。もしそうならば《ロジェ王子様》はすべてをやめて彼の村に帰る。そして死人が出てもこの内気な界隈には決して戻ってこないことを宣言する』　そこでとても痩せた若い村人が婦人の列から矢のように飛び出てきた。《ロジェ王子様》のダンサーたちは拍手し、公衆も続いて拍手し幽霊の手が叩いているかのように太鼓が狂った。それは地域じゅうに聞こえ、森で寝ていた動物たちさえも目を覚ましただろう。その若い村人は踊りながら埃を舞い上げた。腰の周りのパーニュは胸まで捲くれ、今では風がとても強く吹いていて、彼女の赤いショーツまで見えた。そして少しずつ、宙に浮くダンスを踊り始めた。キンコソの老人たちは喜びに叫び、礼儀知らずの《ロジェ王子様》ではなく村の娘がダンスを始めたのを見てうれしくて、彼らも踊った。昼間に《ロジェ王子様》を威嚇した老いた魔術師たちのひとりが同僚に訊いた。『その娘は誰だ？　家族の名前は何だ？』　もうひとりが答えた。『何を知りたいんだ？　彼女の名前なんかはどうでもいいじゃないか。わかっているのはキンコソの娘だということで、ダンスに誘ったのは彼女だ！　さあ、彼女と一緒に踊ろう！　王子を自称しているちっぽけな礼儀知らずは放っておけ！　彼にとっては何と恥ずべきことだ！』　皆は《ロジェ王子様》をやじり、彼を無能とみなした。彼はその間、両腕を組んで娘を見ていた。彼は太鼓叩きの仲間のほうに振り向いた。『私を挑発し、親鳥の巣から落ちたすずめのように踊るその痩せた娘は誰だ？』　太鼓叩きはほとんど叫んだ。『誰だか知らないけれど、彼女は少なくとも五㎝、宙に浮いた。何か始めないと私たちと私たちの村、ンドゥンガの恥だ』それで《ロジェ王子様》は決めた。『さらに高く上がらなくてはならない。私は王子だ！　ミュバンギュリリュの死のときに演奏してバタレベの墓の死者たちまで踊らせた、《マンタンチュ》のリズムを一〇拍子で叩け！』　ダンサーたちのひとりが怯えた。『ほんとうにそれを演奏させたいのか。危険過ぎる！　前にそのリズムを演奏したとき、おまえは命をなくすところだった！』《ロジェ王子様》は固執した。『私が要求する。命令だ！』　タムタムのリズムが突然変わった。上から何かが落ちてくるかのように空が動き始めた。太鼓叩きが始まったとき、太鼓の皮が破れるようで、雲も遠ざかった。鼓膜を破るほどのリズムを初めて聞いて村人たちが耳を塞いだそのとき、《ロジェ王子様》は持ち上がり、地面を離れて六cmに達し、そして七、そして八。以前困らせた老いた魔術師たちが今では近づいて彼らの怒りの髭を引っ張っているので、彼は一〇cmを超えたくなかった。彼は地面に降り、老いた魔術師たちは息をついた。しかし彼らの後ろでキンコソの痩せた婦人がダンスを再開し、今度は地上一〇cmで、村人たちが拍手した。発奮した《ロジェ王子様》は背を伸ばし、太鼓叩きたちに頭で合図し、ミュバンギュリュの死の、《マンタンチュ》のリズムを倍に、三倍に、四倍にさせた。皆は《ロジェ王子様》が登り、漕ぎ、登り、漕ぎ、また登り、また、また漕いだのを見た。皆は彼が一〇cmを超えたのがわかったが、信じられず、村人は沈黙した。祖父たちの祖父の霊魂が《ロジェ王子様》の体に逃げ込んだようだった。異様な踊りに怯えた村人たちは、わきの下にござを挟んで、泣いている彼らの子供たちを連れて、お通夜から逃げ出した。尻尾を両足の間に入れた犬たちは野生の動物のように原野に向かった。《ロジェ王子様》とそのダンサーたちにすごんだ老人たちももういなかった。やがて、祖父たちの祖父の遺体は放棄され、何kmも何kmも遠くからジャガイモの袋を背負って来たかのように、《ロジェ王子様》は地面で息切れしていた。意識を失って倒れた彼をメンバーたちが起して体に冷たい水をかけた。目を開けるとすぐに彼は太鼓叩きたちに質問した。『どこまで上がった？』皆は声をそろえて言った。『一五・五cm以上！』彼はつぶやきながら起き上がった。『何が起こったのかわからない。この高さに達したことはなく、私ひとりでやったのではない。霊魂が私を押したのだ。上では呼吸できず、死んでしまうところだった。すぐにンドゥンガに帰ろう』ンドゥンガへの道に向かったときにはすでに朝の四時を過ぎていた。途上、後ろでおかしな音を聞いた。皆は振り向き、原野で悪魔と出会ったのかと逃げる準備をし、ダンサーたちはばらばらに散らばった。《ロジェ王子様》はその場に残って誰が近づいてくるのか見ていた。そして彼は、皆が散ったほうに向かって叫んだ。『戻って！　戻って！　悪魔じゃないよ！　キンコソの痩せた小さな踊り子だ』」

ママン・マルチヌはこう言ったとき、大きく微笑んだ。

「そのキンコソの痩せた小さな踊り子は私よ……」

その後で彼女は笑いはじけた。

「《ロジェ王子様》はほんとうに悪いやつ！　私はマルチヌと名前を伝えただけなのに、彼は私の手を取って言ったわ。『ここまでついて来たのなら、僕の子供たちのお母さんになるのは君だ。きっと君の村の老人たちは一生僕たちを静かにさせてくれないから、ブエンザを離れて、街に住もう』そして私は《ロジェ王子様》について行った。私も、私の子供たちのお父さんになるのは彼だとわかっていた。祖父たちの祖父は私にサインを送ったの。その晩まで私は宙に浮くダンスは踊ったことはなく、ダンスのなかに入ってあなたたちのお父さんに挑むために婦人たちの列から出るのに、誰が私を押したのかわからない。運命、そうよ、これが皆が言う運命よ」

彼女は魚の鱗をとり終え、板の上に置いた。僕は小麦粉と塩をふるのを見ていた。

「後でやし油で焼いておいしいトマトソースも作るわ。見ていてごらん、あとでわかるから！」

鱗と血でいっぱいの水が入った大鍋を道の側溝に空けに行く前に彼女が言った。

「他の人生があったかもしれない。だけど、この生活が私にとって一番良かったと思うわ。私は小学校三年生までしか学校に行ってないけれど、おまえのお父さんは小学校卒業証書を得て、ブエンザの中学校で二年生の勉強をしていた。それはこの街に着いたとき、有利なことだったの。白人たちは学校に行っていた人を捜していた。特に彼のように卒業書を持っている人を。キンコソのその出来事の数週間後、《ロジェ王子様》と私は村人たちに知られないようにブエンザを発たなくてはならなかったから、こっそりいすゞのトラックに乗ってクイル地区のポワント＝ノワールに向かったの。それぞれ小さな袋だけを持って、そんなふうに出発したの。おまえのお父さんはうさぎのように子作りに熱心だったから、すでに私は妊娠していたし、私たちの生活が変わるだろうことはわかっていたわ。そして《ロジェ王子様》は、ヤヤ・ガストンが生まれた直後にヴィクトリー・パラス・ホテルの仕事を見つけたの。これが運命でなくて何なのかしら？」

弟のマキシミリエンは汗をかいている。遠くに何かを買いに走って行ってきたのかと思った。僕にこう言ったときもまだ息を切らせていた。

「誰かが外で待ってるよ。巨人だ。ミシェルより大きい。僕たちみたいな子供にみせようと少し背中を曲げているけれど、きっとほんとうはターザンのようなすばしっこいやつだ。誰かな？ミシェルと喧嘩したいのかな？　ミシェルは休み時間にお札を盗んだかしたの？」

僕は答えなかった。僕をなぐり倒すためにここまで来たマベレだ。

家の外に出ようとしているときにマキシミリエンが叫んだ。

「ミシェル、喧嘩しちゃだめだ。巨人が勝つよ！　とても筋肉隆々すぎる！」

家の入り口から外を窺ったが、誰もいなかった。その巨人はどこに隠れたか。正面の樹の後ろか。良く見たが誰もいなかった。僕をからかったマキシミリエンを怒鳴ってやろうと家のなかに戻ろうと思ったとき、向かい側の家から三回口笛が聞こえた。

ルネスだ。彼には数日会わないだけで寂しくなる。

「マキシミリエンを怖がらせた巨人は君だったのか。どうして家のなかに入らないの？」

「外で話したほうが良いよ。飛行機が通るのが見えるし」

僕たちはチヌカ河のほうに向かった。ブング地区に向かって道を下らなくてはならない。その新しい地区では恒久的な家を造らないで板を組み立てた家を建てている。後になってもっとたくさんお金ができたら板の家を壊して恒久的な家を建てると言っている。たくさんでなくてもある程度のお金があれば回りくどいことはしないで直接恒久的な家を建てられるから、それは言い訳だ。皆はその住居を《仮住まいの家》と呼んでいる。

チヌカ河は、パパの家があるサヴォン地区とパパが将来もうひとつ家の土地を買いたいと思っているブング地区とを分けている。河の辺で魚を釣っている数人の若者がいた。水のなかには魚よりもごみのほうが多いのに、何が釣れるのだろう。人々はごみを捨て、うんこし、ときには古い家具やベッドのマットレスまで捨てる。しかし、「猿のままでいるか、二本の足で立ってほんとうの言葉で話す存在になるかの境目の先史時代の人々のように、粗野な振舞いをするのはおかしい、そんなことはするな！」とは誰も言わない。

僕たちは草の上に横になって足元を流れる水の音を聞いた。

「先生に《げす野郎》と《分身》の意味を訊いたよ」ルネスが言った。

「今週は学校は休みなのに、どこで会ったの？」

「お父さんのアトリエに上着を取りに来たんだ」

「それで？」

「《げす野郎》は、良くない人で、悪い振る舞いをする人。《分身》はあたかも君が僕で僕が君のようなもの。もし《分身》なら、お互いに何でも言えて、君が言うことは僕が言えることでもあり、僕が言うことは君が言えることでもあるということ」

「そうすると、口髭の歌手の樹は……」

「そう、樹は彼の《分身》。その樹は友人なのに、意地悪な人のように樹を残していったのを歌手は後悔している」

少し黙った後で彼は続けた。

「先生がお父さんに何って言ったかわかるかい？　君は笑うだろう！　僕のために辞書を買うようにだって。そうすればフランス語のすべての言葉の説明が見つけられるから」

「ムトムボさんは買ってくれるの？」

「いや。辞書はいかさま師のためだ、自分が学校に行っていたときは辞書で意味を調べたりしなかったとお父さんは言っていた」

飛行機が通り、ルネスが質問した。

「あの飛行機はどこに着陸するか当ててごらん」

「イラン。首都はテヘラン」

いつもはそんなにすぐには答えなかったので、ルネスは不思議に思った。

「どうしてわかったの？」

「病気になってエジプトにいるイランの前皇帝のシャーを、アヤトラ・ホメイニが裁判にかけたがっている。さらにイランの学生たちはシャーをイランに戻させたくて、テヘランのアメリカ大使館の地下にアメリカ人を人質にしたんだ。しかしシャーが本国に送還されると殺される危険がある！」

話し終わったあと、僕はルネスの顔を長い間、何も言わずに見ていた。

「どうしてそんなふうに見るの？　顔にできものでも出来てるかい？」

「いや。顎にビールの泡を付けたの？　小さな毛が……　髭なの？」

彼は顎に触った。

「毛があるのがわかるかい？」

「少し」

「ビールの泡ではなくて、毛がのびてるんだ」

「早く切らないと皆は君がすでに年寄りだと思うよ！」

「いや、今切ると、もっと太いのが生えてくる。それはもっと固いとお父さんが言った」

僕は目を閉じた。彼が何か大事なことを言い出すと感じた。たぶんそのために僕に会いに来たのだ。僕は大事なことは何だか考えたがわからなかった。でも彼が気持ちを集中させるのを邪魔してはいけない。

ついに目を開けた。

「ミシェル、とても大事なことを僕に隠しているだろう。たぶん君は僕に嘘をついた……」

「僕が君に嘘をついただって？」

「おばさんの家に行ってカロリヌに会った。カロリヌはマベレが君をぶん殴ろうとしたけれど君は勇敢に闘わないで臆病者のように逃げたって言ったよ。僕は知らない話だから、君を助けられるはずはない。どうして僕と一緒にジョン先生の空手クラブに来ないんだ？」

疲れて汗をかくし、あとであちこち痛くなる腕立て伏せをしたくないと白状したかった。喧嘩のときは空手のことは忘れてしまうし、ブルース・リーのように上級の型をやっても闘う相手は跳び上がるまで待ってはくれない。

ルネスは僕が頭のなかで考えていたことがわかったように言った。

「君がそうしたいなら、ふたりでマベレにきちんと体罰を加えてやろう。僕が跳び上がる間、君が彼を腕で捕まえ、地上に戻るときに血が出るまで僕が叩く……」

「いや、マベレはカロリヌに言いつけるから。君の妹はさらにマベレを好きになって僕を嫌いになるだろうから」

ルネスは突然立ち上がった。僕がそう答えたのに驚いたようだった。

「そうだな。君は正しいよ！」

反対側の岸で釣りをしていた少年たちが石を投げてきた。僕たちの大きな声のせいで魚が釣れないと、彼らは考えていた。僕たちは声を低くしほとんど黙っていたら眠たくなった。一時間以上経って、飛行機が通った。

眠っていたルネスを揺りおこし、皆が、特に巨人が僕と喧嘩したがっていると思っているマキシミリエンが、僕を捜し始めるかもしれないから帰らなくてはならないと告げた。

ルネスは僕を家まで送ってきた。マキシミリエンはずっと同じところに柱のように立っていた。彼はマリウスを呼びに家のなかに走った。

棒を持ってマリウスが僕たちの前に来た。マキシミリエンは、怯えた子犬のように後ろに隠れて、ルネスを指差しながら声をからして言った。

「そいつだ！　そいつだ！　僕たちのミシェルを叩きたがっているのはそいつだ！」

マリウスはマキシミリエンの耳をつねり、たぶん、偉大なサッカー選手か、ル・パリジャン、ジュリーのような偉大なサッパーになるために、ヨーロッパに旅行するための貯金を数え直している途中だった部屋に戻ってしまった。

ルネスは帰って行き、マキシミリエンは家の隅ですすり泣き、まだターザンの巨人のことを話していた。

マキシミリエンは僕のそばに来て僕を腕に抱いてつぶやいた。

「僕はあの巨人から守ってあげたかったのだけど、まだ小さすぎる。大きくなったら、この地区の悪者たちから君を守ることを約束するよ」

ヤヤ・ガストンの部屋で三人の娘が口喧嘩している。ジュヌヴィエヴは僕の手を取って言った。

「こんな話を聞いていてはいけないわ。ひと回りしてきましょう」

彼女が部屋に来て隅に座ったときから僕はそれを待っていた。

外は夜だった。道では揚げ菓子、塩魚、あるいはトウモロコシを売る年取ったおばさんたちとすれ違う。バーから音楽と共になかで飲んで踊っている人たちの騒ぎが聞こえる。僕は、なかではどんなふうに踊って飲んでいるのか見たくなる。僕はまだ背が高くないので、僕がいることがわからなくてつぶされてしまう危険がある。あるいは顎にビールの泡がかかって、ルネスのように小さな毛が生えたようになって、皆は僕を老人だと思うかな？　そんなことはないだろう。

エブエ通りの街灯の下に来た。あちこちに人が座っている。口づけしながらあちこち触りあっている男と女もいて、家にそういうことをする部屋がないのだろうか。僕がそうしたら少なくとも一年間恥ずかしい気持ちになるだろう。

ジュヌヴィエヴは立ち止まってバッグを開き、なかを探って何かを取り出した。

「あなたが明日、トロワ＝サン地区のお母さんのところに戻るのを知ってるから、プレゼントよ」

彼女は包みを差し出した。農夫の遊びをするためのプラスチックのトラック、熊手、そしてスコップ以外には、僕は、あまりプレゼントをもらったことがない。

僕は包みを開いた。

「本？」

「そうよ。『星の王子さま』小学校卒業証を得たときにお父さんが私にくれた、初めての本なの。あなたももうすぐでしょう」

お店のなかに入って、僕は氷菓子をふたつ選んだ。そのうちのひとつを差し出したが、彼女は断った。僕はそれをポケットに入れた。マキシミリエンにあげればとても喜ぶだろうと考えながら。帰り道、また街灯の下を通った。口づけしていた男と女は同じところにはいなくてもっと遠くのあまり明るくないところにいた。全くばかだ。夜に蛇に噛まれたらどうするつもりなんだ？」

ジュヌヴィエヴは低い声で話し、まるでふたりの秘密のようだった。

「私はあなたのお兄さんが好き。でも彼は目が見えてなくてわかっていないの。彼はりっぱで強くて、地区のすべての婦人をとりこにするわ。私は彼の前で無力で、心から愛しているからすべてを彼に捧げるつもり。今まで知った唯ひとりの男だけど、彼の部屋で言い争っている娘たちの誰かと住むために私を押し返さない限り、他の男を知ろうとは思っていないの。私は百年でも待つわ。愛に時間は関係ない。でも私は傷つき、傷つき、そして傷口を沈黙で癒しているの。私があなたに話しているとき、同時に彼に話しているのと同じでしょう？　どう、間違ってる？　わかって、ミシェル。ヤヤ・ガストンはもうあなたのような子供じゃないわ。子供の純真さは美しく貴重だけど、すでに彼の思い上がりと気取りがそれを汚しているわ」

ヤヤ・ガストンは部屋にひとりきりだった。口げんかに嫌気が差して皆を追い出したと彼は言った。でも僕は彼が違うように言って欲しかった。ジュヌヴィエヴと一緒にいるために彼女らを追い出したと。僕たちは目を見合わせ、その後で彼女は視線を下げて部屋を片付け始めたので、彼女も同じことを考えていたようだ。彼女は僕のためにマットを敷き、いつもベッドの下に隠しているシーツと枕を出した。その後、石油ランプを消し、僕の頭のすぐ近くにろうそくの火を点け、ヤヤ・ガストンのベッドのなかに入った。僕は眠くなかった。背中を壁にもたせて彼女から贈られた本を読んだ。最初の数行をつぶやいたが、祈りのようだった。

六年前、サハラの砂漠で飛行機が故障するまで、ほんとうに話し合える相手もなく、僕はひとりきりで生きて来た。モーターの何かが壊れ、メカニシャンも、乗客もおらず、ひとりだけで、困難な修理をうまく出来るように準備した。それは僕にとって生死にかかわる問題だった。

この本を読めば読むほどこのひとつの言葉が頭のなかで響いた。《砂漠》。僕たちのところには森がめちゃくちゃあるが、砂漠がどんなものか想像しようとした。《サハラ》という言葉についても思い描いた。発音も難しい。hを忘れてはならない。世界から遠い場所のようで、そこに住んでる人たちは僕たちはじめ世界の他の人たちの存在を知らないようだ。彼らのところで起こっている物語を読んでいる誰かがいることも知らないような感じがする。見たことがない場所をどうしたら想像できるだろうか。サハラは僕にとっては砂漠だ。砂漠しかない。そして僕は、そのおかしな小さな人間がどうして、多くの人がいていろいろなことが話せる僕たちのところに来ないで、そちらのほうに行ったのだろうかと考えた。僕たちと一緒に暮らせただろうに。僕たちの地区の道や大通りや、チヌカ河の辺をルネスと一緒に散歩できていただろうに。トロワ＝サン地区で、僕たちがどのように遊び、どのように走り、どのようにいたずらするかを見てびっくりしただろうに。しかし、砂漠はすばらしい魔法の場所なのかもしれない。あるいは、向こうでは人々はいつも想像の緑の森と一緒に暮らしているのかもしれない。でも、もしかしたら、砂漠にはもう住む場所がなく、多くの樹、多くの川、多くの大河、そして大洋まである僕たちの国のようなところで生まれる幸運を思い描いているのかもしれない。僕は同時に、砂漠は世界じゅうの死者が、ある日神様がこう言うのを待っている場所ではないかと考えて恐れる。「おまえは天国に、おまえは地獄に」　僕はサハラには行きたくない。僕は読みながらそう思った。

明日は、ママン・ポリヌに会える。

両親はまたどなり合っている。いつものように僕の部屋まで聞こえた。今日まで妊娠していないので、かかった白人の医者は効果がないと、ママン・ポリヌは泣きじゃくっている。パパは静かに、赤ん坊はこちらの要求でかなうものでなく、考えてないときにくるものだから、決して急がず、根気強く待たなくてはいけないと答えた。

ママンは、商売をやめたいと大きな声で言った。そしてママン・マルチヌの子供たちとムトムボ家の子供たちのことを繰り返した。

パパは声を大きくした。

「いつも他の子供たちの話になるのはうんざりだ！　私とおまえに子供が出来ないのはマルチヌのせいなのか。ミシェルは子供じゃないのか。ミシェルの兄弟姉妹はミシェルが好きだし、一度だってミシェルが兄弟じゃないと言ったことはない。何でそんなことを言うんだ。どうしたらこんな状態から抜け出せるか考えようじゃないか」

「商売はやめるわ！　貴方はがっかりするだろうけど！　子供がいないのにどうして一生働く

の？　私は誰のために働いているの？」

「わかったよ！　商売はやめて、たぶんその後で子供ができるだろう！　話もやめよう！」

ママン・ポリヌはパパの言葉に我慢できなかった。部屋で何かが壊れる音がした。僕は思った。アルチュールが見て聞いていて、それらすべての情景にがっかりしませんように！

僕は数分ベッドの上に座った。何かしなくては。一晩じゅう口げんかさせておくわけにはいかない。

僕は起き上がり、蚊帳をどけて居間に行った。ふたりは気づいて、パパが部屋の扉を半分開けた。

「寝なさい、ミシェル、大丈夫だから。お母さんと少し話しているだけだ。何でもないよ、商売がどうなっているか聞いているだけだ」

僕は部屋に戻ってシーツにくるまった。周りにあるものを見たくなかった。僕の部屋は、小さな僕の体には大きすぎる棺桶のように感じる。そのなかで窒息している。こんなふうなら、僕が来た惑星に帰ろう。僕の世界でなら安らかだろう。バラを育てよう。ジュヌヴィエヴの目のなかの河のような緑の水を毎朝かけよう。それらのバラの上で、水滴は輝くダイヤモンドになるだろう。砂漠でだって植えたバラは育つのだから、僕は幸せな庭師になるだろう。僕は僕のバラの畑を散歩する。蝶々たちもバラ色だ。僕は笑って遊んでいる子供たちでいっぱいの世界のなかで生きるだろう。それら子供たちはお母さんも、お父さんもいない。僕たちは皆子供だ。なぜならば神様がそう創ったのだから。神様が僕たちのお父さんだ。神様が言う。「子供たち、静かに。私は寝るから」神様はいつでも寝ているときに子供たちに良いことの準備をするので、僕たちは黙る。神様は決して大きな声でどならない。神様は決して鞭で叩かない。なぜなら、自分で創造したものをいじめたりできないから。そして僕たちは、僕たちに関係ない多くの問題を持っている大人たちとは遠くに離れて静かに暮らすだろう。僕はそれらの子供たちの長兄だ。皆を守って先頭を歩く。誰かが僕たちを攻撃すれば、僕の筋肉は膨らみ、胸も膨らみ、背丈は二mを超え、拳骨が山みたいに大きくなる。

パパは静かに話し、ママンは聞いていた。僕はさっきみたいにシーツから出て壁に向かった。大人たちが悪いことを話すときはいつでも声を小さくするから、何を言っているのか知りたかった。低い声で話しているのは、たぶん、僕に対して何かたくらんでいるのだと思った。

「他の解決策を試そう」

「さらにどんなのがあるの？」ママンが言った。

「ブング地区のチヌカ河の反対側に、呪術師が開業したばかりだ。彼の評判はとても良い。地区の長の夫人の不妊を治した。生まれてから一言も話さなかった一〇歳の子供を話させた」

「何ていう名なの、その呪術師は？」

「スキサ・テンベ。国の北部から来た。共和国大統領の個人呪術師だったらしい。今、大統領とその夫人に子供がいるのは彼スキサ・テンベのおかげだ」

「でも人々は、その子は大統領の甥だって思っているわ……」

「ポリヌ、良く聞きなさい。人々には言わせておきなさい！　彼らは嫉妬しているんだ。嫉妬深い人は幸せを逃す！　悪しき言葉はいつだってその辺に存在するだろう。その悪しき言葉は彼らの不幸を隠すためであり、彼らはときには私たちが助ける人たちだが、狡猾に、偽善的に、反世間的に行動をする人たちだ。大事なのは、大統領と夫人が今、子供を持っていて、それはその呪術師のおかげだ、ということだけだ！　土曜日に会いに行こう！」

「今日は月曜日で、土曜日はとても先だわ！」

「そうだが、予約を取らなくてはならない」

「何ですって？　今では呪術師も白人の医者みたいに予約させたがるの？」

「慢性の下痢や生理痛のような病気以外、仕事を探している者、子供を学校の試験に合格させたい者まで、地区の皆が彼に相談したがっている。私たちの相談は時間がかかるだろうから、少なくとも半日分の予約を取らなくてはならない」

ママン・ポリヌはもう話さなかった。その解決法で安心したようだ。しかし僕は首をかしげる。

「またしても、この話は何だ？　呪術師はこの世を通らずに直接に天に行く子供たちを捕まえられるのか。呪術師は神様より強いのか」

僕はママン・ポリヌに新たに他の失望がやってくるのを恐れる。僕はさらにママンががっかりして欲しくない。僕が生まれてから誰も住んでいないママンのお腹のなかにどの子供も来なければ、ママンはまた数週間も、一カ月も泣き続けるだろう。

外では犬たちが吠えていて、いやな気持になった。犬が夜中に吠えるのは、地区に悪霊たちが通るからで、それらの霊のいくらかは市場に行き死者の魂を売ると、皆は言う。市場には夜中は誰もいないと思っているけれど、墓場に戻る朝の四時まで、悪霊たちは商品を持って客を待っている。その悪霊たちが僕の両親が言ったことを聞いたなら、僕たちの家にひとりも子供が来ないように、あらゆることをするだろう。

シーツのなかで、僕は〈僕の姉星〉と〈僕の名無しの姉〉に祈りを捧げた。

僕の姉星へ
僕の名無しの姉へ
ママン・ポリヌがもう泣きませんように
パパ・ロジェががっかりしませんように
悪霊がママン・ポリヌとパパ・ロジェの話を聞きませんように
呪術師スキサ・テンベが、共和国大統領とその夫人に成功したことを、僕の両親にも成功しますように
最後にはこの家に赤ちゃんが来ますように

イランのシャーが死にませんように、癌が治りますように、そしてアヤトラ・ホメイニがシャーを困らせるのをやめますように
どこの国もシャーを本国送還するのを認めませんように

午後、僕は両親の部屋にひとりでいる。ママン・ポリヌはマダム・ムトムボと、お父さんが亡くなったレックス区の友人のところに行った。おそらく夜遅くまで帰ってこない。パパ・ロジェは今夜はママン・マルチヌの家に泊まる。

パパの本が僕の前にある。アルチュールの顔もある。微笑んでいる。僕を励ましてくれているので僕は調べ続ける。

僕はひざまずいて本棚の一冊に手をかけた。題名は『何かしてください』で、書いたのはサン＝アントニオという人だ。おかしな名前で、ニックネームみたいだ。

ふたつ目の本を見た。『だまされたベッドの上の飛行』またサン＝アントニオだ。

三つ目の本を見た。『君、細菌を取って』またサン＝アントニオだ。

四つ目の本を見た。『私の指に指を重ねて』またサン＝アントニオだ。

五つ目の本もまたサン＝アントニオだ。『私のシャーの舌』ここで僕はほとんど跳び上がった。このサン＝アントニオもまたシャーのことを話している。シャーのことを話しているならこの作家は優しい人だ。『私のシャーの舌』の裏に要約がある。しかしこれは《私は》となっているのでサン＝アントニオ自身のことを書いているようだ。

要するに、私はずっと前からイランに行きたかった。でもこの条件下ではない！　砂と闘わなくてはならない二〇世紀、それは驚くべきではないか。しかし、あなたのサン＝アントニオは、その分野でのエースであることが明らかになり、彼にかかわりあった手下たちは、すでに去勢されていなかったにしても、カサノヴァを危険に晒す準備は出来ていない。千一夜（むしろ千一の心配事）の国のベルリエに関しては、表紙の四ページでは話せない。言葉を猫に与える方法はいくつもあるが、シャーに与えることは容易ではない。ご覧頂くように。

でもどうして猫に言葉を与えるいくつかの方法はあるのに、シャーに与えるのは難しいのだろうか。面白いのか、悲しいのか。シャーはサン＝アントニオに何をしたのか。そして良く理解したとするなら、サン＝アントニオはイランに戦いに行くのを決めたようだ。それには僕は彼に全く賛成できない。従って僕は本をもとに戻す。

どうしてかわからないけれど、『だまされたベッドの上の飛行』の表紙から目を離せられない。たぶん鳥の絵が描いてあるからだろう。地上と天の両方に行ける鳥が好きだ。鳥たちは僕たちの森、あるいは『星の王子さま』のなかのサハラのような砂漠を見る。彼らは多くの旅行をし、この世がいつでも天気が良いように歌う。鳥は優しくて誰にも意地悪をしない。鳥はサン＝アントニオのようにはイランに戦いに行かない。

僕は同様に、『だまされたベッドの上の飛行』の裏を読んだ。

さて、そのなかに、エージェンシーを訪ねてきた名高い達人アルチュール・リュビニョルがいた。熱狂し、歓喜の印に皆は大きな赤い絨毯を広げた。幸せなことに赤いので、ぶどうは目立たなかった。さらに、最初から秘密が暴かれた、ユダヤ教の指導者、マシン（からくり）、失礼、モシェがいた。飛行機のなかで私が引っかけた、すでに長老をからかい始めたヤンキー娘のことは言うまでもない！　これらの冗談を加えていたなら、向こうみずな私たちのフィンランド娘は、ベリュがきこりのメガイラ（復讐の女神）の空気を吸っている間に、その小冊子のなかでおかしなことが起こっているのがわかっていたのに！　そしてそれはだまされた執念深い老人のせいである！　おまえは豊穣の角〔ギリシャ神話、ゼウスの物語に出てくる、花や果物を詰めた角、尽きない富の象徴〕のことを話している。

サン＝アントニオは無作法なフランス語で書いている。僕は自分に問いかけた。「どこかで笑わなくてはならないようだ。君が笑わなければユーモアは理解できていない。そうならば君は賢くない。彼のなかで話しているアルチュール・リュビニョルって誰だろうか。そして《名高い達人》とは？　もしかして、僕のアルチュールをばかにしているのではないのか。彼には何もしていないのに」

僕はこうも思った。「僕が少し知ってる人たちであるシャーとアルチュールについて同時に話している本がこの部屋にあるというのはどういうことなんだろうか。パパ・ロジェは少なくともこのことを知っているのだろうか」他の本の表紙に書いてあることを読むため、僕は『だまされたベッドの上の飛行』をそのままにした。でもすべてを動かしたくないので、本の背中を見た。パパ・ロジェはきちんと並べていたので本の題名は読めた。

この本棚には、アルチュールの本以外にサン＝アントニオがあるだけだ。サン＝アントニオは世界で一番多く書いた作家なのだろうか。その上に置いてあったアルチュールはここで何を探していたのだろうか。僕は考えた。「サン＝アントニオは良く知られているに違いない。マルセル・パニョル以上に。アルチュール以上に。イランのシャー以上に」

僕は五冊の本を並べた。前にどういうふうに並んでいたか思い出そうとしたが突然混乱した。『君、細菌を取って』が『私の指に指を重ねて』の上だったたか、あるいは『何かしてください』の下だったたか。わからなくなった。

仕方ないので、『地獄の季節』を『私のシャーの舌』の上に置いた。サン＝アントニオが話しているシャーはエジプトで今病気のシャーと同じに違いないから。アルチュールは、犯罪者イディ・アミン・ダダがサウジアラビアの彼の館で平安に泳いでいるのに、イランのシャーが元気ではなく、癌が悪化していることを知るべきだから。

フランスの大統領はヴァレリイ・ジスカル・デスタンという。ジャーナリスト、ロジェ・ガイ・フォリイが話している間、パパは紙切れにその大統領の名前を書いた。フランスの名前は複雑で、決して聞こえる通りには書けない。でもフランス人は僕たちの名前が複雑だと考えている。これは変な話だ。

ロジェ・ガイ・フォリイはヴァレリイ・ジスカル・デスタンがとても深刻な問題をかかえ、二回目の共和国大統領にはなれない危険があると報じている。失敗して、ほとんど彼は終わりだ。僕は考えた。「たぶん病気なんだ。あるいは事故にあったのか。可哀想に」しかし、病気ではなく、事故にもあってもいない。彼の問題は中央アフリカ共和国の独裁者大統領から受け取ったダイヤモンドの話だ。この独裁者は、パパによると、ウガンダのイディ・アミン・ダダほどに悪い。ロジェ・ガイ・フォリイがフランスの大統領がフランスの皆からどんなに批判されているかを話している間、パパ・ロジェは僕のほうに向いてその話は理解するにはとても複雑だと話してくれた。独裁者ボカサからヴァレリイ・ジスカル・デスタンがダイヤモンドを受け取ったのは僕はまだ小さいときで、ヴァレリイ・ジスカル・デスタンは国家主席ではなくポンピドゥという名の前大統領の大臣だった。ポンピドゥはりっぱで頭が良く、ロシアのブレジネフ大統領のような大きな眉毛を持っているけど、怖がる必要はないとパパは言う。ヴァレリイ・ジスカル・デスタンはポンピドゥの財務大臣だった。

僕は理解できず、混乱して頭をかいていたら、パパ・ロジェはフランスでは財務大臣は国のお金に携わるけれど、国によってきちんと監視されていると説明した。僕たちの財務大臣は国のお金を盗むか、大統領と政府のメンバーがスイスの銀行にお金を隠すのを手伝う。僕たちのところでは、偉い人も部下も会計からお金を盗み、皆が皆を非難しているので、国家はお金を監視できない。すべての人を刑務所に入れられなくて放って置くので、皆が国のお金を盗み続ける。

最近国から追放された中央アフリカ共和国の大統領はきれいな名前だ。フランスの名前よりは複雑でない。ジャン・ベデル・ボカサという。でも、首を切られたくなければ皇帝ジャン・ベデル・ボカサ一世と言わなければいけない。皇帝であることを彼自身が決め、そのための大きな祭典を開き、皇帝になったことを認めさせ、彼と拍手するために、多くの外国の偉い人たちが来た。今回の不幸の前は、フランスの大いなる友人だったが、今は蚤がいるか狂犬病の犬のように彼は見捨てられた。彼は、第二次世界大戦の間、フランスの兵隊たちと一緒に戦ったフランスの公僕のひとりだった。フランスが彼を軍人として教育し、インドシナやアルジェリアなどフランス人が戦った戦地のどこにでも、いつでもいたのでりっぱな勲章を得た。フランス軍のなかで皇帝ジャン・ベデル・ボカサ一世は、大尉までなった。その後中央アフリカに帰り、初代大統領だった従兄弟のダヴィド・ダッコに対する軍隊のク・デタのあとの混乱に乗じて彼自身が大統領になった。彼の従兄弟のダッコに対するそのク・デタは、彼が最初に計画したのではなく他の軍隊だったけれど、悪賢いボカサは状況を把握し、ものごとをひっくり返して最後には共和国の大統領になった。したがって彼はク・デタの最中にク・デタを行ったとパパは言った。大統領になるために、彼のほんとうの従兄弟を打倒した。そのためパパ・ロジェはときには最も危険な敵は家族のなかにいると僕に繰り返す。もし僕が共和国大統領になったなら、ルネおじさんを警戒するのは確かで、むしろルネスを信頼し首相に指名するだろう。

皇帝ジャン・ベデル・ボカサ一世は、ジョルジュ・ポンピドゥの前にフランスを導いていたド・ゴール将軍が亡くなったとき、とても泣いたそうだ。ド・ゴールは、普通の男の二倍半、ガボンのピグミーの五倍半ほども大きかった。パパ・ロジェによれば、大勢のドイツ人たちがフランスに住もうと決めたとき、ド・ゴール将軍は僕たちのブラザヴィルに来て、フランスはもうフランスのなかにはなく、フランスの首都はエッフェル塔があるパリではなく、今ではブラザヴィルが自由フランスの首都だと宣言した。従って、すべてのフランス人は僕たちのようにコンゴ人になった。ともかく当時は、フランス人はドイツ人たちの共犯者にされ、その口髭が恐怖を与える独裁者アドルフ・ヒトラーに指揮されるよりは、コンゴ人であるほうが良かった。フランス人たちが問題なく僕たちのところに来られるようになったとき、皆は言った。「白人たちがここ、ブラザヴィルに隠れにやって来るのなら、ヨーロッパはせっぱ詰まった状態で、ドイツ人とそのボス、アドルフ・ヒトラーは甘い態度を見せない」

パパ・ロジェは、巨人ド・ゴールが死んだとき、僕たちの国の人々はまるで自国の大統領が死んだみたいに悲しんだのを覚えている。ド・ゴールと僕たちは長い歴史を持っている。彼がここに来てそして飛行機でヨーロッパに戻ったとき、僕たちの預言者アンドレ・グルナル・マツアも一緒にいなくなった。預言者が、いつかブラザヴィルの飛行場にド・ゴール将軍と一緒に戻ってくると信じて、今でもブラザヴィルのマヤ＝マヤ飛行場で待っている多くのコンゴ人たちがいる。ド・ゴール将軍や予言者マツアの死を知らされても、フランス人たちは嘘を言っていると思っている。僕たちにとって、将軍は死んでおらず、僕たちの預言者も死んでおらず、フランス人はふたりを一緒にどこかに隠している。ふたりともいずれコンゴに戻ってくる。そう信じている人たちがいる。

そしてさらに、パパ・ロジェは僕の頭を混乱させた。ド・ゴール将軍はきちんと永遠に死に、コロムベイ＝レ＝ドゥ＝ゼグリーズ〔ふたつの教会のコロンベイ〕というフランスの片隅に埋葬されたと僕たちに教えた。

コップを持っていたママン・ポリヌがコロムベイ＝レ＝ドゥ＝ゼグリーズというおかしな名前

を聞いて、椅子から跳び上がって、ビールが鼻から噴き出すところだった。
「どうして、とても重要な人をそんなふうに教会のなかに埋葬したりできるんでしょう？　そしてふたつの教会に埋葬するのはどうするんでしょう？」

ド・ゴール将軍が死んだ日、独裁者ジャン・ベデル・ボカサ一世は彼の父親が死んだみたいに泣いたそうだ。彼をひとりこの世に残してお父さんが天に向かって旅立ったと彼は主張した。彼があまりにも泣くものだからアフリカ人たちは皆不思議がった。「ド・ゴール将軍が彼のお父さん？　ほんとうかしら？」　しかし、それは不可能だ。ボカサ一世は僕たちと同じ鍋の裏底みたいにまっ黒だから。それにド・ゴールのようなとても有名な白人は黒人の子供を持てない。夢のなかでも不可能だ。皇帝ジャン・ベデル・ボカサ一世は世間のうわさにはかまわずに将軍の葬式に行き、そこで、偶然フランスの財務大臣ヴァレリイ・ジスカル・デスタンと交わった。彼の家族は中央アフリカにいて、楽しむために僕たちの森の動物を狩るのが好きだった。僕たちの動物はとても優しい。動物たちは僕たちの先祖の魂だ。そして原野で生活し続けるために小さな赤ん坊をつくる。アフリカの少年たちは生まれてまもなくの自分の目でそれらを見て親しむ。ライオンって何？　象って何？　シマウマって何？　リスって何？　動物は誰にも悪いことをしていないのに、ジスカルの家族の白人たちは動物を狩る遊びをやって、少し笑って写真を撮るためにだけ動物たちを殺した。そして人々の前で自慢するために動物の首を壁にくっつけた。「私はアフリカで狩をし、このライオンを殺した。このレオパードを殺した。そしてこの象も殺した」

財務大臣ヴァレリイ・ジスカル・デスタンが中央アフリカの家族を訪れるたびに、ド・ゴール将軍の葬式で知り合った独裁者ボカサ一世に、こんにちはを言いに行った。

パパ・ロジェはまた思い起こした。ジスカル・デスタンはボカサ一世を訪問し、きれいな宮殿を回り、ダイヤモンドを飾ったお土産を含むたくさんのプレゼントを受け取った。いつでも訪問者には優しいボカサ一世は、フランスの城を見に行った日にもジスカルにまたダイヤモンドを贈った。それ以外にもたくさん贈り物をしたらしい。そしてパパは言う。その件はとても複雑で、ボカサ一世は亡命して以来フランスに対して怒っているので、誇張し、嘘をつき、でたらめを言っているのかはっきりしない。あるいはヴァレリイ・ジスカル・デスタンが本物のダイヤモンドを隠して、贈られたのはほんとうのダイヤモンドではなく模造品だったと皆に証明したいのか。

従って現在、ジスカル・デスタンとボカサ一世は大戦中だ。ボカサ一世は亡命先から言う。

「ジスカル、おまえに贈り物やダイヤモンドをあげたのに、なぜ私の体制を攻撃して、すでに私がク・デタで失脚させた私の従兄弟のダヴィッド・ダッコを再び権力につけたのだ?」

中央アフリカ共和国を追われてとても怒っているボカサ一世はこれから象牙海岸に住む。彼はフランスは自分を騙したと思っており、仕返ししてジスカル・デスタン大統領を落としたいと思っている。ラジオや新聞でそのダイヤモンドの話しかしないので、パパ・ロジェには、フランス人たちがジスカル・デスタンに投票するとは思えない。まだ若いにしても皆は落選させるだろう。ボカサ一世は象牙海岸で満足するだろう。

ロジェ・ガイ・フォリイが話を終え、パパ・ロジェがラジオを消したとき、ボカサ一世は癌では死なないだろうと僕は思った。彼はシャーのようには自分の国が好きではない。癌は自分の国が好きな人か、アルチュールのように冒険する人のための病気だ。さらに、ボカサ一世は亡命のために象牙海岸ではなくエジプトを選ぶべきだった。亡命するとき、あるいは冒険するとき、エジプトを通らなければ良い人ではなく、世界では勘定に入れられない。そして僕はそのボカサ一世は大嫌いだ。従ってフランス人たちが絶対ジスカル・デスタンに再度投票するように望む。一生、大統領でいますように。そうすればボカサ一世はどこか他に消えうせるだろう。

僕は僕の部屋に行って蚊帳を張った。ヴァレリイ・ジスカル・デスタンのことしか考えなかった。〈僕の姉星〉と〈僕の名無しの姉〉への祈りの言葉と共に、眠りについた。

ジスカル・デスタンがさらにずっとフランス共和国の大統領でありますように　ダイヤモンドの噂話のせいでフランス人たちが彼以外の大統領に投票することがありませんように
ジスカル、お聞きあれ！　ジスカル、お聞きあれ！　ジスカル、お聞きあれ！

僕がカロリヌに謝りに行くと思うなら、それは大きな間違いだ。離婚したがったのは彼女で僕では全くない。どうして僕が行かなくてはならないのか。彼女が話さないから僕も話さない。ムトムボさんはそれは普通じゃないと思って、ロンゴムベとモコベのほうに向かって訊いた。

「ふたりの小さな恋人たちはどうしてしまったのだ?」

カロリヌは突然怒って、あなたと恋してなんかいない、結婚していない、絶対結婚しない、私の夫は、マルセル・パニョルを読んで、一一番をつけてたくさん点を取るサッカーの大選手だと叫んだ。彼女は走ってお父さんのアトリエから出て行った。

僕はパパ・ロジェのモヘアのパンタロンを持って来たのでここにいる。新しいけれど、長すぎるので、数cm切らなくてはならない。そうしないと、パパは、地区ですれ違うおじさんたちのように埃を掃きながら歩くことになる。自分でパンタロンを折り曲げた人は、パンタロンが長くなるたびに皆の前で折り直さなくてはならない。パンタロンの折り返しが戻らないようにずっと気にしながら歩くわけにはいかない。歩いているとき、パンタロンや靴には注意しないでしょう?

むしろ行き先とか、遅刻しないにはどうしたら良いかとか、他のことを考える。

パパのパンタロンを右肩に掛けてアトリエに入ったとき、僕はカロリヌがムトムボさんの近くに座っているのが見えて、また後で来ようとしてUターンするところだったが、すでに奥からふたりの見習い生が僕を見ていたので、とにかく入った。

ロンゴムベが叫んだ。

「ほら、ミシェル君だ！」

モコベが付け加えた。

「友達にまたシャツを破られたに違いない！」

《私に挨拶したら皆の前で恥をかかせてやるから》カロリヌの視線はほとんどこう警告していたので、僕は挨拶しなかった。見習い生たちは緑の花模様の赤い服を縫っていた。

ムトムボさんが言った。

「それでは、外にいる君の奥さんに会いに行きなさい。打ち沈んだ妻を決して放っておいてはいけない。他の誰かがなぐさめて、結婚してしまったら、君は泣いている自分の目を見るしかなくなるぞ」

僕はアトリエを出た。正面には小さなサッカー場がある。カロリヌは座っていて近づく僕を見ていた。彼女が立ち上がって去ろうとしたとき、僕は呼び止めた。

「待って、行かないで。君に言わなくてはならない……」

「だめ、もう終わり。ずっと前に離婚したわ」

僕は冷静に答えた。

「わかってるよ。でも、少なくとも話ぐらいは出来るだろう。それに……」

「だめ、あなたとは話したくないの。そうじゃないとまたあなたを好きになって、いつまでも心を痛めるようになるから！」

彼女は小さな葦の茎で地面に絵を描き始めた。僕はその絵を見つめた。

「何、それは？」

「わからないの？　バラよ。マベレにデッサンを教わったの。彼は上手にデッサンするわ。私のことをバラだって言ったから、それで描いてるの」

マベレの名は僕をいらだたせた。冷静さを失って攻撃した。

「マベレはアルチュール・ランボーが誰か知ってる？」

「それはいったい誰？」

「作家だよ。寒い冬のせいで伸びるたくさんの髪の毛を持った……」

「マルセル・パニョルより有名なの？　四つのお城を持ってるの？　そして……」

「いや、アルチュールはそういうのは何も持ってないよ。それは彼には重要じゃないんだ」

「でもお城を持っていなければ有名でもお金持ちでもないわ！」

「でも彼はいっぱい旅行していて、世界じゅうの城を見られるんだ！」

「では自分の城は？」

「彼は心のなかにそれを築くんだ。そして僕も、僕の心のなかに城を築いて君を迎え入れるんだ。そこには誰も君に意地悪しに来れない……」

彼女はついに顔を上げて僕を見た。目に蟻が入りそうだった。

「大人の男が婦人たちを言いくるめるみたいな言い方をどこで学んだの？」

「アルチュールのおかげさ」

「そうなの？　彼に出会ったの？」

「そう」

「どこで？」

「両親の部屋で。僕がじっと見ると彼は微笑んで僕に話しかけるんだ」

飛行機が通る。どこに着陸するか当ててごらんとカロリヌには訊けない。それは彼女のお兄さんとの遊びだから。

僕はひとりで飛行機を眺め、自分に言った。エジプトに着陸する。首都はカイロ。僕はイディ・アミン・ダダがプールで泳ぎ、召使たちとボクシングをしているサウジアラビアには着陸して欲しくない。皇帝ジャン・ベデル・ボカサ一世が、フランス共和国の大統領でまだいたいたいヴァレリイ・ジスカル・デスタンについてでたらめ言っている象牙海岸には着陸して欲しくない。

僕がエジプトのことを考えている間、カロリヌは僕の左手をつかんで言った。

「心のなかにお城を持っているあなたの友人のアルチュールに私も会える？」

「もちろんさ。彼も喜ぶよ！　でも、君は家に来なくてはならない。僕がアルチュールと外に出ると、パパが怒るから。そしてパパが怒るとアルチュールは死ぬまで僕に微笑まなくなるから」

彼女は地面に描いたバラを消して、僕の手を取った。彼女のお父さんのアトリエに向かった。彼女の声はさらに優しくなった。

「知ってる？　マベレはそんなに喧嘩は強くないの……。でも、どうしてディアディウのお店で会ったときに逃げたの？　ある日、道で誰かが私たちを襲ったら、私をひとり悪者と残してそんなふうに逃げるの？」

僕は答えなかった。もう、マベレの名が言われるのを聞きたくなかったから。


ムトムボさんは僕がカロリヌと一緒に戻って来たのを見て驚いた。ロンゴムベとモコベは笑いたかったが笑いをこらえていた、ムトムボさんにどなられる恐れがあったから。しかし、ロンゴムベはくしゃみする振りをして、結局笑い出した。モコベもムトムボさんも笑い出した。三人とも笑い続けたのでカロリヌと僕も笑い出した。僕はいつものようにわき腹を押さえてより強く笑った。そういうふうに僕が笑うと、さらに皆も笑いが止まらなくなった。地面に倒れて笑い、起き上がって笑い、壁にもたれて笑い、布を切るテーブルを支えて笑い、笑い、笑い、笑い、そして突然、アトリエが暗くなって、皆はびっくりした。ムトムボさんの頭は光らなくなった。振り向いたら扉を塞いでいるロンゴムべのお母さんが見えた。毎度同じで彼女は前向きでも横向きでも入れない。僕はちょうどそのときやっと笑うのをやめられた。アトリエのなかの他の人は誰ももう笑っていなかった。ロンゴムべは立ち上がり、お母さんのほうに行き、アトリエから数mのところに出て話をした。僕は様子を窺うために近づいた。ロンゴムべがお母さんにお金を渡すところが見えた。彼女は僕を見て、「ポリヌ・ケンゲの子、今に見ていなさい！　私が来るとどうしてすぐに笑うの？　私が太っているから？　あなただって大きくなれば太るのよ、わかってるの？」　遠くから脅かした。

　彼女は急いで立ち去った。彼女は移動するときに埃を巻き上げる。すれ違う人は宇宙人を見るみたいに振り返る。彼女はののしるが、誰も何も言わない。僕は考える。どうしてロンゴムべのお父さんは息子にお金を要求しに来ないのだろうか。彼のお父さんは彼のお母さんを捨てたのだろうか。あるいはロンゴムべに育ての父がいないのだろうか。懸命に仕事してお母さんを食べさせている彼に同情した。誰かがそんな気持ちでママン・ポリヌをばかにしたら僕は許すだろうか。いや、僕は顔に石を投げるだろう。

　だから僕は、ロンゴムべのお母さんが、ママン・ポリヌやママン・マルチヌと同じに善良な婦人なのに、あんなふうに笑ってしまって、恥ずかしくなった。

　ロンゴムべはアトリエに戻り、怒ったワニの赤い目の視線で僕を見た。ムトムボさんはすぐに僕のパパのパンタロンにとりかかるように彼に言った。僕は思った。ああ、彼はそのパンタロンをわざと短くして、駄目にしてしまうだろう。パパはそれをはくとき、小学校一年生のときに習う『原野と森の小話』に出てくる野うさぎに似てしまうだろう。

ルネおじさんの家はコマポン通りで一番きれいな家で、遠くからでも光って見える。木でできた家に住む周りのプロレタリアたちが、所有地に入って富を盗んでいくのをいつでも恐れている。そのため家の敷地はきちんと固い塀で囲われ、その上には有刺鉄線が張られている。「金持ちのルネさんの家に盗みに行く」と言う者は、有刺鉄線で怪我して血を出し、一生の間に大変な問題があるだろうことをすでに知っている。赤ちゃんが、お母さんのお腹のなかに留まっていたほうが良かったのに、あるいは、〈僕の姉星〉や〈僕の名無しの姉〉のようにこの世を通らずに天に行ったほうが良かったのに、この世に着いてしまってびっくりしたかのように、泣き叫ぶ。さらに、ルネおじさんの家を守っているのは有刺鉄線だけではない。鉄の大きな扉がある。普通皆はここから出入りしなければならない。また家の裏には別の大きな扉があり、それはガレージの入口で、リモコンで扉が開く。

ルネおじさんの家に着くと、呼び鈴を押して道で待つ。ボーイが来て、上手に隠された誰かが見ているとは想像がつかないほどの小さな穴から窺う。大市場の不良みたいな人間ならボーイは開けない。いつまでも家の扉の前に居続けると、犬が出てくる。ミゲルという名だ。ルネおじさんによれば、地区で、あるいは街で、コンゴで、世界のなかでも、一番の猛犬だ。ミゲルが猛犬なのは毎朝ボーイがトウモロコシのお酒を飲ませるからだ。そのお酒をコップ一杯飲むと、数秒静かにしたあと回り出す。尻尾をつかまえようとするが、左に行って噛もうとすると右にあり、右に行って噛もうとすると左にあるのでつかまえられない。つかまえられないので興奮し、さらに自分の影を噛もうとして吠えて地面を転げまわる。ボーイはなだめて首輪をし、中庭にあるコロソルの樹の元に繋ぐ。ミゲルは吠え続け、とっても怒って、よだれが口から流れ続ける。
扉の前にルネおじさんは太字で書いた。

猛犬に注意
一日二四時間、週七日

一日二四時間、週七日と書いてあるのを見ながら僕は考えた。結局ミゲルはどれだけの時間、猛犬になるだろうか。その犬は寝ないのか。そして暗算した。一年は三六五日。時どき三六六日。一日は二四時間。一時間は六〇分。一分は六〇秒。誰が一日二四時間、週七日猛犬が五年半の間に猛犬でいる秒数を計算できるだろうか。

僕はルネおじさんの家の入口の前にいる。ルネおじさんは僕にクリスマスに来るように要求した。数日前にプレゼントとして僕にくれたプラスチックのトラック、スコップ、それに熊手を持って。僕は一一歳のケヴァンと九歳のセバスチャンと遊ぶ。僕たちが家のなかを走り回ったり靴を脱がずにルネおじさんのソファの上に上がると咎める、一五歳のエドウィジュとは遊ばない。

僕は今日はルネおじさんの家には来たくなかったが、ママン・ポリヌはもし僕が行かなかったらママンのお兄さんはうれしくないだろう、僕たちより金持ちだから逆らっていると思うだろう、そして僕にはルネおじさんの家族の名前がついているから逆らえないと言ったのでしかたなく来た。ママン・ポリヌは僕に先ずシャワーを浴びるように言い、わきの下、おしり、そしておしっこするところをしっかりこすれと言った。わきの下、おしり、そしておしっこするところをしっかりこすらないでシャワーを浴びる人がいるだろうか。そのへんを洗わないならなぜシャワーを浴びるのだ?

「おまえが赤ん坊のとき、そのへんを洗うとすごく泣いたわ」ママン・ポリヌは僕に思い出させた。

僕はそのへんをきちんとこすった。その後でブルーのパンツ、黒の半ズボン、白いきれいなシャツ、黒の蝶ネクタイ、そしてゴムのサンダルを選んだのはママンだ。ママンは袋のなかに僕のプラスチックのトラック、スコップ、そして熊手を入れた。

ほとんど正午で日陰でも暑かった。家を出るときママン・ポリヌは警告した。

「迷子になっちゃだめよ。独立大通りに沿って行き、右に折れてサヴォン地区まで行き、コマポン通りを進む。自動車に注意して、道を渡るときは大人の人と一緒に渡るのよ。その人のすぐ後ろにつきなさい。おとなしくして、ケヴァンとセバスチャンと口喧嘩しないように。家で待ってるわ。今晩、お父さんもいるわ」

僕はルネおじさんの家までひとりで行けるのに、どうして説明するのかと訊きそうになった。でも言わずに独立大通りを歩き始めた。

ルネおじさんの家の扉の前に来たとき、少し怖かった。自分に質問した。ミゲルはコロソルの樹の下にきちんと繋がれているだろうか。僕が白分にそう質問したのは、ルネおじさんは犬の歳は人のとは全く違うと話したからだ。僕がその人を知ったのは犬がまだ小さな赤ん坊のときだった。犬の少年期は長くなく、僕たち人間に比べるとより速く歳をとるとおじさんは言った。犬が六カ月のとき、人ならば一〇歳だ。犬が一歳のとき、人なら一五歳。犬が五歳のとき、人なら三六歳。ミゲルは五歳半だから、人なら今頃四六歳で、僕に比べればとても年寄りだ。小さいときから知っていて、ときには好物のミルクもあげたのに、ルネおじさんの家に僕が来たときに、僕が悪物で、おじさんの富を盗みに来たようにミゲルが吠えるとしたらおかしな話だ。

ボーイは呼び鈴を押したのが僕だとわかり、僕を通した。足から頭まで僕を見て彼は不思議がった。「蝶ネクタイで滑稽なミシェル君、その袋のなかに何を隠しているんだい？」

ミゲルは家の後ろで吠えていたが、きちんと繋がれていた。最初に会ったのはケヴァンだった。葦のように痩せた体に長い首の上に乗っかった小さな顔で、あまり食べてないキリンのようだった。家の扉の前に立って、後ろにセバスチャンがいた。こんにちはと言って握手した。居間に入ると彼らはおもちゃを出していた。ケヴァンは自転車をもらっていた。セバスチャンは電池で動く自動車で、触らずに動かせると説明した。僕は信じなかった。彼は自動車を操縦する機械を僕に見せた。いくつかボタンがついた小さなものだった。

「このボタンは始動のため。これはまっすぐ。これは左折。これは右折。これはバック。これはUターン。これは止めて、モーターも止める。でも二度押さないと自動車は君が何をしたいのかわからない。ほら、試してごらん。どう動くかわかるから」

始動のボタンを押そうとしたとき、誰かが後ろで叫んだ。

「ストップ！　ストップ！　ストップ！」

シャワーから出て来たエドウィジュだった。まだ髪が濡れていた。彼女は大人のように見えたが、顔はにきびだらけで世界大戦で流れ弾があちこちにあたったみたいだった。最後に見たときはにきびはなかった。そうだ、ずいぶん長い間、会っていなかった。

「あなたたち何やってるの？　まだプレゼントに触ってはいけないとパパが言ったでしょう！　誰がプレゼントを開けたの？　めちゃくちゃやるんだから。全部片付けなさい！　そして靴を履いたままソファーの上で飛び跳ねるのはやめなさい！」
セバスチャンはお姉さんに同意しない。自動車を操縦する機械を僕に差し出し続けている。僕はそれを受け取ったらいいのかどうかわからない。エドウィジュは部屋に消え、蔓の鞭を持って戻ってきた。セバスチャンは走ってプレゼントを暖炉の近くに寄せて外に逃げた。ミゲルは僕たちが家の敷地のなかを走っているのを聞いて次第に強く吠えた。あまり強く吠えていたので自動車がガレージに入ったのが聞こえなかった。ルネおじさんが奥さんのマリイ＝テレーズおばさんと一緒に帰って来た。

皆はテーブルに着いた。ルネおじさんのところで大嫌いなのはほとんど黙って食事することだ。スプーンとフォークの音しか聞こえず、食べ物を噛むときは口を閉じなくてはいけない。それだけではない。自分のお皿しか見てはいけない。他の人のお皿を見過ぎると、ルネおじさんはテーブルの下で、まるで槍投げのような尖った靴で蹴る。おじさんの足蹴りは何日も何夜も痛い。僕は何回も向こう脛に、ときにはかかとに蹴りを受け、目から火花が散るほどだった。蹴られると、数秒間は痛くなく、何も感じなくて不思議に思いほっとする。でも突然、永遠の終わりのように感じ、痛みがお腹に上がってくる。それは小腸を動かし、膵臓を動かし、心臓はお母さんのポケットにいるカンガルーの赤ん坊が飛び跳ねたようになる。そこでその場で食べ物を吐き出してしまう。かかとか向こう脛からお腹まで痛みが登ってきているので肉の塊を飲み込めるはずがない。

問題は、皆に追いつくためにもっと速く食べるべきか、皆より早すぎたのでゆっくりするべきか悩んで、他の皿を窺うときだ。ルネおじさんはそれが我慢ならない。それはすでに富を蓄えた、地上の、劫罰に処せられた者たちを困窮させる資本主義者の子供の態度だと言う。食いしん坊であるケヴァンとセバスチャンのお皿を見ていることは、彼らの肉の塊を欲しがっているからだと考えている。レックス映画館やロイ映画館にかかる映画のなかでも、僕の従兄弟のようには食べない。ロシアの映画では食べる真似をしているに過ぎないとルネスは説明した。ロシア人が映画で食べるときはいつでもトリック撮影だ。実際に食べているフランスの映画のように食べ物はほんものではない。フランス人たちは食べながら話す。彼らは白人なのだから、野蛮に振舞うのは無作法なのだ。

壁の上でレーニンの写真はまっすぐではない。カール・マルクスの写真もまっすぐではない。たぶん入口の扉が開いたとき、風で動いたのだ。昼の明かりが届いていないのでエンゲルスは寂しそうだ。不死身のマリエン・ングアビも寂しそうだが、それはたぶん写真が四つのうちで一番小さいからだ。前に来たときに比べてルネおじさんのお気に入りたちは少し虐げられている感じがする。

ヴィクトル・ユーゴの写真がない。大人が質問しない限りテーブルでは子供は話さないので、僕はルネおじさんに訊けない。

「ミシェル、君の正面の壁に何か気づかなかったか」

ルネおじさんが質問した。

僕は頭を上げ、フォークを揺らしながら考えてるふりをしてからつぶやいた。

「いいえ、何も気づきません」

「どうして？　きちんと頭を上げて！」

それで、僕は言った。

「ムッシュー・ヴィクトル・ユーゴの写真がありません……」

マリイ＝テレーズおばさんが意地悪な雰囲気で僕を見た。おばさんは、誰かが死んだら、もう尊敬する必要はないから、ムッシューとは呼ばないと僕に教えた。でも僕にとっては、それら写真の人たちは生きている。小さかった頃から僕が食べているのを見ているのだから彼らはムッシューだ。

ルネおじさんは僕の答えに満足した。

「ブラヴォ！　ブラヴォ！　私の甥、ブラヴォ！　君の従兄弟たちは気づいてないのに！」

エドウィジュは僕の左。ケヴァンが右。正面にマリイ＝テレーズおばさんとセバスチャン。ルネおじさんは、頭を回さずにあるいは屈まずに僕たちを監視できるから大統領みたいだ。僕たちは鼻がお皿にくっつくくらい懸命に食べた。僕はリズムについていこうとし、彼らが速く食べれば速く食べ、ゆっくり食べれば、ゆっくり食べた。休むときは、僕も休んだ。ケヴァンとセバスチャンは豚のように食べ、競争しているみたいで、マリイ＝テレーズおばさんはそれに我慢できず、少しゆっくり食べるように言った。

ルネおじさんは、写真を外されたヴィクトル・ユーゴの話に戻した。

「ミシェル、どうして私がヴィクトル・ユーゴの写真を外したかわかるかい？」

僕は頭でノンと知らせた。

ルネおじさんは壁に視線を固定して始めた。

「長い間私はそこに掛けていたフランスの詩人が好きだった。ヴィクトル・ユーゴは一九世紀のみならず私たちの世紀にさえ代表とされる天才のひとりだった。私は、カール・マルクス、エンゲルス、レーニン、それに不死身のマリエン・ングアビを好きなように、私が好きな唯一の詩人だとも言える。だが私は彼の写真を壁から外させた。大変なとても大変なことを皆に示そう」

ルネおじさんは食べるのをやめて立ち上がり部屋に行った。僕たちは何もわからなかった。何が大変なのだろうか。ルネおじさんには何もしなかった、多くの朗唱の文書を書いたヴィクトル・ユーゴにどうして対抗しているのだろうか。皆は疑問に思った。この家に大変なことがあるので、食べるのをやめるべきか、ルネおじさんなしで食べ続けるべきか？

マリイ＝テレーズおばさんはやめるサインを僕たちに出した。エドウィジュと僕は食べるのをやめたが、ふたりの従兄弟は食べ続けた。マリイ＝テレーズおばさんはふたりに叫んだ。

「ストップって言ったでしょう!!!」

セバスチャンは大きな鶏の手羽を口に押し込む時間があって、今でも噛んでいる。ルネおじさんが戻ってきた。広げたばかりの皺だらけの紙片を手に持っていた。

「一八七九年にヴィクトル・ユーゴが主催した宴会で演説した話だ。その会には奴隷制度廃止に力を注いだヴィクトル・シュルシェル（Victor Schoelcher）も参加していた。その日、ヴィクトル・ユーゴが言ったことを皆は知っているか」

ルネおじさんは医者が子供に注射するときのようなめがねを掛け、ＰＣＴコンゴ労働者党のメンバーが演説するように読み始めた。

《このアフリカの地は何たることか！　アジアはその歴史があり、アメリカはその歴史があり、オーストラリアにもその歴史がある。アフリカは歴史がない》

ルネおじさんは一息つき、まるで独裁者イディ・アミン・ダダに水泳の競争に勝ったばかりのようだった。でもルネおじさんは朗読のなかで何かを飛ばし、僕たちに聞かせたいところだけを選んでいるのがわかった。どうして、僕たちが静かに鶏を食べ続けられるように全部読んでしまわないのだろうか。ルネおじさんが息を吸ったとき、白人の猟師から逃れた水牛のようだった。どうして、ヴィクトル・ユーゴの写真を壁に掛ける前にそのことを知らなかったのだろうか。それに、小さな断片だけを選んで読むだけで、どうやったらほんとうに言いたいことを理解できるだろうか？

ルネおじさんは続けた。

《余剰分をこのアフリカに投じ、同時にあなたたちの社会的問題を解決し、プロレタリアを所有者に代えよ。行動せよ！　道を造り、港を造り、街を造れ。増大させ、耕し、植民し、倍増せよ。この地上の神父たちと君主たちを次々と解放し、至高の精神が平和によって、人間的精神が自由によって確立されるために》

「それで十分よ、ルネ、子供たちは、クリスマスを祝うためにここで食べているのよ。関係ないことを聞くためではないわ！　もしあなたがある日、あなたの同士のマルクス、エンゲルス、あるいはレーニンがアフリカのことを悪く言っているのを見つけたとして、それでいったい何が起こるの？」

マリイ＝テレーズおばさんは、世界で唯ひとりこのようにルネおじさんに話せる人だ。ロンゴムべのお母さんやマダム・ムトムボのように太った婦人ではないのになぜそうできるのか僕にはわからない。マリイ＝テレーズおばさんはとても痩せていて背も高くないし、声も少年を怖がる少女の声のようだ。こんなふうにルネおじさんに話して、ルネおじさんがヴィクトル・ユーゴの紙片を読むのをやめるのは考えられないことだ。ルネおじさんをいらいらさせずにそんなふうに話せるには何か秘密があるに違いない。

ルネおじさんは紙片を畳み、ヴィクトル・ユーゴの写真があったところを見た。四角い空間があるだけだ。そこは壁の他の部分より少し明るかった。そこに写真があったことがわかる。

「いずれにしろ、明日、ボーイが壁のペンキを塗り、ヴィクトル・ユーゴがこの家に住んでいたことはわからなくなる。代わりにホー・チ・ミンかチェ・ゲバラの写真を掛けよう」

すでにおもちゃの梱包を解かれているのを見てもルネおじさんは怒らなかった。いつも僕たちに、喜んで贈り物の包み紙を破るように言っていたので、ルネおじさんは咎めるのではないかと僕は思っていた。毎年同じプレゼントを受け取るにしても、僕は袋から出して包みを破り、毎回幸せなふりをした。だけど今日は僕が幸せだったとは示さなかった。ルネおじさんは質問した。

「トラック、スコップ、そして熊手は嫌いなの？」

僕は答えず、むしろセバスチャンの自動車を見ていた。ルネおじさんは僕が考えていたことがわかって付け加えた。

「今年、小学校卒業免状を取ったらセバスチャンのような自動車をあげるよ。でも、国じゅうで五番目以内でなければならない！」

セバスチャンは卒業免状を取ったのか。僕より年下だしそれは取ってない。どうしてセバスチャンは免状の前にその自動車をもらって、僕は免状を取るまで待たなくてはいけないのだ？

外に出て、家の裏で遊んだ。エドウィジュは部屋でルネおじさんが贈ったテープレコーダーで音楽を聴いている。僕は家にラジオカセットを持っていて、それはエドウィジュより前に手に入れたことは明らかにしてはならない。それは今でも僕たちの家の秘密だ。パパ・ロジェは謙虚に振舞わなければいけないとはっきりと言った。僕たちは夕方、アメリカから話すロジェ・ガイ・フォリイを聞ける。エドウィジュのテープレコーダーはカセットをなかに入れて音楽を聴くだけだ。それだけの物。さらにエドウィジュは朝から晩まで《分身》に泣いている口髭の歌手のカセットは持っていない。だからそのプレゼントで心を打たれることはない。

ミゲルは遠くから僕たちの様子を見ていた。コロソルの樹の下につながれてじっとしていることにうんざりしている。片目は閉じ、もうひとつは半分開いて休んでいる。ミゲルはクリスマスのプレゼントをもらってないので、僕は気の毒に思った。ルネおじさんの富を守っているのはミゲルなのに、いつも忘れられている。僕は僕の熊手かスコップをあげたくなった。そうしたらミゲルが喜んで吠えるかもしれないが、犬は農夫になれないし、僕たちの国が発展するのは農業からだということも知らない。犬の足ではスコップや熊手は掴めないし、鋤はいつでも牛の後ろでなくてはならないことも知らない。だから僕がミゲルにスコップや熊手をあげることは何の役にも立たない。

僕はまた、年が経つたびに、日が経つたびに、時が経つたびに、一秒経つたびに、僕たち人間より速く老いるミゲルに同情する。それは不公平だ。ミゲルは僕が想像していることがわかったように、片目は閉じ、もうひとつは半分開いて僕を見る。そうだ、彼は僕の心のなかを知っている。人間には見えないほんものの幽霊や悪霊のようなものでも犬は見えるからそれは可能だ。人間の思考のAからZまで犬たちは読める。彼らには尻尾があり身体じゅうが蚤だらけでばかで言葉をはっきりと話せないと僕たちは思っている。でも、より複雑な彼らの言葉を僕たちの誰が話せるだろうか。

いずれにしろ、ミゲルが静かなのを初めて見た。ということは一日二四時間週七日、猛犬ではない。外の看板を替え、ミゲルが猛犬ではない一日のうちの正確な時間を書いた他の看板を掛けなくてはいけない。しかしそれを掛ければたぶん、大市場の不良たちが言うだろう。「ルネさんの富を盗みに行こう。彼の犬が猛犬でない間に」だから今僕はその看板は嘘で、不良たちを怖がらすためだけのものだとわかった。

僕はセバスチャンの自動車が欲しい。彼は僕に操縦させてくれた。僕は思った。ほんとうの自動車だと、運転してハンドルを握っていなくてはならないし、そうでないと他の車にぶつかってしまう。けれどそれは遠くからボタンを押しさえすれば僕に従う自動車だ。あまりにその自動車のことを考えていたので、僕はもう、トラック、スコップ、それに熊手では遊びたくなかった。農夫には飽き飽きした。僕はルネスのことを考えた。プレゼントは何をもらったのだろうか。カロリヌのことを考えた。プレゼントは何をもらったのだろうか。そうだ、僕は遠くから言うことを聞く自動車が欲しい。いつの日かそれを……。

午後の終わりにルネおじさんは彼のボーイに僕を家まで送っていくように言った。道の途上、通り過ぎる車を僕は見ていなかった。すれ違う人たちも僕は見ていなかった。僕が影を追い越しているようだった。僕の考えは遠く、とても遠くにあった。僕は〈僕の姉星〉と〈僕の名無しの姉〉のことを思った。彼女らも天でプレゼントをもらっただろうか。

この年、小学校卒業免状が取れてルネおじさんが、どこにでも僕について来て遠くからでも僕の言うことをきく自動車を僕に贈ってくれますように。その自動車のトランクのなかに僕は小さな夢をつめ込んで、二〇歳になるまで、ミゲルが百歳以上になるまでドライブする。たぶんミゲルは死んでしまうが、僕がカロリヌに贈るまっ白い小さな犬によみがえるだろう。

聞いているラジオはなぜ悪いニュースばかりなのか、いつか僕はパパ・ロジェに訊かなくてはならない。晩にラジオを点けると、聞こえてくるのはいつも世界の終わりのようなニュースだ。遠くで起っているにしても、僕たちの地区の人の名は言われないとしても、僕たちに悪いニュースであることに変わりはない。ロジェ・ガイ・フォリイが笑ったり僕たちを笑わせたりしたことは今までなかった。今ではそのジャーナリストが話し始めると、僕はとても怖くなる。《世界標準時刻で二一時。お聞きの番組は「ヴォイス　オヴ・アメリカ」です。ワシントンからの夕方のニュースです。皆様の誠実な奉仕者ロジェ・ガイ・フォリイがお届けします》

最近殺されたジャック・メスリヌというフランスの大悪党がいる。二〇年の刑期だったが、ダルトン兄弟が刑務所から脱走する『ラッキー・ルークの冒険』〔フランスの漫画〕の話のように、誰かが脱獄を助けた。漫画では、ダルトン兄弟が永久に逃げてしまうと僕たちはラッキー・ルークの他の冒険が読めなくなるので、また捕まってしまう。ラッキー・ルークはダルトン兄弟なしでは話が進まない。

しかし、ジャック・メスリヌの冒険は終わった。とりわけ彼が判事の娘を襲って人質にとったことは、イランの学生たちがアメリカ人を人質にとって地下に閉じ込めた事件を思い出させる。あらゆるところを探したが、メスリヌは決して見つからなかった。あるところにいると通報があってそこに着くと、すでにいなくなっていた。また他の人が確実にいる場所を知っていると言い、すぐにそこに行くと、メスリヌはすでに遠くにいた。

最後は警官たちに殺された。僕たちが原野で野鼠を追いつめるように、すべての穴を塞ぎ、ひとつの穴からしか出て来れなくして、そこで待つ。そんな風に彼を追いつめた。

メスリヌは自分の自動車のなかに逃げ、そのなかで警官たちに撃ち殺されたとロジェ・ガイ・フォリイが言った。一緒にいた奥さんも怪我をした。フランスでは今、メスリヌが最も危険な敵だったので、少しほっとできた。パパ・ロジェによれば、両手に六本の指があり、目は四つ、耳も四つ、おちんちんが二つのアングアリマという僕たちの有名な悪党よりも強くて賢かった。アングアリマは人々の首を切り、街の中央の白人の家で盗みを重ねた。でも彼はメスリヌのように逃げるための自動車を持っておらず、そのなかで一緒に撃たれる婦人もいなかった。僕たちのアングアリマがどんなふうに死んだのかわからない。ほんとうに死んだのか誰が知っているのだろうか。メスリヌの死の話がきこえてきたときに、あちこちでアングアリマの名を耳にするようになったのは妙なことだ。ナコボマヨという不良が大衆の敵ナンバーワンのあとを追っていると誰かが聞きつけた。しかし、ナコボマヨは不器用で、その犯罪者を取り逃がし、街の警官たちが笑っているそうだ。

ジャック・メスリヌが死んでからは、大市場の不良たちはその名を真似て、以前のようにアングアリマとあだ名をつけられるのを拒否している。道を歩くとき、空き家の壁にメスリヌの名前と共にこう書かれているのが見える。《私の皮膚を高く売る〔Je vendrai chèrement ma peau 死ぬまで勇敢に戦い抜く、という意味の慣用語〕》僕は意味がわからない。誰も買わないだろうし、ただでさえ持っていかないだろうに、悪党たちが皮膚を高く売りたいのはどうしてだろうか。悪党たちはメスリヌのようになりたいが、自動車も持っておらず、一緒に逃げて警察に撃たれる婦人もいない。それで、生きたまま捕まり警察署に連れて行かれ、然るべくしっかり叩かれるが、刑務所にはたくさんの場所がないので、釈放されるしかないだろう。

僕が気を悪くするのはジャック・メスリヌの話ではない。むしろ、子供が生まれるのを拒否するフランスでの新しい法律について、ロジェ・ガイ・フォリイが話したときのほうが、僕は悲しかった。お腹のなかの子供はすでにこの世に来ようと思っているが、病院に行って、医者が無理に出してごみ箱へ。ロジェ・ガイ・フォリイはこのことを《妊娠中絶》と言った。以前はそれを隠れて行い、多くの婦人が子供と一緒に死んだことをこのジャーナリストは思い起こさせた。妊娠中絶したものは殺人とみなされ、投獄された。

ロジェ・ガイ・フォリイが、妊娠中絶について話し、シモーヌ・ヴェイユという婦人に後押しされてできたフランスの新たな法律を説明したとき、ママン・ポリヌの顔色が変わった。しばらく黙って聞いていたが、テーブルを離れて部屋に行った。パパ・ロジェはすぐに他のラジオ局を探し、コンゴ放送をキャッチし、共和国大統領が決めたばかりの《樹の日》について話していた。皆は今後、どこかに樹を植えなくてはならず、大統領の命令が守られているかどうかを確認に、警官が各地区、各区画を回る。樹を植えなかったものは罰金を受け、コンゴ労働党のメンバーならば党のカードを取り上げられる。独立記念日の行進の間、最初の列には行けなくなるのはしかたがない。

両親が声をそろえて僕に質問した。

「ミシェル、プレゼントは何が良い？」

クリスマスにはビー玉が入った袋をいくつかと、今日までまだ合わせ終っていないお城のジグソーパズルをもらったので、僕はとても驚いた。何か僕に隠しているのか、あるいはとても悪いニュースを告げるのではないかと疑った。

パパ・ロジェが付け加えた。

「おまえと私ふたりだけで街の中心に行こう！　そしてりんごを食べよう！　その後で好きなものを選びなさい」

「どんなプレゼントでも良いわ。値段は気にしないで！」ママンがつけ足した。

「そうだ、どんなプレゼントでも。君が幸せになるように。さらに、私が働いているところに来なさい。パトロヌのジネットさんを紹介しよう。ラジオカセットをくれたモントワールさんにも会えるだろう」

「それだけじゃないわ、ミシェル。いつか私と一緒に原野とブラザヴィルまで行きましょう。あなたにとって初めての列車になるわ！」

僕は食事を続けたくなくなった。いちどきに良いニュースがありすぎる。それに普段の話し方ではない。ふたりは微笑んでいるが何かを隠している。そして僕がしっかりとふたりの目を見ると、僕が相手の心のなかを読めるとふたりは信じているので視線を下げる。僕にプレゼントをくれるときに、僕の意見を訊いたことはなく、ふたりだけで決めていた。ときには、そのプレゼントに僕はいらいらしたが、お店には返しに行けないので、結局受け取った。ママン・ポリヌは商売のための旅行は原野とブラザヴィルの不良たちで危険だといつも主張していた。僕はそこまでついていくには小さすぎると。それで、僕が一緒にブラザヴィルに行きたいとせがんだときは僕に怒ってひとりで出かけていたのに。僕が少し成長したのでこれからは一緒にブラザヴィルに行けるのだろうか。

心の底で、ふたりからプレゼントをもらうことで僕が何か失うものがあるのか考えた。

「セバスチャンのような自動車が欲しい！」と言った。

ふたりは驚いた。見つめ合って笑いたかったようだ。僕はまじめで笑いたくはなかった。僕がもし笑ったら、ムトムボさんのアトリエのなかみたいになって、笑いが止まらなくなって、わき腹をかかえ、床に転がってしまうだろう。

パパは納得しなかった。

「君の従弟がもらったような自動車？　ほんとうにそれが欲しいのか。良く考えて、時間をかけて、食べ終わってから、欲しいものを言いなさい」

皆は食べ続けたが、僕は食べる気がしなかった。僕がいつもパパのお皿の上の大きな牛肉の塊を欲しがっていたのをふたりは知っていて、今日はパパはそれを僕のお皿に置いた。僕は仕方なくゆっくり時間をかけて食べた。

ふたりが目で合図しているのを僕は見た。パパはテーブルの下でママンに足で合図さえし、そのとき少し僕の足に触れた。

「何を僕に隠してるの？」

パパが答えた。

「何も隠していないよ、ミシェル！　何も君に隠しごとをしたことはないのはわかってるだろう。喜んでもらいたいだけだ。それだけ」

ママンが僕に訊いた。

「インゲン豆と肉をもう少しどう？」

インゲン豆付き牛肉は僕の大好きな料理だけど、僕は頭でいらないと示した。僕はママンの料理の仕方が好きだ。時間をかけて肉をきちんと洗い、インゲン豆は朝からゆで始め、午前中いっぱいそのままにする。正午ごろ、料理の匂いがし、お腹が空いてもう待ちきれなくなったころママンが言う。

「あと五分だけ」

でもその五分は五世紀半だ。そして料理が来ると、明日は国じゅうで食べ物がなくなるかのように、僕は夢中で食べる。でも今日は僕がお代わりしなかったので非常に驚かれた。

「おいしくないの？　きちんと料理しなかったかしら？」

「お腹空いてない。残りは明日食べるよ」

「だめ、明日は他のおいしい料理を作るから」

パパはじりじりしていた。

「では実際何が欲しいの、ミシェル？」

「セバスチャンのような自動車」

「でも、その自動車に特別なことがあるのか？」

「世界で一番良い自動車だ。ボタンを押すと、ひとりで動き出す。他のボタンを押せば右にも、左にも回せるんだ」

ママンは僕が意見を変えるように望んだ。

「自転車はどう？　おまえの年では自転車のほうが良いでしょう？　ペダルを踏むおまえを見て皆が褒めるわ」

「自転車に乗ったとき、どうのようにペダルを踏むのかわからないよ。そのたびに転んでしまうだろう」

「ルネスが教えてくれるわ！　今日、マダム・ムトムボのところに行ってたの。たくさん話したわ」

それを聞いたときすぐに僕は思った。ママン・ポリヌがムトムボ家のところに行ったなら、ルネスは両親が僕に隠していることを知っているだろう。

「僕は自転車ではなく、セバスチャンのような自動車が欲しい」

「よし、わかった。自動車ふたつと新しい服を贈ろう」パパ・ロジェはそう言って、ラジオカセットを取りに部屋に行った。

僕は目を閉じられなかった。蚊帳のせいで息苦しかった。〈僕の姉星〉と〈僕の名無しの姉〉が僕の顔を良く見るためには蚊帳が邪魔だった。今晩はどけなくてはならない。

僕は起き上がり、蚊帳をわきに寄せてからベッドに横になった。蚊の軍隊がすぐに攻撃してきて、あちこち刺されたが、今日の僕は何も感じなかった。

目を閉じたとき、両親がいる壁の向こうから、パパがママンに質問した声が夢のなかでのように聞こえた。

「ポリヌ、ミシェルは何が起こったのか見抜けたと思う？」

「いいえ、そうは思わないわ。それは見抜けないでしょう。そういうことを理解するにはまだ子供でしょう」

マザー・テレサはかわいそうなすべての子のお母さんだ。彼女は家族のない子供たちと、インドの、とりわけカルカッタという街なかをうろついている子供たちを助けている。それだけでなく、この世で人々が幸せになるように世界全体の貧しい人たちをも助けている。彼女はすごく仕事をしている。彼女は白血球を持っているので天国に行き、そこでは神様が待っていて、エンジェルたち皆が拍手する前で褒め称える。彼女はまた、病気の人や死にそうな人も助けている。ロジェ・ガイ・フォリイは今日彼女に、ノーベル平和賞が与えられたと述べた。ノーベル平和賞は悪いことをするのが嫌いな人に与えられる贈り物だ。人類のために重要な何かをした人に与えられる。

アメリカのジャーナリストは、ノーベル平和賞が贈られたマザー・テレサ以外の人たちの名前を挙げた。僕はそのなかに、エジプトの大統領アンワル・アッ＝サダトの名前を確認した。アンワル・アッ＝サダトは、ウガンダのイディ・アミン・ダダ独裁大統領に対して怒った国であるイスラエルのメナヘム・ベギンというもうひとりのムッシューと一緒にその賞を取ったのを聞いて、僕はとても嬉しかった。アンワル・アッ＝サダトはアラブ人で、メナヘム・ベギンはユダヤ人なので大きな出来事だとロジェ・ガイ・フォリイは言った。

僕たちの共和国大統領は、革命の敵と闘い、フランスが残した戦車を見つけたのに、なぜノーベル平和賞をもらえないのかとパパ・ロジェに訊きたかった。でも黙っていた。たぶん、ジャーナリストは彼の名前を忘れているのだ。

ロジェ・ガイ・フォリイによれば、マザー・テレサがノーベル平和賞を受けるのを地球の貧しい人たちの名の元に承諾したとき、妊娠中絶は僕たちの世界を殺すものだと言った。それで僕は、ママン・ポリヌがその婦人をあたかも家族の一員であるかのように話すのが理解できた。こっちにマザー・テレサ、あっちにマザー・テレサ。ママン・ポリヌはその婦人は正しくて、子供たちに扉を閉ざす法律に投票したフランスは間違っていると思っている。パパはその妊娠中絶の話はとても複雑で、苦しむために生まれて来るのなら、子供をこの世に来させないほうが良い場合もあると、ママンに説明した。

「ポリヌ、例えば強姦者の子をお腹のなかで育てたくないだろう！　妊娠中絶はまた婦人の自由でもある！　いずれにせよ、妊娠中絶を禁止すれば人々は隠れてするだろう。許されてきちんと処理する医者と、母親も殺してしまう危険もあるでたらめなやぶ医者とどちらが良いのだ？」

ママン・ポリヌは、妊娠中絶は犯罪で、ごみ箱に捨てるよりは子供をお母さんにあげたほうが良いと考えている。

そしてまた口げんかが始まった。ママンはもう何も聞きたがらなかった。

「話を止そう！　おまえはいつだって自分が正しいと思っている！」

僕は、ママンが僕以外の子供が得られない限り、パパ・ロジェの話を承知するのは難しいことはわかっている。ママンとしては、強姦者を殺し、子供は産んで、そのお父さんが赤血球を持った悪者であることは言わないようにすべきなのだ。


ロジェ・ガイ・フォリイは、バイブルではなくコーランを読むイスラム教徒の国にも修道女たちを送っているマザー・テレサの生活について話し続けた。やがて、パパ・ロジェはラジオ局を替えた。コンゴ放送で、《樹の日》を称え、今度は《ひとつの学校、ひとつの畑》という他の計画を宣言した共和国大統領の演説が聞こえた。それぞれの学校は畑をひとつ持たなくてはならない。生徒たちと先生たちには気の毒だが、畑を持っていなければ閉校だ。また僕たちの大統領はノーベル平和賞のマザー・テレサを称えた。コンゴのジャーナリストは大統領の演説の後で言った。

「ノーベル平和賞の審査委員たちがある日、私たちの革命の指導者の特別な行動を思い起こしてくれることを期待する。今年、彼の名は受賞候補者として挙げられたらしい。そのうわさは本当で、私たちの指導者がスウェーデンから電話を受けたことが正式に確認された。しかし帝国主義とその現地追従者たちは、地球の恒久平和の定着を進めるだろうその威信ある栄誉を、コンゴとすべての国のプロレタリアたちから奪うためにあらゆることをした。いずれにしろ、私たちの指導者は、ノーベル賞に値するほどの称賛と私たちからの不滅の愛を得ることは確かだ」

僕たちはチヌカ河の辺に座っている。通り過ぎる飛行機はエジプトのカイロに着陸する。ルネスが飛行機の着陸する場所を質問すれば、僕はエジプトと答え、そこで病気のシャーについて話すつもりだ。しかし彼はこう言った。

「君の両親は多くの贈り物を君に買うだろう」

そこで僕はとても驚いて腰をうかせた。

「どうして知ってるの、君が?」

「君のお母さんと僕のお母さんが呪術師に……」

僕は彼を遮った。

「わかった。呪術師、スキサ・テムべが陰で操っているんだ!」

「彼を知ってるの?」

「知らないけど、お父さんとお母さんが部屋で話していたのを全部聞いたんだ。そのときその呪術師の名前を言った」

「君のお父さんとお母さんはすでに会いに行った。僕のお母さんもそこに肺の病気を治療に行ったんだ。君の両親にその呪術師が説明したことを知ってるかい？　僕のお母さんがお父さんに話したとき、僕は信じられなかった。その呪術師は他の呪術者たちに相談して、それらの呪術者たちは、君のお母さんに他の子供が出来ないのは君のせいだと言ったのだ」

「僕？」

「そうだ、君だ。それらの呪術師たちによれば君は昼間は子供で夜は白髪の老人で、暗くなると君はベッドから出て、君のお母さんを良く思ってなく、何かをたくらんでいる他の老人たちに会いに行く」

「それで君はそれを信じてるのかい？　その呪術師は嘘つきだ！」

「彼は、君はとても嫉妬深く、両親が他の子供を持つと、落胆して自殺さえしかねないと思っている」

ルネスは静かに話した。従って、彼もその呪術師が言ったことを信じているのだ。

「そうだ。妹や弟を持つと君は嫉妬して不幸になる。だから君はママン・ポリヌのお腹をしっかり閉めたんだ。子供が来たいとき、扉が閉まっているのに気づいてその扉の前で死ぬ。君のお母さんのお腹を開く鍵は君が持っているのだから」

「嘘だ！　嘘だ！」

「だから呪術師は、君にたくさんの贈り物をするように、どんなものでも望むものを与え、君のお母さんのお腹を開く鍵を君がくれるまで、君に許しを請わなくてはならないと言った。その鍵がなければ呪術師は何も出来ず、ママン・ポリヌは死ぬまで他の子供ができない」

「僕はもう、プレゼントは欲しくない！」

「もらわなくてはだめだ、ミシェル」

「いやだ!!!」

「こんなふうに、ひとりだけの子供で君のお母さんが不幸なのに君は満足なの？　君がお母さんより先に死んだらお母さんはどうなるんだ？　今まで考えたことがあるかい？」


違う飛行機が通った。

「あの飛行機はどこに着陸するのだろう？」ルネスが訊いた。

「カルカッタ、インドの」

「そうかい？　エジプトじゃないの？」

「いいや、インドだ。そこには、貧しい人や捨てられた子供たちが敬愛しているマザー・テレサという婦人がいる。彼女はその仕事によって大きなプレゼントをもらった。ノーベル平和賞」

ルネスは突然悲しそうになった。彼を見たら、彼は僕が好きで、僕を助けたい、また僕の両親を助けたいと思っているのを僕は感じた。彼はゆっくりと、何かを頼むように僕に話した。

「ミシェル、良く聞いて。どこにその鍵を隠したのか言ってくれ。誰にもこの話はしないから。

信じて」

「鍵は持ってないよ、僕は」

「君が生まれた日に君のお母さんのお腹を閉じたのは君なんだから、君は持っているよ」

「僕は鍵は持ってない！」

「ミシェル、その呪術師は嘘はつかない。共和国大統領の呪術師だったんだ」

「それじゃ、初めて嘘をついたんだ！」

「良く聞けよ。僕にその鍵をよこせ。僕はそれを僕のお母さんに渡し、僕のお母さんは君のお母さんに渡すから」

あまりにルネスが固執するので何て答えて良いかわからなくなって、僕はすべてを受け入れた。

「わかったよ。それを君に渡すよ」

「ほんとう？」

「うん、あるところに隠してある。呪術師は正しいよ」

僕は両親の部屋にいて、アルチュールは微笑んでいる。すべてが僕をいらいらさせると、彼に話しかけたかった。まず僕は彼に、自転車は嫌いでペダルの踏み方を知らないし、転んで怪我する危険があると言った。遠くからでも僕の言うことを聞くセバスチャンの持っている自動車のほうが良いとも話した。左に回り、右に回り、まっすぐに行ってからUターンする。誰かが自動車を持っていなくて太陽がいっぱいで暑いところを歩いていたら、僕の自動車に乗せて家まで送る。僕はゆっくり運転し、一時停止は守るし、道を渡る人、特に老人たちと子供たちがいれば止まるので、事故は起さない。それ以外の人たちは、僕のほうに優先権があるから、注意するしかない。もしつぶしてしまったら、お気の毒様。

さらに僕はアルチュールに、「鍵は持っていない、ママンのお腹を閉めたのは僕ではない」と言った。僕は思い出そうとしたが、何もわからない。鍵のことはわからない。もしどこかに隠していたなら僕は覚えているはずだ。どうして僕を非難するのだ?

僕はアルチュールが答えたと思った。ミシェル、落ちつきなさい。皆に話をさせといて、君がお母さんのお腹を閉めたことを受け入れなさい。君が鍵を持っていることを受け入れなさい。そしてまだ朝から晩まで君をいらだたせるなら、君は荷物を持ってエジプトに行き、イランのシャーが癌から治るのを助けなさい。彼は君と知り合えて嬉しく思うだろう。そうだ、君を非難する人たちに、君は鍵を持っていてどこかに隠してあると言いなさい。そのように言ったところで、君にどんな損害がかかるのだ？　君の友人のルネスの言うことを聞かなければ、君のお母さんはさらに不幸になる。

「それではどうしたらいいの？」　僕はアルチュールに声を高くして訊いた。

彼はまた微笑んで低い声で言ったようだった。〝街のなかのごみ箱からどんな鍵でもいいから見つけなさい。きっと見つかるはずだ。それをルネスにあげ、ルネスはそれをルネスのお母さんに渡し、ルネスのお母さんはママン・ポリヌに渡すだろう。その後で君はエジプトに行ける。その国の私の友人たちの住所を教えてあげるから向こうで君はひとりじゃない〟

「アルチュール、《羽根を持つ手》って何？」

彼は答えなかった。僕が彼の本について話すのは好きではないようだった。彼はただ僕を助けたいだけだ。

「《鋤を持つ手》って何？　エジプトにいくらお金を残したの？」

彼はもう答えなかった。微笑みもしなかった。本の表紙は絵があるに過ぎなくなった。さっきまではほとんど僕と同じ人間で心臓の鼓動まで聞こえていたのに。

今朝、ママン・マルチヌの家に着いたとき、パパ・ロジェはすでに仕事に出かけていなかった。今日は多くのお客がホテルに着くので、土曜日だけど仕事に行った。昨日の晩、ママンはママン・マルチヌに、四日間原野とブラザヴィルに行くと話していた。ママンはママン・マルチヌに少しお金を残した。最初は拒否していたが、ママンは執拗に言ってママン・マルチヌは最後には受け取ってこう言った。

「インゲン豆付き牛肉を作りましょう」

ママン・ポリヌは僕の髪を撫でていた。ママン・ポリヌの腕が僕を抱き上げたとき、僕は空に舞い上がるかと思った。そして僕を放して、目に涙を浮かべて僕を見た。僕から離れタクシーに乗り、なかから手を振った。ママンはお腹の鍵のことを考えていたのを僕は知っている。でもママンは、僕がそれらを知っていることは気づいていない、僕がすでにアルチュールの忠告に従って地区のごみ箱のなかを鍵を探していることも知らない。そして僕はママンにそれを知ってもらいたくない。今のところ何も見つかっていない。僕は探し続け、たぶん戻ってくるまでにその鍵を見つけるだろう。その後で僕はエジプトに行く。僕は疲れ過ぎだ。

ヤヤ・ガストンは僕に言った。

「ジュヌヴィエヴが今晩来るよ。他の娘たちは来ない」

僕はとても嬉しくて、にこにこしたくなったが、もし笑ったらなぜそんなに嬉しいのかと訊かれるだろう。だから僕は、今晩来るのはジュヌヴィエヴひとりなのが特別なことではないそぶりでいた。子供でさえどうでもいいと思うことをうるさく話す他の娘たちを僕が好きではないことを、ジュヌヴィエヴがヤヤ・ガストンに話し、ヤヤ・ガストンが今ではそれを知っていることを、僕はわかった。

僕は、ジュヌヴィエヴが来たら話すことを考えていた。ママンのお腹の鍵の話をするのは確かだ。僕が探し始めたときに出会った精神異常者の話もするだろう。だから彼女は僕がトロワ＝サン地区をあちこち歩き回ったけど、道路ではひとつも鍵を見つけられなかったことも知るだろう。ごみ箱をひっくり返すと、釘、ガラスの破片、目のなかでうじ虫が動いている犬の死骸、食べ物がなかで腐った古い鍋、おしっこが詰まった瓶、その他さまざまなものがあった。でも鍵はなかった。地区のレバノン人かセネガル人のお店で鍵を盗むのはどうか。だめだ！　新しい鍵をルネスに持っていくことは出来ない。ずいぶん前から隠してある鍵は、原則的に少し古くてあちこち錆びていなくてはいけない。サヴォン地区で、ゴミ箱のなかに錠前を見つけたときに思った。このごみ箱のなかに錠前があるならば鍵もそんなに遠くないところにあるだろう。たぶん同じごみ箱のなかに。それで棒を持ってごみ箱に戻った。胸に怒りがわいて繰り返した。

「このごみのなかに鍵が隠れている。僕は見つける！　僕は見つける！　僕は見つける！」

ひとりごとを言いながら探していたら、少しはなれて食べ物を探していた精神異常者が笑い出した。世界は大分変わった。今日では人は子供のときから精神異常者になる。以前は精神異常者になるのは大人で、子供はいなかったと彼は言った。

「いつから君は精神異常者なんだ、坊や？」　彼は僕に訊いた。

僕は逃げるところだった。

「怖がらなくても良い。まだ私は人間を食べない。この街のごみ箱に食べものがなくなればその先は分からないが」

僕は精神異常者ではなく、僕はママンのお腹の鍵を探していて、トロワ＝マルティル小学校に行く普通の少年で、勤勉で平均的な生徒で、たぶんもうすぐ卒業免状をとって、トロワ＝グロリユース中学校に行く。そこでルネスと一緒になって、『都会の恐怖』の映画のなかのジャン＝ポール・ベルモンドのように工員列車によじ登る、と答えた。

彼はまた笑ってごみのなかに転がり、まるで自然のままの海岸の砂のなかで遊んでいる子供のようだった。

「坊や、君は精神異常者ではなくて精神異常者の私と一緒にごみ箱をあさっているわけか」

深く考えたわけではないけれど、僕は小さな声で何気なく言った。

「あなたは意地悪ではない。そうならばあなたのごみ箱から僕を追い払っていただろうから。だからあなたは精神異常者だろうけどそんなにひどくはなく、ほんの少しだけなのだろう。もしかしたらほんとうは精神異常者ではなく、人々が精神異常者だと思っているだけだ」

彼はあさるのをやめ、彼の顔が暗くなった。僕は、彼のバラ色の大きな唇を、ふたつの唐辛子のような赤い目を、四角い顎を、そして、白い毛が少し混ざった小さな口髭を見つめた。

彼は僕に近づいた。

「君は左をあされ。私は右をあさる」

あさっている間、僕に訊いてばかりいた。

「見つけたか?」

僕は頭でノンと返事した。

「坊や、私は精神異常者ではない。人々が私を精神異常者扱いしているのだ。私は哲学者で、文学と哲学の大学入試資格を持っている。君は哲学者が何だか知ってるかい?」

「知らない」

「教えてあげよう。哲学者は、他の人が持つことができない多くの考えを持っている。そのため、道ですれ違う愚か者たちは私を精神異常者扱いする。もし私がヨーロッパにいるなら、人々は私の言葉を書き写し、私は白人たちの小さな学校で教えているだろう」

彼はあさるのをやめて空のほうを見た。彼が涙を浮かべていたので、僕の目にも蟻が入るのを感じた。

彼は大きな声で続けた。

「この地区で皆は私を《プチ＝ピマン》と呼んでいる。おそらく私の赤い目のせいだ。君の名は何と言うのだ？」

「ミシェル」

「ミシェル君、私は今日、話をしたい。遮らないで聞いてくれ。私の正面で私をほんとうの人間のように見て、私をあほう扱いしない人間と会ったのは、ずいぶん久しぶりだ。君は扉を開く鍵を探していて、私は何年も前から閉じ込められたここから出ようと何かを探している。たぶん、君と私を解放する鍵は同じ鍵だ。私が君みたいな子供だった頃、おじいさんが私に話してくれた物語が好きだった。それらの物語のなかで私が決して忘れられない話がひとつある。生命は、人間たちから、動物たちから、あるいは自然の力から成るのだが、その生命を尊重することを君に学んでほしいので、それを話そう」

彼はもうあさらず、座って、長い両手を脚の上に置いた。僕もあさるのをやめて、僕の小さな両手を脚の上に置いた。

「ミシェル君、私はいつでも動物たちが、私が彼らの主人である私の祖父、マセンゴの子孫なのを知っているような雰囲気で私を見ているような気がしてならない。祖父が私に、ある羊は親戚のひとりで、あるヤギは母方の叔母で、ある鳩はムククル河で溺れて死んだ私の兄だと示したとき、私は笑った。私はそれらの話は、現実の世界から遠ざかった、先祖代々の信仰にすがりついた老人の妄想だと取った。どうしたら動物が人間の分身になりえるのか。そのとき、祖父マセンゴが私に警告した。『孫よ、この村のどの動物とも遊んで良いが、私たちの前を通るあの孤独な雄鶏とはだめだ。それ以上は言わないが、私を信じて、ほんとうに私を好きならば、その雄鶏を決して邪見にしないように……』

私の祖父の分身の動物？　それは、とさかが半ば下がった老いた孤独な雄鶏だった。その雄鶏は祖父で、祖父は同じくその雄鶏だった。人間と動物が同じ空気を吸い、同じ痛みに苦しみ、同じ楽しみを分け合う。その雄鶏の羽根はヤマアラシの針のようにまっすぐに立っていた。痩せて曲がった脚は、その動物がかなりの年齢で、これまでは生きてきた試練に晒され、これからは過ぎる季節を、死ぬ人々を、生まれる子供たちを、村の結婚式を、ただ無関心に見つめる傍観者に過ぎないと思えた。彼はもう実際には私たちの時代にはかかわっていなかった。その雄鶏は、どこでもまるで私に付いて来ているように見えた。それで私は、祖父マセンゴが私の近くにいて、この世の悪人たちから私を守るために彼の分身を送っているのだとわかった。夜にはその雄鶏は焼きレンガで出来た私たちの家の扉の前で片日だけを閉じて、片足で立ったまま寝ていた。昼間は中庭をうろつき、暑かったり雨のときはマンゴの樹の下に避難した。移動するときは、年齢のせいでいつもよたよたしていたが、村のすべての雌鳥が尊敬の印にクワックワッと鳴いた。その動物は時間の感覚を失い、昼と夜の区別がつかなかった。小屋のなかにたまった彼の糞が朝から晩まで臭うので、祖父の家の区画から追い出したことがあった。しかし、追い出しても数分後には戻ってきて、ものごとの本質を理解しない私の無知とばかさ加減をあざ笑うように、私を見た。それで私はマニヨク芋とトウモロコシの畑まで追って行って、引き離した。少なくとももう家の区画のなかにはおらず、原野で満足しているはずだと思った。

ところが村に戻ると、すでに祖父の小屋の扉の前で、誇りを示す彼のやり方でくちばしを上げて羽根をまっすぐにして、この世では誰も怖くはないと誇示しているのを見て、私は不思議に思った。数分しかないのに私よりも早く村に戻るのはどのようにしてだろうか。彼は私より速いのだろうか。屈辱を受けた私は、打ちのめしてやろうと地面にあった棒切れを掴んだ。私の後ろで重々しい、いきり立った声がした。『何をしているんだ?』それは小屋の前に立っていた祖父のマセンゴだった。私は祖父がそれほど赤くなって怒ったのは見たことがなかった。彼は頭で合図して言った。『後悔しないうちに言っておくべきときだと思う』祖父は私の手を取って小屋の後ろに行き、私に地面に座るように言い、祖父は立ったままだった。突然祖父は汗をかき、何か大変なことから逃れたように息を止めた。『孫よ、君は木の切れ端で私を殺したいのか、そうなのか?』私は答えた。『いいえ、孤独な雄鶏を叩きたかっただけで、お祖父さんではありません』祖父は灰色のやぎ髭を撫ぜながらため息をついた。『同じことだ! 君がその雄鶏を叩くのは私を叩くことだ。君が大きくなったときにわかるだろう。そのときに私がいるかどうかわからんが……』

その日から私はその雄鶏とは戦わなかった。どこにでもついて来させて、小屋のなかにでも糞をさせた。ときには食べ物をやり、彼はそれが好きだった。というのも、私に礼をいうために私に体をこすりつけたから。彼は眠るとき片目しか瞑らなかったが、私は彼が片目を閉じて眠るまでとさかを撫でた。私は彼の横でまどろみ、地球で一番幸せな子供だった。その雄鶏を敬ってもてなすたびに、幸運が微笑んだ。釣りに行けば友人たちよりもつれた。村の学校では成績は良く、地域で一番の生徒で、小学校卒業免状でも一番だった。その雄鶏のことを思うだけで、他の生徒には複雑に見えるすべてが、私には岩間からこぼれる水のようにきれいにはっきりと見えた。

しかし世のなかには強欲な人、偽善者、世間を批判的にみている人がいて、私の祖父、マセンゴがこの世にいないのは、それらの人々のせいだ。ああ、彼の魂に平和を！　そうだ、彼は私の伯父、食いしん坊のルバキのせいで死んだ。祖父から一〇〇mほどのところに住んでいたルバキはその孤独な雄鶏をどうしても食べたいと思っていた。年末毎に、家族は集まって新年の祝日に食べるものを話し合った。皆は村で一番大きな祖父の鶏小屋で鶏を選ばなくてはならなかった。孤独な雄鶏は頭が良く私たちの言葉がわかり、人間たちが何を企てているかを知るために扉まで来て聞いていたので、それまでは生き延びていた。雄鶏がこの世を去った不幸な年の一二月の終わりに、伯父、ルバキはその他の家族に言った。『老い過ぎて役に立たないその孤独な雄鶏を食べなくてはならない。さらに、臭くて、村の他の鳥たちに病気を与える！』その会議に出席していた祖父はその言葉に反発しなかった。雄鶏はすべてを聞いていた。彼は日が昇る前にそっと消え、一月五日ごろ戻ってきた。その間、元旦には他の鶏が選ばれた。そして次の年、伯父、ルバキは孤独な雄鶏にとって死にかかわる作戦を考えた。

祖父、マセンゴはその家族会議には出席していなかった。伯父は私たちのことを聞こうとしてうろついていた孤独な雄鶏がいるところで宣言した。『新年のために、結局、その雄鶏は食べない。臭いし老い過ぎだし、老衰して死ぬように放っておこう。お爺さんの鶏小屋には他の雄鶏や雌鳥がいるのに、どうしてその臭いで私たちのお祝いを台無しにする必要があろう？　その孤独な雄鶏は地球の動物すべてのなかで一番醜い。食べることは名誉を授けることだ。従ってむしろ、去年ムヨンジの市場で買った二羽の雌鳥を食べよう』皆は笑い、その決定に拍手した。さらにもう一度新年の鍋から逃れられるのが確かな孤独の雄鶏は、一二月三一日の夕方、村を離れなかった。一月一日朝六時、伯父、ルバキは祖父の扉の前で孤独な雄鶏をつかまえてすばやい一撃で喉を切った。お祝いは長く楽しかった。皆は祖父だけがひっそり寂しくしていたのを確認した。私たちの喜びにほど遠く、誰にもわからない何かをひとりで話し始めていた。皆は彼の健康と長寿を願い、家族皆のために、村のために彼が行ったことをたたえ飲んだ。皆は彼がバイブルの預預言者たちのように長生きするよう望んだ。祖父は何度も礼を言った。家族が贈ったすべてのもののを受け取った。しかしありがとうと言ったとき、涙を流していた。誰もわからないように振り返りながらそれを拭うのを私は見ていた。

その日の終わりに、老人は部屋に引き上げてつぶやいた。『この家族皆が私を好きだと思っていたが、一生の間じゅう私は思い違いをしていた。その雄鶏の肉をあなたたちが気にいったことを願う』この最後の言葉を言ったことは誰も知らない。一月二日、朝一〇時ころ、いつも朝六時には起きて小屋の扉の前にいるはずの祖父がいないので、心配になった伯父、ルバキが祖父の家を叩きに行った。彼は居間で両腕を組んで床に横たわった祖父を見つけた。周りには孤独な雄鶏のすべての羽根があった。昨日、家族で鳥を殺したときにはいつもそうしていたように、鶏小屋の後ろにきちんと埋めたのに。

その日から、ミシェル君、私たちの家族は雄鶏を食べない。そして私はたとえとてもお腹が空いていてこの街のごみ箱のなかに鳥の腿を見つけても食べない。そうでなければ、もうこの世にいないその老人の顔が夢にではなく実際にまた現れる危険があるから。私はたぶん、この話が私を精神異常の状態にしたのだと思う。眠っているとき、頭のない雄鶏を夢に見る。風に舞い上がる羽根を夢に見る。そして私は、空高くまで、太陽の代わりに祖父、マセンゴの顔が見えるまで、それを追いかけて行く。そしてこの地区で雄鶏がコクリコと鳴けば私は走って行き、私の祖父に会えるのではないかと想像する」

プチ＝ピマンは少し前から黙っている。僕は、この孤独な雄鶏の話の後で僕の目のなかに蟻を感じていたけれど、ごみ箱をあさり始めた。そして、突然、ごみのなかの少し離れたところで、彼がとても興奮して叫んだ。

「あったぞ！　鍵だ！　鍵だ！　鍵だ！」

僕はそれを見に突進した。でもすぐにがっかりした。

「プチ＝ピマン、それは扉を開く鍵じゃないよ。小さすぎる」

「それじゃ何だ、この鍵は？」

「モロッコで作られた頭なしのイワシの缶詰を開ける鍵だ」

「そうか。でも君は鍵と言っただけでどんな鍵だか詳しく言わなかった！」

彼はポケットにしまい、さらに少なくとも一時間、あさり続けた。僕たちを見た人々は僕が彼の子供だと思っただろう。僕の服は汚れ、古い自動車のモーターを直している修理工のようだった。プチ＝ピマンは腕に登って来たうじ虫を手に取り、炒ったピーナッツを食べるように食べた。

「鶏でない限りは、何でも食べられる！」

僕は吐きたくなったが、彼は子供のように笑った。彼がこの遊びを楽しんでいるのがわかり、何時間もごみ箱のなかで過ごす心配があったので、僕は起き上がった。

「僕は帰らなくては。そうでないと両親が怒るから」

「だめだ、ミシェル君、もっとあさろう。鍵はここにある。見つかるよ。信じて！」

遠くから僕たちを窺っていた人々が新たに持ってきたごみまでもあさったが、鍵は見つからなかった。

太陽が地区の後ろのはるか遠くに沈んで、プチ＝ピマンは立ち上がり、右手でおしりを振り払った。

「帰っていいよ、坊や。私は一生で一番美しい午後を過ごした。君のために鍵を探し続けるよ。見つけたら取っておくから」

彼はヴング地区の墓地のほうを指差した。

「私はあそこに住んでいる。墓地の扉のところだ。夜は騒音がなくて静かに眠れるし、すでに旅立った人たちと話すんだ。彼らは、生きている人々が私を見るみたいには私を見ない。彼らはこの街のすべてを私に話し……」

「ほんとうに死人たちと話すの？」

「もちろんさ！」

「それじゃ、僕のふたりの姉をすでに見た？」

「何という名だ？」

「僕の姉星と僕の名無しの姉……」

「あまりに多くの人々と出会うので、ほんとうの名が必要だ。わかるだろう」

「ほんとうの名は知らないんだ。僕がそう呼んでるの」

「それじゃ、お母さんに訊いて、いつでもいいから私に会いにきなさい」

僕も起き上がった。プチ＝ピマンのように右手でおしりを振り払った。僕はさよならを言い、彼は帰っていく僕を見つめた。彼は僕が会いに戻ってこないと思っていたに違いない。

ジュヌヴィエヴにプチ＝ピマンのことを話したところだ。

「あなたはほんとうに鍵をどこかに隠したの？」　彼女が質問した。

「いいえ」

「それじゃ、どんな鍵でも探せばいいわ！　手伝ってあげる。古い鍵がひとつあるわ。それは……」

「いいよ、プチ＝ピマンが見つけてくれるから。彼は見えない人々と話せるんだ。だから、彼が見つけるものがママンのお腹を開くほんとうの鍵だよ」

「気をつけなさい。その男は、先ずは精神異常者なんだから」

数分前から道を歩いていた。もうすぐレバノン人の店に着き、彼女は氷菓子をふたつ買ってくれるだろう。

僕は彼女を見た。

「目のなかの河が前みたいに緑じゃなくて、縁に光るダイヤモンドがないよ……」

「夜になったからよ」

「ダイヤモンドは夜でも光るよ」

「知ってるけれど、一日じゅう光り続けたから、ときには休むの。明日、河がまた緑で、ダイヤモンドが緑に光るのがわかるわ」

「僕のために、僕だけのために光る？」

彼女は微笑んだ。

「ええ、あなたのために、あなただけのために光るわ。でも、あなたはむしろ、河と光るダイヤモンドを見るのはカロリヌの目のなかよ。彼女と話したの？」

「うん」

「それで？」

「もう離婚していない。再婚した」

「それは良いニュースだわ！」

「僕の心のなかにはマルセル・パニョルの城より大きくてりっぱな城があるって言ったんだ。そして僕の心のなかの城にカロリヌに入ってもらいたくて、そうすれば僕はカロリヌを守るって言ったんだ」

「上手に話したわ！　あなたのお兄さんのヤヤ・ガストンがそんなふうに話せたら、私は世界でいちばん幸せな女性だと思うわ……」

「兄さんに、僕がカロリヌに話したように話せって言うよ。紙に僕の言い回しを書くよ。そうすれば、僕に恥ずかしくないように僕がいないときに、君に読めるでしょう」

「だめ、愛は、強制されてものごとをしてはだめ。心からでなくてはいけないの。ヤヤ・ガストンはあなたが話したようには話せないの。しばらく前からもう純真無垢ではないの」

レバノン人の店の前に来た。

「お店のなかに入りたくないの？」

「その前に質問したいの……」

「いつでもあなたの話を聞いているのはわかってるじゃない！」

「ほんとうのことを知りたいの。いつまでも心を痛めたくないから」

「質問をどうぞ。真実を言うことを誓います。すべての真実を。真実だけを」ジュヌヴィエヴは右手を挙げた。

「僕は君の、黒い星の王子さま？」

「『星の王子さま』読み終わったのね！　もちろん、あなたは私の黒い星の王子さまよ！　さあ、入って、あなたの氷菓子を買ってから、家に帰りましょう」

家に戻ってすぐに、誰かが外で三回口笛を吹いた。家の正面で何度か繰り返した。ヤヤ・ガストンが僕たちに言い放った。

「ジョルジェットのおばかさんのダッサンがいる。妹に口笛を吹くなと警告したはずだ。ジョルジェットが会いに出て行くなら、ふたりともみていろ！」

ダッサンは口笛を吹き続け、ヤヤ・ガストンは部屋の扉の後ろで何が起こるか窺った。家の扉が開くのが聞こえた。ジョルジェットが出て来た。彼女は、ダッサンが口笛を吹く前からきれいな服を着ていた。中庭を渡り、道に出た。

ヤヤ・ガストンは後を追い、ジュヌヴィエヴは手を取って引き止めたが押し返された。

「邪魔しないで！　邪魔しないで！　邪魔しないで！　あいつらを叩き直してやる！」

ヤヤ・ガストンはすでに中庭に出て行って、僕たちも部屋を出た。外でどんな危険なことが起こるかはわからなかった。

ヤヤ・ガストンは泥棒みたいに道を走った。

彼を見たジョルジェットはル・ジョリ＝ソワールの後ろの小道に逃げた。

ダッサンは走らないで、立ったまま、重量級世界チャンピオンのボクサーの構えをした。彼はモハメッド・アリでヤヤ・ガストンはジョージ・フォアマンだと思った。僕のお兄さんとダッサンはすでにののしり合っていたのであちこちから人が来た。

「間抜け！」　ヤヤ・ガストンが声を出した。

「変人野郎！」　ダッサンが答えた。

「《変人野郎》って言ったな？」

「おまえは《間抜け》って言ったんじゃないか？」

「おまえの母さん、ばか！」 ヤヤ・ガストンが答えた。

「おまえの父さん、どじ！」 ダッサンが叫んだ。

「哀れな資本主義者！」

「惨めな帝国主義の追従者！ 誰に《哀れな資本主義者》と言ってるんだ、おれのことか？」

「《惨めな帝国主義の追従者》と言ったのはおまえだ。それはおれのことか？」

ジュヌヴィエヴはシャツをつかんでヤヤ・ガストンを引っ張ったが、大衆のなかから誰かが叫んだ。「アリ・ボマ・イェ！ アリ・ボマ・イェ！ アリ・ボマ・イェ！」 そして皆も続いた。

「アリ・ボマ・イェ！ アリ・ボマ・イェ！ アリ・ボマ・イェ！」 喧嘩は避けられなくなった。

ヤヤ・ガストンが言った。

「おれのほうがりっぱだからおれがアリでシラミのように醜いからおまえがフォアマンだ！」

ダッサンが答えた。

「おまえがアリだって？ おまえのような間抜けが？」

「象につぶされたような顔をしておまえがアリになれると思っているのか？」

ヤヤ・ガストンは、ダッサンが嫉妬して破かないように、フランス製のシャツを脱いだ。僕たちのほうにシャツを投げ、地面に落ちる前にジュヌヴィエヴが掴んだ。地面に落ちていたら誰かが拾って持って逃げていただろう。

地区の皆が外に出ていた。「アリ・ボマ・イェ！　アリ・ボマ・イェ！　アリ・ボマ・イェ！」ヤヤ・ガストンは港で働いているから、彼はりっぱだから、彼はフランス製のシャツを持っているから、とりわけ金のブレスレットを持っているから、群集のなかにヤヤ・ガストンに対抗している変人たちがたぶんいるので僕は何かしなくてはならなかった。

僕はジュヌヴィエヴから離れ、円のまんなかに行ってダッサンの背中を押した。彼はそれを予想していなかったので地面に倒れた。ヤヤ・ガストンはそれに乗じてダッサンに飛びかかった。彼は叩き、叩き、また叩いた。人々は興奮して叩くたびに叫んだ。彼がダッサンの顔を叩き、僕はお腹に下劣な足蹴りを入れた。彼は叫んでお母さんに助けを求めた。猛犬のように彼の向こう脛を噛みつこうとしていたとき、後から誰かがシャツを引っ張った。叩こうと思って振り向いたけれど、すぐにやめた。ジュヌヴィエヴだったから。

彼女は僕を脅した。

「ミシェル、あなたがやめなければ、もう私の黒い星の王子さまではなくなるわ！」

僕は彼女の黒い星の王子さまに留まりたかったので、叩くのをやめた。ヤヤ・ガストンとダッサンは埃のなかを転げまわった。ダッサンもきちんとした拳骨を僕のお兄さんの顔に入れていた。当たったとき、僕がやられたように感じた。

遠くからサイレンの音が聞こえ、皆は散った。五分もかからずに道の喧嘩はなくなった。警官たちは喧嘩した者を探したが見つからなかった。

僕たちはすでにヤヤ・ガストンの部屋にいた。パパ・ロジェもいて、僕のお兄さんを叱った。パパは外で喧嘩があったのを知っていたが、闘っていたのがヤヤ・ガストンだったとは思ってもいなかった。それで僕の兄弟姉妹たちにこう言った。

「家に入ってすべての扉と窓を閉めなさい！　誰も外に出ないように！　道で不良たちが喧嘩しているのだ。お互い殺しあえば良い。私たちの問題ではない！」

ジュヌヴィエヴは目の上を怪我したヤヤ・ガストンの手当をしていた。彼が訊いた。

「僕のイヴ・サン・ローランのシャツはどこだ？」

パパ・ロジェが外で叫んでいる間、僕は彼のイヴ・サン・ローランのシャツを見せた。

ヤヤ・ガストンは僕のほうに向いて言った。

「すばらしかったよ、ミシェル、君がやったことは。君を誇りに思うよ」

彼の言葉は僕の心を熱くした。蟻が直接目のなかに入り、僕は泣き出した。ヤヤ・ガストンは病院に行って、無駄に死んでいたかも知れなかったのだから。僕があまり泣いているのでジュヌヴィエヴが僕を中庭に連れて行った。彼女がこう言ったとき、断固とした顔をしていた。

「ある日また、あなたが喧嘩したり、地区の喧嘩に加わったりしたら、もう私の黒い星の王子さまではなくなるわ。私の黒い星の王子さまでなくなれば、私の目のなかの緑の河も見られないし、緑のダイヤモンドもあなたのためには光らなくなるわ」

ママン・マルチヌはマキシミリエンにセネガル人のバセヌの店にミルクを買いに行くように頼んだ。矢のように走り出す前にシャツを引っ張った。

「ちょっと待ちなさい！　どうしてなの？　何かを頼むと考えもせずに羊みたいに走り出す！　そして戻ってきて言う。『何を買いに行くんだっけ？　どこに買いに行くんだっけ？』　バセヌの店に兄さんのミシェルと一緒に行きなさい。そうでないとお金をなくしたり　明日の晩まで戻ってこなくなるから！」

それで僕たちはふたりで路上にいる。マキシミリエンは走りたがったが、僕は歩くように、走らないように言った。

彼は嬉しくない。

「僕は走りたい。走らせて！」

「でもどうしていつも走るの？」

「走らなければ、地区の食いしん坊たちがお店のミルクを全部なくしてしまって、今日の朝はミルクがなくて死ぬほどお腹が空くじゃない」

僕はママン・マルチヌがしたようにシャツをつかまえて、もう放さなかった。ル・ジョリ＝ソワールは家から遠くない。昼から、閉店の朝六時まで、よく音楽が聞こえる。入り口の前に近眼の人のためみたいな、大きな字で張り紙がしてあった。

一八時から明け方まで、パパ・ウェンバ　コンサート
そのグループ、モロカイ村の
ヴィヴァ・ラ・ミュージカと共に
婦人料金＝六〇〇フランCFA
男性料金＝一〇〇〇フランCFA

僕は自分に言った。「子供料金が書いてないから、子供はこのコンサートには行けない」　僕は、二年前にオーケストラをつくったパパ・ウェンバのことは聞いていた。地区のバーの前を通るときに彼が歌っているのが聞こえ、歌のなかで言われている意味がわからないまま僕たちも歌った。そして彼が歌手のコフィ・オロミデと一緒に歌うとき、泣いてる娘たちがいた。そのふたりのきれいな声が混ざるとき、バーの前を通るときは止まって聞かずにはいられなかった。

バセヌの店の前に着いた。ミルクを一〇L買って、バセヌはおつりを返し、マキシミリエンは

それをポケットにしまった。彼はすぐに走り出し、僕はシャツを掴めなかった。後ろで叫んだが遅すぎ、すでに遠くにいて、シャツが風で捲くれ上がっていた。

僕はル・ジョリ＝ソワールの前を通り、張り紙を読み返した。なぜ男は女より高いのだろう。女たちが多すぎて男たちが少なくなるからそれは良くない。そんなことをするなんて、バーの店主は全く賢くない。

少なくとも僕が夢を見ているのではないことはわかっている。パパ・ウェンバは確かにル・ジョリ＝ソワールで一八時からコンサートをする。僕は見に行きたいが、僕はまだ二〇歳ではない。

皆は中庭で朝食をとる。大きな円を作って、それぞれの前にはお椀がある。ママン・マルチヌがミルクを給仕し、僕たちにはさせない。明日のために少しとっておかなくてはならないのに、全部飲んでしまうから。この円のなかにはパパ・ロジェとヤヤ・ガストンがいないだけだ。ふたりは日曜日の今日の朝早く、昼に食べるためのイワシを買いに港に出かけた。ジョルジェットは彼女のダッサンがお兄さんに叩かれてからあまり話さない。僕はパパ・ロジェがヤヤ・ガストンとジョルジェットを諭していたのを覚えている。喧嘩の翌日、パパはお兄さんに言った。

「その年齢でジョルジェットが青年たちと交際するのは普通だ」

そしてお姉さんに言った。

「私の娘、家族の前でお前たちの物語を見せなくてもよい。街は大きい。他の場所で、飛行場のほうの草地のなかででも、お前たちは好きなように口笛を吹けば良い！」

これで一件落着。地区でヤヤ・ガストンとダッサンの喧嘩はなくなった。

ジュヌヴィエヴが帰ろうとしたとき、ママン・マルチヌが引き止めた。

「残って私たちと一緒に食べなさい、私の娘」

彼女は最初断った。二度目、そして三度目、そして残るのを承知した。彼女は中庭を掃き、皿を洗い、ごみ箱を外に出すつもりだった。ママン・マルチヌは箒を彼女の手から奪った。

「掃除はしないでいいわ。ジョルジェットがするから。口笛を吹きに男たちをこの家の前に来させた罰よ。ジョルジェットがお皿も洗うしごみ箱を外に出すわ」

横に並んでいたマキシミリエンが肘で突いてきた。彼が僕のパンを食べたがっているのがわかった。ママン・マルチヌは皆が半分ずつ食べるように言っていた。でも彼には半分では少なすぎる。

ママン・マルチヌが他を見ていたときにマキシミリエンが耳元でささやいた。

「ミシェル、君のパンをくれれば、僕は君の手伝いをして、一生君がうれしく思うようにするよ」

「だめ、だめ、だめ！　僕のパンはあげない」

「それじゃ残念だけど、今晩、パパ・ウェンバのコンサートに君は僕と一緒に行けない」

「何だって？　僕より小さな君がパパ・ウェンバのコンサートに行けるの？」

「僕はそのコンサートにいくよ。ほんとうさ」

僕はいい加減なことを言っていると感じた。僕の頭を混乱させようとしているのだ。彼を少し押して大きな声で言った。

「うそつけ！　君が行けるなら、僕も行きたいよ。君より大きいのだから！」

「しっー！　そんなに大きな声を出さないで。ママンに僕たちの陰謀を聞かれてしまう」

「どういうふうにするの？」

「誰かを知ってるのさ」

「どこに住んでるの、その誰かは？」

「先ず、君のパンをくれよ」

「だめ、僕もお腹が空いてるから」

「それじゃ、半分半分にしよう。君のパンを半分に切るけど、僕のおかげで今晩パパ・ウェンバを見に行けるのだから、大きいほうを僕にくれ」

彼から離れて少しずつ僕のパンを食べた。彼は、主人が骨を砕いているのを見ている犬のように僕を見ていた。パンはほとんどまんなかまで小さくなって、心の底で思った。「もしマキシミリエンの話がほんとうなら？」

残りのパンを彼に差し出そうとしたら、ママン・マルチヌに見つかった。

「ミシェル、何をしているの？」

「彼はもうお腹が空いていないんだ」マキシミリエンが答えた。

「食いしん坊。黙りなさい。おまえに訊いているのではありません。ミシェルが自分で答えなさい！」

マキシミリエンは僕にウインクし、僕は彼を助けた。

「はい、お母さん、僕はもうお腹が空いてなくて、僕の残りをマキシミリエンにあげようと思ったの。彼が頼んだのじゃありません」

僕の弟はパンの欠片を数秒で飲み込んで僕にささやいた。

「ありがとう！　ほんとうにありがとう！　今晩君と僕とでパパ・ウェンバを見に行こう！」

一七時三〇分。マキシミリエンは嬉しそうに僕のほうに来た。

「すぐ行こう。そうでないと最後の列になってしまう」

「何の列？」

「質問しないで、僕について来て」

こっそり家を出て、ル・ジョリ＝ソワールのほうに行った。僕は不思議だった。「この大人のバーに入るのにどうやるのだろう？」彼はまるで大人のように歩いている。

ル・ジョリ＝ソワールに着いたが、バーを通り過ぎた。

「どこに行くの？　僕をどこに連れて行くの？　バーは僕たちの後ろだよ！」

「僕にずっとついて来て、すぐわかるから」

僕たちはバーの後ろの道に行った。そしてある家の敷地に入り、そこにマキシミリエンと僕の間の年ぐらいの子が一〇人ほどいた。

彼らはすでに壁の前で列を作っていた。その壁の向こうにル・ジョリ＝ソワールがあることがわかるまでに時間がかかった。バーのなかで飲んだビールをおしっこしに多くの客が来るので、その壁はおしっこの臭いがした。

僕より年上らしい、ルネスの歳に近い少年がマキシミリエンのほうに進み、質問した。

「お金は？」

マキシミリエンはお金をポケットから出して言った。

「ほら、僕のお兄さんのために二五フランＣＦＡ、僕のために二五フランＣＦＡ、合計で五〇フランＣＦＡ」

少年はお金を数えてから頭で合図した。

「他の人々のように列について。君たちは一一番目と一二番目だ」

僕たちは並び、他の少年たちが穴からネズミが出て来るようにこの家の敷地に入ってきたのが見えた。彼らも二五フランＣＦＡずつ支払い、僕たちの後ろについた。

僕は心配した。

「バーのなかに入るのはどうするの?」

「急がないで、今にわかるから」

列は今では、インドの映画がかかるときのレックス映画館のようにとても長くなった。同じ家の敷地の後ろの少し離れたところに大きな中庭があって、ランプが照らされているのが見えた。テラスに幽霊みたいに静かに食べている老婆と老人がいた。

「マキシミリエン、あの老人たちは誰?」

「ドナチエンのお父さんとお母さんだ」

「ドナチエン?」

「さっきお金を受け取った少年の名前だよ」

「彼の両親はこのことに何も言わないの?」

「言わない。ドナチエンはお金を渡してるんだ。ル・ジョリ＝ソワールでコンサートがあるときはいつもこうなんだ」

「ちょっと待って。君がドナチエンに渡したお金はどこで見つけたの?」

彼は僕に静かに説明した。

「アミンやバセヌの店に買いに行かされると、ときどきお釣りのお金をなくしたって言うけど、ほんとうじゃなくて、家の後ろに埋めてある箱に貯めてるんだ。そしてコンサートがあるとお金を取り出して支払う。このようにして僕はすべてのコンサートを見るんだ。もうすでにフランコ・リュアンボ・マキアディとそのグループ、ル＝トゥ＝ピュイッサン＝オーケー＝ジャズを見たし、タブ・レイとそのグループ、アフリザを見たし、頭にこぶがあるリリイ・マデイラも見たし、キューバやアンゴラのオーケストラも見た！」

「でも、どうして氷菓子を買わないでコンサートにそのお金を無駄遣いするの？」

「なぜなら僕は、大きくなったら、パパ・ウェンバみたいなミュージシャンになりたいんだ。彼みたいに成功したい。ソロのギター奏者になりたい。ここでそれが聴けるんだ。氷菓子を食べてばかりでコンサートを見なければ、僕はミュージシャンにはなれない」

壁の後ろでギター、ドラムス、それから叫ぶ声が聞こえた。「マイク一、テスト！」、「マイク二、テスト！」、「マイク三、テスト！」

列が揺れ動き、ドナチエンが皆を静めた。

「コンサートはまだ始まってない。そんなふうに動かないで。そうじゃなければ、お金を返すから列を離れてここから出て行って！」

コンサートが始まったばかりだ。ドナチエンはル・ジョリ＝ソワールの壁に走りより、最初の列を下がらせた。壁に付けてあったベニア板をどけると、ふたつのブロックの間に小さな穴があった。

「その小さな穴のおかげでパパ・ウェンバが見れるんだ」マキシミリエンが言った。

「何だって？　とても小さな穴じゃないか！」

「うん、でもバーのなかで起こることがなんとか見える！　片目で見なくてはいけないけれど、とても良く見えるよ、信じて。片目が疲れたらもう片方の目で見るんだ」

彼は口を僕の耳につけてささやいた。

「僕たちの前の列の一〇人、彼らはパパ・ウェンバは見逃すよ！」

「へえ、そう？」

「わかるんだ。その少年たちは初心者だ。オーケストラのスターは絶対最初には来ないことを知らないんだ。最も重要なミュージシャンは後で来る。一〇分後にはドナチエンが彼らに他の人々に場所を譲るように言いに来るので、彼らはパパ・ウェンバ以外のミュージシャンしか見れない。そして僕たちは一一番と一二番だからパパ・ウェンバがマイクを取って歌い出すときに穴の前に行く」

マキシミリエンは全くとても賢い！　家ではばかげたことをして皆は彼をばかにしているのに、どうしてこんなにいろんなことがわかっているのだろうか。ルネスを僕と闘いに来た巨人だと勘違いしたことに関してはどうなんだろう、僕はもうわからなくなった。全く。

列のなかで一時間半以上待って、ドナチエンは僕たちに合図した。

僕たちが穴のほうに行く番だ。

マキシミリエンが勧めた。

「君が一〇分、僕が一〇分で、ふたりのために合計二〇分だ。その二〇分を四等分して君が五分見て僕が五分見る。それで四回見れる。君が見るときに何が起こっているかを僕に話し、僕が見るときも何がおこっているかを君に話す。いいかい?」

「いいよ」

「それじゃ君からだ」

僕は屈んだ。穴は小さかったけれど、バーのなかで起こっていることが良く見え、パパ・ウェンバが僕の目の前にいて、その後ろにオーケストラがいた。

僕はマキシミリエンに見えていることを説明した。パパ・ウェンバが出て来、足から頭まで黒い皮の服を着、マイクを取ったばかりで、目を閉じて歌い、すでに汗びっしょりだ。カップルが身を寄せ合って、ぴったりくっついて踊っている。彼らは端から反対の端まで動いている。正面で踊っているときは見えるけれど、端のほうに行くと、カメレオンのように目を回しても見えなかった。ときどき僕の目の近くで踊る邪魔なカップルがいた。婦人のおしりがとても大きくてふたつ目の壁があるようだった。パパ・ウェンバを見るのを妨げているその婦人のおしりを突っつくために長い針金を探さなくてはならない。でも僕は突っつきたくなかった。そのおしりは音楽のリズムに従って動き、僕も踊りたくなったから。ドラマーが強く叩くとその婦人のおしりは、熱い油が入ってるフライパンの上のトウモロコシの粒のように跳ねた。僕は笑いたかった。熱い油が入ってるフライパンの上のトウモロコシの粒のように踊れることを僕は知らなかった。奥のほうで、短いスカートの婦人にぴったりくっついている男がいた。彼は頭をその婦人の胸のまんなかに置いて目を閉じ、哺乳瓶を飲み終わってぐっすり寝ている赤ん坊のようだった。婦人が息を吸うたびに、男の頭が音楽のリズムで動き、僕も踊りたくなり、哺乳瓶を飲み終わってぐっすり寝ている赤ん坊のように頭をその婦人の胸のまんなかに置いて目を閉じているのは僕だと想像した。でもその婦人はたぶん僕のママンだと想像してはいけない。僕はむしろ、その婦人が僕と同じ年齢の娘だと想像した。それでカロリヌの胸を思った。でもカロリヌはその婦人のような胸はまだ持ってない。たぶん彼女は二〇歳になったら持つだろう。

パパ・ウェンバは僕が良く知らないミュージシャンと一緒に歌っている。どこかで写真を見たことがある。誰だっただろう？

「コフィ・オロミデだ。彼はフランスに住んでいる」　僕が質問したかのようにマキシミリエンが言った。

五分後、マキシミリエンが僕と交替し、すべてを描写した。ソロのギターを伴奏するベースギターについて話した。聞こえてきた大きな声について話し、エスペラン・キサンガニ、またの名を《ジェンガ・K》だと言った。マキシミリエンは彼みたいに歌い、パパ・ウェンバのふたりのギターリストであるリゴ・スターとボンゴ・ウェンデより上手にギターを弾きたいと思っている。

彼はいつ、年上の僕が知らないそれらの名前を覚えたのだろうか。さらに、僕に話しながら、踊っている。穴から目を離さないで、上手に踊ってる。頭は右に振れ、おしりは左に。そして同じ動きを反対方向に。右足を開き、ドラマーが数回叩くとそれを動かす。同じ動きを左足で繰り返し、空の鳥を真似して腕を振る。彼がそのように踊ったとき、僕たちの後ろの列の皆は彼を真似してそれぞれが動いた。

僕は振り向いて、他の少年たちがどのように踊っているか見た。そのとき、スカートがとても短い、髪をきちんと編んだ、口紅をした、大人の靴のようにかかとの尖がった靴を履いた娘たちが来たのを見た。彼女らはきちんとした服装の少年たちと一緒で、胸に頭を乗せて踊ったが、彼女らはバーのなかで踊っている婦人の胸のように大きくはなかった。

五分毎にマキシミリエンと僕は交代した。僕が穴で見ているときにマキシミリエンが耳元で叫んだ。

「動かないままじゃだめだよ。踊らないと、皆は君がダンスを知らないと思って僕たちをばかにするよ。動いて！　頭を右に振って、体は左！　自分が七面鳥だと思って。七面鳥が踊っているのだと思って！　それが《ククー・ダンドン》という新しいダンスだ」

従って、僕は七面鳥だと想像して踊った。マキシミリエンは僕が《ククー・ダンドン》を踊れないのがわかって笑った。僕は頭を上から下に、下から上に振っていた。

「ミシェル、七面鳥をしなくちゃだめだ。とかげじゃなくて。《ククー・マーグイア》は去年のダンスで、今じゃ流行遅れだ！」

僕たちは賢くて二〇分を四つに分けたので、他の少年たちは少し膨れていた。弟と僕が交代するたびに彼らは叫んだ。

「ずるい！　ずるい！　ずるい！　いんちきだ！　いんちきだ！　いんちきだ！」

ドナチエンが腕時計を見て、僕たちを壁から離れさせた。

「君たちふたり、これで終わりだ。どいて、他の人々に場所を譲って！」

マキシミリエンは僕の手を取った。

「家に帰ろう。全部見た。いずれにしろ、この後はめちゃくちゃだ。ミュージシャンたちは疲れているから、大麻を吸ってでたらめを弾くだけだ」

僕たちの両親はとても怒った。喧嘩してから日の上にまだ傷があるヤヤ・ガストンまでも怒った。

ママン・マルチヌが言った。

「どこに行ってたの？　コンサートの日は大市場の悪者たちがこのあたりに来るのを知らないの？」

僕たちは床を見ていてママン・マルチヌは付け加えた。

「あなたたちが行方不明だったので、皆が全部食べてしまって今晩は何もなしよ！　そういうことをすればどうなるかがわかるでしょう！」

　マキシミリエンは僕に耳元でつぶやいた。

「心配要らないよ。これは予想していた。箱のなかに残ってるお金を持って、大きな揚げ菓子と、一日二四時間、週七日開いているバーの前の道で売っているママン・モファのお粥を買おう。そのお粥はおいしいよ、僕を信じて。皆が食べたイワシを残念に思うことはないさ。お昼にすでに食べたんだし！」

今朝、お兄さんのマリウスと妹のムボムビは街の中央に行く準備をしていた。破傷風と睡眠病の予防注射をしに行く。今まではふたりともこう言っていた。「ノン、その予防注射はしない」しかし今度は拒否できなかった。昨日、少年が睡眠病で死んだ。昨晩、パパ・ロジェが皆を集めた。「明日の朝、まだ予防注射をしてない者はコンゴ＝マランベ病院の中国人のところに行きなさい！　仕事から戻ったら腕の注射の跡を確認する。破傷風の予防注射もしなさい」

マリウスとムボムビが中庭を横切るときにママン・マルチヌが言った。

「待って。フェリシエヌも中国人のところに連れて行きなさい」

僕は思った。「連れて行けば良い。僕が腕に抱えるときまたおしっこされたくないから。中国人のところで注射されるとき、ものすごく叫んで街じゅうに聞こえるだろう」

マキシミリエン、ジネット、それに僕は去年すでに予防注射をしていたので、家に残った。皆はママン・マルチヌが中庭を掃き、皿を洗い、家の裏のごみ箱を道に出すのを手伝った。ごみは清掃局のトラックが通るまで置いておくが、ときどきひと月も忘れられる。そのためごみの山が出来て自動車は迂回しなくてはならない。

マキシミリエンが精神異常者のように走ってきた。額に汗をかいて僕の前で止まった。

「息を吸って！」僕が言った。

「だめだ、息が出来ない！　大変過ぎる！」

「何が大変過ぎるの？」

彼は道のほうを見た。

「外で何が起こってるか、わからないの？　良く見て、僕たちの家の前に誰がいるか！　彼だ。君と喧嘩したがっている巨人のターザンだ。また来てる。君は彼と闘ってはだめだ！　彼のほうが強いし、巨人の背丈だ！　君をそっとしておくように僕のお金を渡すよ」

「息を吸って、マキシミリエン。僕の友人だよ。ルネスという名で、何日も会っていないから会いに来たんだ。彼は巨人じゃなくて、背丈はマリウス兄さんくらいだ」

「そうかな、でも喧嘩したがってるし……」

「違うよ、僕に会いに来たんだ」

マキシミリエンを残して外に出た。ルネスと一緒にチヌカ河の辺まで歩いた。

今日は釣り人はおらず、河は静かだった。樹に隠れた二、三羽の鳥の声が聞こえるだけだった。

「数日前から飛行機が通らないのは普通じゃない」ルネスが僕に言った。

「たぶん、僕たちが見すぎるから他の路を取ったのだろう。あるいは雲に隠れているのか」

ルネスは突然話題を変えた。

「君のお母さんの鍵を見つけたか?」

「見つけてない」

「ほんとうに見つけなくてはだめだよ」

「探し続けているけど、見つからないんだ」

「ということは、お腹を閉めたのは君だな?」

「……」

「どこにその鍵を置いたんだ?」

「プチ=ピマンがそれを保管し、そして……」

「プチ=ピマンって誰?」

「皆が見えない人々と話せる人。彼がなくした鍵を僕と一緒にごみ箱のなかをあさっているんだ。そして……」

「ごみ箱をあさる人を浮浪者というんだ。ひょっとしたら、プチ=ピマンというのは精神異常者じゃないの?」

「違うよ、哲学者で、他の人々が出来ない考えを作り出しているんだ。哲学者はそういうふうにするんだ」

「それは単に、アテナヤラ・マンゴと同じ精神異常者だよ」

「違う、彼は哲学者だ！」

「彼が鍵を返すように、一緒に会いに行こう！」

「今日はだめなんだ……」

「どうして？」

「ママン・ポリヌがブラザヴィルから戻るんだ。昼にママン・マルチヌと一緒にブロック五五地区まで行き、その後でパパと皆で家に帰る」


結局飛行機が通ったが、空の遠い彼方だった。普通は地区の家々の屋根の上、数㎝のところを飛行機が通る感じで、小さな子供たちがお母さんの腕のなかに急いで逃げる間、犬たちが吠えるのが聞こえる。

僕はルネスに言った。

「この飛行機はおかしいよ。そう思わないかい？」

「どうして？」

「僕たちのほうに落ちてくるように、前が傾き過ぎている」

「ただ僕たちが横になっているからだろう」

「違うよ、何か大変なことが起こるんだ。僕は感じる。僕たちがここに来てから空に飛行機が一機しかなかったのは普通じゃないし、どこかに急いで着陸したいみたいだ」

「君はそれがどこに着陸すると思う?」

「エジプト。エジプトの首都はカイロ」

エジプトで、イランのシャーが亡くなった。

パパ・ロジェは嘆き、まるで家族の誰かがこの世からいなくなったようだった。ママン・ポリヌは長い旅行のせいでまだ疲れていてパパの話は聞いていなかったので、パパは僕のほうに向いて、その偉大な人がいなくなっていかに世界じゅうが寂しがるかを説明した。すでに聞いて知っている話だった。それでも、ともかく好きだった人がいなくなって悲しくて、パパはもう一度、エジプトについて、アンワル・アッ＝サダトと、メナヘム・ベギンとのノーベル平和賞について、モロッコについて、アッサン二世について、メキシコについて、バハマ諸島について、パナマについて、その他を話した。それらの国の話のたびに、僕は街の空を通る飛行機を想像して、胸のなかでつぶやいた。「エジプトの首都はカイロ。モロッコの首都はラバト。メキシコの首都はメキシコ。バハマ諸島の首都はナッソー。パナマの首都はパナマ。」

シャーはとても長い間、癌に苦しんだとパパ・ロジェは繰り返した。

「彼はもう国がなく、国を持てない。生まれた地で癌を患い、どの医者も治せず、病気の生活を長引かすだけだった。私たちは国がなくなったら、過ぎ去った思い出と共に生きるしかなく、昼と夜の区別がつかぬほど落ち込み、健康でない人はさらに病気を悪化させる。そうだ。癌がシャーを参らせたのだ」

パパが話をしている間、僕はアルチュールの顔を思い起こしていた。僕は悪いニュースを知らせようと思ったが、部屋には両親がいるときにけ入ったことがなかったことを思い起こした。パパがこう言ったときを除いて。「ミシェル、部屋のなかの本の上に置いた財布を取ってきてくれ」あるいはママンがこう言ったときを除いて。「ミシェル、ベッドの下の赤い靴を取ってきて。パパの本の上に置いた耳飾りも取ってきて」そのとき僕は部屋に入れる。そして部屋に入ったときは、アルチュールの顔をすぐに見て、少し時間をかける。ときにはラジオカセットを居間に持ってくるのは僕で、口髭の歌手のカセットを忘れるとパパ・ロジェは言う。「ミシェル、ジョルジュ・ブラッサンスのカセットがない。すぐに取ってきて」そこで僕は、同じ晩に二度優しいエンジェルの顔のアルチュールを見れるのでとても嬉しくなる。しかし、その部屋に行かされない晩は気分が良くない。地区のバーでムトムボさんと一緒に出会った人々に関する冗談をパパが言っても僕は笑いたくない。それらの冗談はママンを笑わせたが、ムトムボさんのアトリエでロンゴムベのお母さんが息子にお金を要求に扉の前にくるたびに僕が笑ったほどには僕を笑わせない。そして僕は良く眠れず、アルチュールのことばかり考える。横になってすべてを〈僕の姉星〉と〈僕の名無しの姉〉に話す。蚊たちが刺すのを感じず、飛ぶ音も聞こえない。なぜなら、蚊たちは僕のからだを刺すけれど、すでに家を出てあの世に向かっている僕の心を刺すのではないから。それに、僕はマラリアの予防注射をしているので、その病気では死なない。僕を刺すがいい。

皆はシャーを、イランではなくエジプトに埋葬した。彼らの大統領ではないのに、栄誉の葬儀を行ったのは、またエジプト人たちだった。どこの国家主席も最後に彼の体を見に来る勇気がなかった。僕はまた、アヤトラ・ホメイニは、その他の国の大統領たちを怖がらせているのだから、地球で一番強い男になったのではないかと思った。

ロジェ・ガイ・フォリイはリチャード・ニクソンというアメリカの大統領がシャーの葬式に来て、世界じゅうの大統領たちがその場に来る勇気がなかったことで非難したと言った。それらは草地のなかの煙だ。嵐のなかの空言だ。そのような演説をするのにどうして誰かが死ぬまで待たなければならないのだろうか。従ってリチャード・ニクソンは僕をいらいらさせる。大芝居をする前に、もっと早くシャーを助け世界じゅうの大統領たちを批判するべきだっただろう。ルネおじさんは、多くの場合人々は判断するのが遅すぎ、死にそうになってから医者にかかると言った。リチャード・ニクソンの非難は亡きイランのシャーをあの世で幸せにするだけだ。リチャード・ニクソンが神様に会うとき、葬式に来ず、責任を果たさなかったそれらの大統領たちの名前のリストをきっと渡すだろうと僕は思う。

今、プレゼントがめちゃくちゃある。まるで生まれて以来もらわなかったものを取り戻したみたいだ。これらを見た者は、この家に多くの子供が住んでいると思うが、そうではない。ビー玉の袋。電池で動くプラスチックのロボットと複雑な武器。嵌め合わせるのが難しいフランスの絵のパズル、消防車と赤とオレンジ色の服の消防士たち。サッカーやラグビーそしてハンドボールのボール。スーパーマン、その他、もらったことも忘れていた多くのもの。それらを見つけたとき、僕は自問した。「パパとママンはいつ僕に贈ってくれたのだろう?」

プレゼントを持って来たと言わないで直接僕のベッドの下に置いた日もあった。それらすべてを片付ける場所がもうなくなるほどだった。ルネスと地区のその他の友人たちと遊ぶために、サッカーやハンドボールのボールを探し、たくさんの玩具の中からそれらを見つけて、まるで小学校卒業免状を取ったように喜んで叫んだが、本心ではない。ママンのお腹を開く鍵を見つけたあとも、今みたいに両親はプレゼントを僕に渡し続けるのだろうか。

僕がいちばん好きなおもちゃはもちろん数日前に両親が買ってくれたセバスチャンと同じような自動車だ。クリスマスがすでにずっと前に過ぎていたので見つけるのが難しく、街のデパートを全部探し、プランタニアに一台だけそのような自動車があったと両親は言った。

日曜日、家の中庭で自動車のすべてのボタンを押した。左に行き、右に行き、そしてUターンし、まっすぐに行って僕の足元に戻った。そして赤いボタンを押し、自動車は止まり、モーターが止まった。

最初、両親はそのような自動車を二台買おうとしていたが、僕が言った。

「先ずは、故障するまで待って。それに、故障しても、このような自動車をずっと前から持っていてどのように直すか知っているセバスチャンに訊けるし」

そして両親は笑ったが、僕はおかしくなかった。

自動車で僕が遊ぶとき、ママン・ポリヌとパパ・ロジェはときどき僕の後ろに来て、まるで子供になって僕と遊びたいようだった。自動車が家の庭の端まで行って僕の足元に戻るのを、四つんばいになって見ていた。ふたりは拍手し、自動車が気に入ったのを見て僕は嬉しかった。その一方で僕は、ひざまずいて四足で埃のなかを歩くのには両親の背丈が高すぎるのはわかっていた。大人は神に祈るときにしかひざまずかない。だからパパとママンがひざまずいたのは僕と遊ぶためではなく、僕の自動車が好きだからではなく、ただ単に僕の何かを待っていただけだ。鍵を。

遊んでいる僕が幸せそうなのを見て両親は僕に訊いた。

「自動車、気に入った、ミシェル？」

マンゴの樹にぶつかったり、外に出てしまって誰かが持って行ったりしないように僕はとても集中していたので、ふたりを見ないで頭で頷いた。

そしてパパが僕のほうにからだを傾けた。

「ミシェル、今度はおまえが私たちのことを考えなくてはいけない。私たちはおまえが好きで、おまえの敵ではないのだから私たちを幸せにしてくれなくてはいけない！　おまえにたくさんのプレゼントをした。この地区で、街でさえ、どこの子供も今日のおまえほどには持っていない。今度は少し私たちのことを思って、私たちを幸せにしてくれ。それがわかるかい？」

僕はわからないふりをして遊び続けた。ママン・ポリヌとパパ・ロジェがはっきりと、不幸の原因が僕だと言わない限り、黒板に大きなデッサンを描いて僕に説明するのを待っている、何も知らない愚か者を、僕は演じ続けるだろう。

今日、日曜日、ルネスと僕はしばらく前からサヴォン地区の大サッカー場で僕の自動車で遊んでいる。午後の終わりで、暑さは感じなかった。家の前で口笛を吹いたのは彼だ。

「君の自動車をきちんと慣らし運転したほうがいい。そうしないととても速く走れなくなる。この日曜日は試合がないから、サヴォンのサッカー場に行こう」

ふたりとも自動車がどんなスピードで走れるのか、何分間あるいは何時間耐えられるのか知りたかった。走り出すとすぐに、ふたつの自動車が競争しているかのように叫びをあげた。実際は一台だけだったが。そのとき、両親が二台の自動車を買う計画が正しかったことに気づいた。二台あったらルネスと僕はほんとうの競争が出来ていただろう。僕はセバスチャンに競争しようかと誘いたくはなかった。彼は僕が同じおもちゃを持っているのを知って嫉妬するだろうから。

自動車はすでに数回往復した。突然、僕が停止のボタンを押したようなおかしな音が聞こえた。

僕は叫んだ。

「故障しちゃった！　従弟のところに持っていかなくては！」

セバスチャンにこの自動車を見せたくないことを思い出して、自動車がほんとうに故障したのか確かめるために何度も始動のボタンを押した。自動車は動かなかった。僕はパニックになって自動車を持ち上げて裏返した。たぶん埃のせいだ。僕はその上に息を吹いた。

「心配することはないよ、故障じゃない。電池が切れたんだ」ルネスが言い、ほっとした。それで僕は持ってきた袋のほうに走り、自動車をしまい、サッカーボールを取り出した。

「自動車が動かなくてもかまわないさ。今度はサッカーをしよう。ふたりだけなのでペナルティキックをしよう。君はあちらのゴールの前に行って。僕から始めるから」

ルネスは動かなかった。サッカー場のまんなかで柱のように突っ立って僕を見ていた。

「どうしてあっちに行かないの？」僕は訊いた。

「行きたくない。ミシェル、君のお母さんが苦しんでいるのに、君と僕はここでばかみたいに遊んでいる。これが普通だと思うかい？　今、君はお母さんのことを考えなくてはいけない。あの鍵を見つけなくてはいけない……」

そこで僕は怒りを感じた。喧嘩したら、筋肉と、背丈と、ジョン先生のクラブで習った上級の型のおかげで僕はルネスに負けるのがわかっているから、いままで彼に対しては決して興奮しなかったのに。

僕はボールをしまいに戻り、袋を持ってサッカー場を離れた。ルネスは僕の後に走ってきた。

「待てよ、ミシェル。僕はママン・ポリヌがこれ以上悲しまないようにと思っただけだ。それだけだよ」

ふたりは話をしないまま速く歩いた。彼の家に着いた。

「僕の両親に挨拶しないかい？」

「いや、今度にするよ」

「来いよ、後悔しないから。カロリヌがいるよ……」

僕は返事をせずに手を差し延べた。約一分ほど手を握ったままにしてルネスが言った。

「気をつけて帰って。君の自動車の電池を替えるのを忘れないように。今それが一番大事なことだから」

僕は眠りのなかで、遠い先の夢を見る。僕は、この地区で見られる、カーキ色のシャツ、青の半ズボン、それにプラスチックのサンダルで歩く小さなミシェルではなかった。パンタロンをはいて、白い木綿のシャツに蝶ネクタイを結び、麻の上着を着ている。ルネスがチャップリンの真似をしながら話してくれた『ザ・キッド』の映画のなかの少年のように帽子も被っている。しかし、車のなかに捨てられ、チャップリンに育てられた数年後、お母さんが金持ちになってから連れ戻され、育ての親チャップリンにありがとうと言うその子よりも僕は大きい。そうだ、僕はさらに少し大きい。僕が二〇歳になったらそうありたいような僕だ。

その夢のなかで僕は頭を高くあげて、両肩をまっすぐにして、皆は僕を敬って、道ですれ違うとき、帽子を取って挨拶する。僕は今の自分とは別の言葉を話している。そこにいる国で生まれたようにきちんと話し、そこに行くのに飛行機で一、二日かかるのに、わずか数秒の旅で着いたようだ。僕が中国語を話しているとすれば、たぶん昼間、ルネスと僕が、トロワ＝サン地区で病院を建てた中国人のことを話したからだ。もしアラブ語を話しているなら、それはたぶん、ムトムボさんがアルジェリアのことを話すのを僕が聞いていたからだ。もしインド語を話しているなら、それはたぶん、哀れな農民たちを困らせるプリンスとプリンセスがいるインドの映画のことをルネスが僕に話したからだ。

それからは毎夜同じだった。目を閉じる前にそれら遠くの国を思う。眠りのなかで違う国の人々にすれ違い、話し始める。誰も僕がどこから来たのかは訊かない。実際には何年もかけて勉強しなくてはならないけれど、夢のなかでは皆は平等で、そのおかげで地球上のすべての言葉を話せる。僕は夢のなかでは太陽に、月に、そして星に触れられることを知っているので、微笑しながら眠る。僕には生きることは簡単のように思われる。だけど、目を覚ますと、夢のなかで知っていた言葉のひとつも言えなくて悲しくなる。僕はすべてを忘れ、すべてが消えている。すべてが遠く感じる。とても遠く。

「最もりっぱなアルチュール（Arthur le Beau）に会いに来たわ」

カロリヌが会いに来たのは僕だと言って欲しかったので、僕は少し嫉妬した。今では彼女はアルチュールのことを思いすぎていて、以前のようには僕を見ていない。でも、アルチュールはパパの本の表紙の絵に過ぎないと思ったとき、絵は誰かの彼女を奪うことはできないので僕は安心した。それにアルチュールはすでに死んでいる。

家に入るとき、僕たちのラジオカセットは見せてはならないと自分に言った。でも僕はやはり見せたかった。彼女がそれを見れば、そういう器械を見せたことはなく、ないものばかり話しているマベレに対し多くの点が稼げるだろう。

僕は『地獄の季節』を持って両親の部屋を出た。アルチュールの絵をカロリヌに隠すために本をひっくり返した。

「目を閉じて」

彼女は片手を顔の上に置いた。指はきちんと寄せてなく、僕が見せたいものを見ることが出来た。

「ごまかさないで。両方の手できちんと目を覆って！」

彼女はもうひとつの手をさらに重ねた。もう見ることが出来なくなった。僕は近づいて耳元で言った。

「目を開いていいよ。アルチュールがいるよ！」

しばらく彼女は何も言わなかった。そして本を僕の手から引き抜いた。右の人差し指でアルチュールの顔にさわり、本のかおりをかぎ、まるで食べ物を扱うようだった。彼女は他の指をアルチュールの髪と目につけた。結局、本を開き読み始めた。

《私はすべての職業を憎悪する。親方たちと工員たち、すべての農民、下劣な。羽根を持つ手は鋤を持つ手に値する。——何たる手の世紀！——私は決して手を使うことは学ばないだろう。その後、飼い馴らされた状態がずっと続く。物乞いの正直さには失望だ。犯罪者は去勢者同様に嫌悪感を起させる。私は無傷で、そんなことはどうでもいいことだ》

「《羽根を持つ手》って何？　《鋤を持つ手》って何？」　彼女が質問した。

その本に最初に触れたときに自分自身にした質問と同じだったので、僕はびっくりした。

彼女はもう読まずに僕の返事を待っていた。僕はわからないとは言いたくなかった。そうでないと僕が良くアルチュールを知らないと思ってばかにするだろうから。

「羽根を持つ手はつまり、夜に鳥に変装して子供を捕まえて、一季節閉じ込める白い魔術師だ。だから題名が『地獄の季節』なんだ」

彼女は今度はとても怖そうに、もう一度アルチュールを見た。そしてすぐに本をテーブルの上に置いた。

「あなたは羽根を持つ手に向こうの地獄に連れて行かれるのが怖くないの？」

「怖くないよ。アルチュールが守ってくれるから」

「それで、《鋤を持つ手》は？」

「畑で鋤を引っ張る手で、農夫の手だ。おじさんによれば、鋤は牛たちの前につけてはいけないんだ」

僕が何を話しているのかわかってないことが彼女はわかっただろうか。僕は静かに、ひとこともためらわずに話した。そのせいか、彼女は感心して僕を見て、僕は自分の胸に新鮮な空気が入るのを感じた。たくさんの点を獲得し、マベレが僕の前では何でもなくなったことがわかった。

僕は幸せになって本を手にとって、両親の部屋に戻しに行った。

僕は居間にラジオカセットと一緒に戻った。カセットはすでに器械のなかに入っていた。《再生》のボタンを押すと口髭の歌手が彼の樹を悲しみ始めた。歌が《分身》と《げす野郎》に来たとき、カロリヌに何を意味するのか説明し始めたが、彼女は言った。

「しっー！　黙って」

彼女は聞き、頭を揺らした。歌が終わり、僕は《ＲＷＤ》のボタンを押し、また始まった。

カロリヌは立ち上がった。

「私と踊って！」

「いや、このような音楽では踊らないし、そして……」

「私はこの音楽であなたと踊りたいの！　来て！」

彼女の正面に立ったが、ふたりの間に大きく間を空けた。

「私が怖いの？　それともダンスを知らないの？　前に進んで私を強く抱き締めなさい！」

僕は彼女を強く抱き締めてゆっくり動いた。彼女は目を閉じ、彼女は家のなかに僕といるのではなく、心は遠く、エジプトよりも遠くに旅しているようだった。僕も目を閉じ、僕の思考をめぐらし、マキシミリエンと一緒に見たル・ジョリ＝ソワールのコンサートを思い出した。壁の穴を塞いだおしり、長い脚、ほとんど服からはみ出た大きな乳房、踊っていた婦人の短いスカートを思い出した。僕の心臓がとても速く打ち始めた。哺乳瓶を飲み終わって深く眠った赤ん坊のように、頭をカロリヌの胸に置いた。カロリヌは、踊っていた婦人のようにはまだ乳房は大きくない。ともかく、僕は小さな乳房を感じ、何年かしたら大きくなって熟れた大きなパパイヤのようになるだろうと想像した。

ダンスして、ふたつの体がひとつのからだのようになり、彼女は口を僕の耳に近づけた。

「ミシェル、あなたは今でも私の夫で、あなたの心のなかの大きなお城に住みたいわ」

この言葉は僕の心臓をとても速く打たせせた。僕の心は空を飛ぶ凧のように舞い上がった。インゲン豆付き牛肉の料理を食べたときにもなかった幸せを僕は感じた。このときが終わらないよう望んだ。世界の終わりまで続いて欲しかった。カロリヌの手が僕の髪に触るのが、口が耳に近づくのが感じられた。彼女の小さな声がこう言うのが聞こえるまで、僕は両目を閉じていた。

「ミシェル、ママン・ポリヌのお腹を開く鍵はどこにあるの？」

僕は目を開き、ダンスをやめて彼女から離れた。テーブルに置かれたラジオカセットのほうに急ぎ、《停止》のボタンを押した。僕は怒りがこみ上げてきたが、カロリヌは静かに続けた。

「私はあなたの妻で、私が好きなのはマベレではない。それはわかってるわね？　でもその鍵をあなたのお母さんに渡さないと、私たちはまた離婚して今度は永久にマベレと一緒に住むわ」

彼女は髪を整え、鏡を見てから小さなハンドバッグを掴んだ。

すでに扉の前に来て、言った。

「あなたに率直に話すのはあなたが私の夫だからよ。結婚したふたりは秘密を持ってはいけなくて、すべてを話さなくてはいけない。そして私は今、あなたが怖いわ。あなた自身のお母さんのお腹を開く鍵をあなたが隠せるなら、私たちの最初の子供は私のお腹を閉めて、あなたがしたように鍵をどこかに隠すのは確かだわ。そうすると私があなたと欲しいふたり目の子は持てなくて、ママン・ポリヌのように不幸な婦人になるわ。あなたはそれがわかってるの？」

「鍵、見つかった?」

「静かに、ミシェル君」

「今日、その鍵をくれ!」

「先ず、誰かに『……をくれ』などというのはいけない。それは無作法だ」

僕は彼のように、墓地の壁に背中をつけて座った。

「ミシェル君、この間のように、私を遮らないで話を聞いてくれるかい……」

プチ=ピマンはタバコに火をつけ、彼の顔が煙の後ろに消えた。彼は、古いトラックが始動するときのモーター音のような咳をした。

とても枯れた声で話し始めた。

「新年の祝いのために孤独な雄鶏を殺そうと決めた私の伯父の強欲さのせいで、私の祖父マセンゴがどのようにして死んだかをこの前話した。その事件の後で私は村を離れ、ここ、ポワント=ノワールの祖父が残した家に住むことになった。私は、私が二五歳のときに亡くなったもうひとりの伯父と一緒だった。その伯父はマテテという名で、健忘症にかかっていた。その病気は最後には記憶が失われる。父も母もいない私にとって、彼が私の支えだった。彼は結婚しておらず子供もなく、私たちはふたりだけで生活していたので、彼の死は雷が落ちたような衝撃だった。私は彼と一体化し過ぎていたので、彼の死で私の記憶も失われた。すでに先に行っている私の母が彼の額に息をかけて病気を治すだろう天国に向かうとき、彼は私を一緒に連れて行かない代わりに健忘症を私に移したのだと思う。死者は、男の場合は三つ揃いの服で、婦人の場合は白い服で、きちんと髪を整え、香水をつけ、とりわけ健康で天国に着かなければならないらしい。そのせいで病気を墓地に残し、死者の霊が天国に向かう階段を登り始めるときに、誰か後継者の体に移す。その不幸な後継者が私だ。私の話を聞いているかい？　ミシェル君」

「ええ、聞いています」

「私もまた健忘症になったので、私が幹部として働いていた海運会社の仕事場に行くのを忘れた。新卒の若者たちを雇うのが私の仕事だったが、全然行かなくなった。心配した同僚たちが家を訪ね扉を叩き、私を正気に戻そうと根気良く続けてくれたのだが、私は彼らの顔にとうがらし入りの水をかけた。私は彼らがわからなくなっていた。そのとき私に唯一残った畑に植えていた私のひ弱な小さなほうれん草を踏みつけに来た小人たちだと思った。私の伯父が祖父から引き継ぎ、さらに私が伯父から引き継いだ家の隅の畑に植えていたほうれん草だ。私はほとんどすべてを許容できたが、喜びと共に水をかけていた私のひ弱な小さなほうれん草を破壊しに来ることは許せなかった。悲しみが私を打ちのめし、母を、父を、とりわけ、天国でまだ記憶を取り戻していないだろうマテテ伯父さんを思い出すときに、私が気持ちを打ち明ける私のほうれん草。私の思考はそのひ弱な小さなほうれん草の周りで回っていた。

私は朝早くベッドから起き出し、海運会社のトフックから降りた小人たちが庭にいないかどうか確認し、つるはし、鍬、熊手、そしてチヌカ河の水をいっぱいにした漏斗《じょうご》を持ち、そして口笛を吹きながら土仕事をし、種を撒いた。ときには、ひ弱な小さなほうれん草が私が知らない間に土から出るのではないかと心配し、成長するのを見届けたくて、一日じゅう野菜畑のまんなかに座った。隣人が心配し、ある日、哀れに思った様子で私のほうに来た。『プチ＝ピマン、朝から庭に座っているけれど、種まき人の厳かな身振りを今日は一度も見ていない！　どうしたんだ？』　私は答えた。『私は私の哀れな小さなほうれん草が伸びるのを見ているのだ』　彼は不思議に思った。『ほうれん草が伸びるのを見てる？』　私はほとんど腹立たしかった。『私が理解したいことがひとつある。どうして私の哀れな小さなほうれん草は、私が背を向けたときだけ伸びるのだ？　それが許しがたいことだと思わないか？』　彼は少し不思議に思って私を見た。『それは許しがたいけれど、はて？』　私は付け加えた。『普通じゃない。ほうれん草としては、恩知らずでさえある！　誰が面倒を見ていると思っているのだ？　水をかけているのは誰だと思っているのだ？　成長を妨げる雑草を取っているのは誰だと思っているのだ？　私に対してそういうことをしていいはずがない！　私の哀れな小さなほうれん草が私の目の前で伸びるのを決心するまで私はこの庭を離れない！』 隣人はつぶやいた。『親愛なるプチ＝ピマン、率直に言うけれど、あなたは治療しなくてはいけないと思う。今までのあなたの様子はおかしかった。今では希望がないほどひどい。非常に絶望的だ』」

プチ＝ピマンは話すのをやめた。彼が僕を見るときは、話していることを僕がわかったかどうか疑っているのを知っていたが、話を遮らないように言われていたので、黙っていた。僕は学校にいて、先生が新しいレッスンを説明しているときのようにした。でもプチ＝ピマンにこう言いたかった。「今日、鍵をください。鍵探しは今日で終わりにし、エジプトに行って、僕も成長したいから」 しかし、彼の伯父さんの死以来、頭のなかのボルトがはずれ、何かが動き、ビー玉がぶつかり合っているにしても、彼は大人なので命令してはいけない。先ず聞かないで鍵に固執すれば彼は怒り出し、僕は家に手ぶらで帰らなくてはならない。僕が今日鍵を得られないなら、明日も、明後日も、明々後日も、たぶん生きている間ずっと、街のごみ箱をあさりに行かなくてはならないということだ。この地区のごみ箱のなかで過ごす一生。その生活は嫌なので、遅かれ早かれ終わるだろう話を僕は聞く。

「違うんだ、ミシェル君、今、チヌカ河の土手で喜んで放浪しているわけではない。それは健忘症のせいだ。私は私の小屋の前で止まることも忘れ、キリストのように河の上を歩けると確信して河のほうに突き進んだ。河を渡ろうとして、《決断するときだ》と三回叫んでも、ジュリアス・シーザーの勇気はなく、一瞬たじろいだ。記憶を喪失出来ても超えてはならない一線がある。

健忘症、これは大丈夫だ。生きた臆病者、これも人丈夫だ。死んだヒーロー、これはだめだ。それで私は水の上を歩く危険は犯さず、ためらい、河が冷たすぎるか、汚染され過ぎていると想像した。世界の賢者たちが皆、流れている水にはばい菌がいないのを論証したので、水のなかで生理的欲求を満たすのはたいしたことではないと主張している、家にトイレがない住民の糞尿によって汚染されすぎていると。隣人は私をある呪術師のところに連れて行くために地区じゅうを探していた。彼は尊敬すべきだ人だと私は認める。しかし彼は、夜中、何時間も私が考え続けていた河までは決してたどり着けなかった。さかりのついた犬たちと、ねじ回しを振りながら身を守って収穫物を分け合っている大市場の悪者たちのまんなかで、私は何を探しに来たのかを考え続けた。私は独り言を言い、大きな身振りをし、私の周りの人物の影と笑い、最後には、私に対して怒って叫んでいるヒキガエルたちを叱っていた。

健忘症は私の様子を変えた。私は左に行き、右に行き、知らないうちに何度も同じところを通った。自分の粘液で、自分で仕掛けた罠にはまったエスカルゴのように私は丸く回るので、めまいを避けるために複雑でなく有効な小さな工夫をする必要があった。数分後に同じところを通らないように私がすでに歩いたところにロレーヌ十字を描いた。すぐにトロワ゠サン地区、サヴォン地区、そしてコマポン地区の路上のほとんどにいくつものロレーヌ十字が印された。それらの十字のひとつを路上に見ると私は叫んだ。「ほら、ほら、ほら、ここにロレーヌ十字がある！　従って私はここをすでに通った。ロレーヌ十字がない他のところに行かなくてはならない」　それで私は他のところに行ったが、ふざけた若者たちがあちこちにロレーヌ十字を描いて遊び出した。私が決して足をつけなかったところにそれを見つけた。私自身が描いたロレーヌの十字と、そのいたずらの天才が挑発的に付け加えたそれらとの区別が出来なくて私はさらに頭が混乱した。それで十字を描くのはやめ、家の畑で耕していないときはむしろそれらを消して過ごした。そのときから皆は私がほんとうの精神異常者だと結論し、私も受け入れた。私は自分の家があるのも忘れ、この街の街路とごみ箱が私のものだ、私の家だと納得した。そして私の家である街路とごみ箱のなかに引っ越した……。今ではこういうふうに、外で自由に、悪者たちとは遠ざかり、自分の人生を生きている。私に何をしろというのだ？　普通の人よりも光り輝く明晰さのほのかな明かりが私に残っていると皆に叫ぶことか。だめだ。私には時間がないし、疲れてしまって、誰かの言うことをもう聞きたくない。私は今の生活が好きだし、私を天に連れて行く階段を登る最後の日を待っているのだ……」

彼は頭を上げ、空を示した。僕も頭を上げたが上に導く階段は見えなかった。彼は頭を下げ、古い鍵を僕に差し出した。僕はとても興奮して彼の手からそれをもぎ取った。

走り出すために立ち上がったとき、彼が言った。

「永遠に君は行ってしまうのか。もう君に会えないのか？」

僕はもう聞いてなかった。すでに走っていた。自由を感じ、嬉しかった。僕は思う存分笑いたかった。空を飛びたかった。僕の足はほとんど地に着いていなかった。僕はカール・ルイスを思い、さらに速く走った。

だいぶ遠ざかってから、ママンに鍵を渡すことしか考えていなかったが、突然プチ＝ピマンに重要なことをふたつ訊くのを忘れていたことに気づいた。僕は道を戻って、同じところで頭を下げたままの彼を見つけた。彼は頭を上げ僕に微笑み、まるで僕が戻ってくるのがわかっていたようだった。

「ああ、また来たね！」

「ふたつ、訊くのを忘れてた……」

「最初はなんだい、坊や」

「ふたりでごみ箱をあさっていたときに見つけた小さな鍵をまだ持ってる？」

「どの小さな鍵だ？」

「とても小さな、モロッコ製の頭なしのイワシの缶詰めを開く鍵」

彼は古いコートのポケットを探して小さな鍵を僕にくれた。

「ほんとうのをあげたのに、それでなにをするの？」

良く考えずに僕は彼に答えた。

「もしかしたら小さいのが良い鍵かも知れないから、間違えないようにふたつとも持っていたいの」

「それで、ふたつ目、私に訊きたいことは？」

「僕の姉星と僕の名無しの姉に会った?」

そこでは彼は微笑まなかった。

「君はふたりのほんとうの名前を言わなかった! 多くの人に会うので私には誰が誰だかわからない。いつでもいいから君のお姉さんたちの名前を持って戻ってきなさい」

僕はさようならも言わないでまた走って遠ざかった。幽霊たちが街の地区内の長い散歩から彼らの墓で休むために戻ってくる今の時刻、僕は夜に包まれるのが怖かった。

走っているとき、半ズボンのポケットのなかでふたつの鍵がぶつかる音が聞こえた。その音は僕の心に心地良かった。僕は軽くなったように感じ、さっきみたいに強く、とても強く笑いたかった。でも笑ったら、人々に僕が小さな精神異常者だと思われる危険があった。あるいは、ポケットのなかにママン、パパ、そして僕の幸せが入っているので、僕が嬉しくて独り言を言っているのが皆にわかるだろうか。

太った婦人が僕たちの隣人の指物師イェザと話しているのが見えた。良く見たらママン・ポリヌ、パパ・ロジェ、それにムトムボさん夫婦が一緒にいるのがわかった。イェザと話しているときはだいたい棺桶の話だ。たぶんそのせいで太った婦人が泣いていて、僕のママンとマダム・ムトムボが慰めているのだ。

僕は僕の家の扉の前にいたのでそこで何が起こったのか良く見えなかった。ここからは人々の顔がぼやけて見え、声は聞き取れなかった。サン＝ジャン＝ボスコ教会の中庭で司祭がときどき僕たちに見せる白黒の映画を見ているようだった。その映画では、男たち、婦人たち、そして子供たちがひざまずいて祈っているだけだった。

数歩近づくと、泣いている太った婦人が見習い生のロンゴムベのお母さんなのがわかった。息子にお金を要求しにムトムボさんのアトリエに来ていた婦人だ。僕は胸騒ぎがした。「見習い生のロンゴムベが亡くなったのか？……彼が終ったのか？……」彼は笑うことが好きだったことを思い出していた。僕がアトリエを訪ねたとき、パパのパンタロンや僕の破れたシャツを修理するためにどのようにしていたかを思い出していた。僕はすべてを知りたくて、家の前に立ち止まってはいられず、イェザの家に向かった。ママンが僕を見つけて叫んだ。

「ミシェル、こっちに来ないで家に戻りなさい！」

ロンゴムベのお母さんが遮った。

「ポリヌ、構わないわ。息子は彼がとても好きだったの」

僕はイェザの家に入り、その悲しい雰囲気のなかに加わった。僕はロンゴムベがブロック五五地区で自動車にぶつけられたのを知った。その車はブレーキがなく、見習い生を轢いた後で電柱にぶつかった。運転手は逃げて、警察が探しに行けないほど遠くの、多くの悪者たちが逃げ込む原野に潜んでしまったのか、まだ見つかっていない。

ロンゴムベのお母さんは息子のような若者が死ぬのは理不尽だ、若者の前に老人が先に死ぬべきだと叫んだ。

「どうしてその自動車は私を轢かなかったの？　これは悪夢よ！」

彼女によれば、セネガル人のウスマヌの店の前で起こったのだから、ロンゴムベは呪われていたからで、運転手のせいではなく、彼を追い詰めるべきではないという。

そして彼女は叫ぶばかりだった。

「罪があるのは運転手ではなくてウスマヌよ！　私の息子を犠牲にして店の利益をあげるために魔法の鏡を使ったのよ！」

僕の記憶が確かなら、ウスマヌはもうブロック五五地区の商人ではない。お店を売って大市場に別の店を開いている。店を買ったのはコンゴ人なのに、どうしたらまだ魔法の鏡を使えるのだろう？

ロンゴムベのお母さんは僕が考えていることがわかったようで、彼女が、他の人々に説明するのが聞こえた。

「そうよ、皆は、ウスマヌはブロック五五のお店を売ってしまって、もう彼の店ではないと私に信じさせようとした！　皆は彼がそれを売ったと言った。冗談じゃない！　私がそれを信じていると思う？　私は愚か者かしら？　私の子供の死はその商人にとって有利な取引だったのよ。私の子は彼ひとりだったから。この国では呪術師たちはひとりっ子を生贄に要求するの。この事故が偶然だと思う？　違うわ！　違うわ！　違うわ！　すべての後ろにセネガル人のウスマヌがいるのよ！　お店をコンゴ人に売ったときに魔法の鏡の一部も一緒に売ったのよ！　ふたりは共犯だわ！　さらに多くの客を得るために、その鏡を人間の血で養わなくてはならないのだわ。お店をやっているコンゴ人は共犯者で、夜、皆が寝ているときに利益を分け合い、この街で犠牲になる子供は誰かを決めているのよ！　ポリヌ、気をつけなさい。ある日、あなたの息子が持って行かれる危険があるわ」

ロンゴムベがコンゴ人のバーの前の道を渡ろうとしたとき、右から来ていた自動車はまだとても遠いと思っていたのかもしれないけれど、数mしか離れていなかった。そしてどすん！　と彼女は話した。彼女が話している間、カロリヌと一緒に学校に歩いていくとき、この魔法の鏡のことで、両親がウスマヌの店の前は通らないように忠告していたことを、僕は思い出した。僕たちも、ウスマヌの魔法の鏡のせいで轢かれていたかもしれない。

今度は彼らは棺の値段について話している。

イェザは高い値段を要求する。皆は値段を下げるように頼んでいた。ロンゴムベのお母さんは、とても貧乏で、夫はいないし、その夫はロンゴムベが生まれたときに逃げたと言った。指物師は同情して聞いていて彼は泣くのではないかと思った。ハンカチを出して涙を拭きさえしていた。しかし、こう言った。

「だめです。残念ですが、棺の値段は下げられません。すでに安い値段にしています。今では板はとても高くなりました。棺ひとつがいくらするか他の指物師に訊いてみてください。わかりますから！」

ムトムボさんと僕のパパはそれ以上交渉できなくて、お金を数え始めた。指物師は、サナダムシが寄生している大食漢の目でそれらすべてを見ていた。お札が財布から出されて家のまんなかの竹のテーブルの上に置かれるたびに彼の頭が上下に動いた。皆は彼に多くのお金を渡し、彼はそれを取って、僕をいらいらさせる微笑と共にポケットのなかにすべてを押し込んだ。しかし彼はお金をポケットから出してテーブルの上に置いてまた数え、まるでムトムボさんと僕のパパを信じていないようだった。

皆がイェザの家を離れた。指物師はアトリエのなかに入り、今では板を切るのこぎりの音が聞こえる。

ママン・ポリヌが僕のそばで少し屈んで小さな声で言った。

「ミシェル、今晩はひとりで家で寝なさい。お父さんと私はお通夜に行くから。蚊帳を吊るのを忘れないように。そして眠るときはランプを消してね」

ママンは僕を両腕に固く抱きしめてキッスした。こんなにきつくしめて、キッスをしてくれたのはめずらしかった。僕の頰がママンの涙で濡れた。ママン・ポリヌが涙を流しているなら、ほんとうにとても不幸でたえられないということだ。僕はママンが不幸であって欲しくない。ママンの目から涙が流れるのはロンゴムべの死のせいではないことを僕はわかっていた。彼女は他のことで泣いている。家族の死ではないのに涙を流すときは、自分自身の不幸を想像しているからだとママンはよく言っていた。しかし僕は、自分の不幸は想像できなくて、むしろ、どんなふうにロンゴムべがアトリエで笑っていたか、寸法をとるときにどんなふうに、服を脱ぐ婦人たちを彼が見ていたかを再び思い出していた。そしてその様子を思い出しているうちに、僕の目に蟻が入るのを感じた。

僕はママンがもう一度キッスしてくれるように両腕を開いた。こんな風に抱きしめてくれるのは、もしかして次にこの街の誰かが死ぬときまでないかもしれないと思ったからだ。ママンは僕の背丈になるように屈んだ。ロンゴムベの死に対してママンが自分の不幸を思いながら泣かないように、ママンの気を静めようと僕は思ったが、声が出ず、何を言ったらいいのかわからなかった。

僕は口をママンの耳に近づけ、ささやいた。

「ママン、渡したいものがある……」

僕は鍵を出して見せた。ママンはすばやくそれを取って、とても激しく泣いた。その泣き声を聞いた他の人々はママンはロンゴムベのために泣いていると思っただろう。

僕はほっとした。そして、僕たちの家に子供が来るように期待した。できれば女の子が。

ムトムボさん、マダム・ムトムボ、ママン・ポリヌ、それにパパ・ロジェがロンゴムベのお母さんと、その後加わった地区の人たちと一緒に遠ざかっていくのが見えた。ママンはときどき僕のほうを振り向いた、パパ・ロジェも。ふたりは話したばかりで、パパ・ロジェは僕がママン・ポリヌに渡した鍵をポケットに入れたようだった。ポケットを触り続け、その鍵がなくなるのを恐れているみたいなのが、ここからでもわかった。僕もパパのように、半ズボンのポケットを触り、モロッコ製の頭なしのイワシの缶詰めを開ける鍵がまだあるのを確かめた。

チヌカ河の辺にカロリヌと一緒にいるのは初めてだ。ここまでついてきて欲しいと僕が頼んだのだ。僕は彼女の家の前で三回口笛を吹いた。ルネヌが出てくる心配はあったが、彼のお父さんと布を買いに街の中心に行っていて、たぶんいないはずだった。前の日、彼がムトムボさんと出かけると僕に知らせたとき、僕は決断した。「カロリメに会わなくては。とても重要なことだ」三回目の口笛でカロリヌは家から出て来た。裸足で扉の前に来た。僕に少し待つように身振りで知らせ、家のなかに戻った。何を探しに行ったのだろう？

数分後、きれいな服で戻ってきた。青い服、赤いネッカチーフに白い靴。僕は短すぎる青のパンタロンと二年前に彼女のお父さんに縫ってもらった茶色のシャツで少しみすぼらしく感じた。僕は髪の毛を梳かしてなく、ベッドから出たばかりの人みたいだったし。

カロリヌは僕の足を見た。プラスチックのサンダルも少し減り過ぎていた。

「ふたりで、どこに行くの？」

「河へ」

彼女は街のまんなかに散歩に行きたがった。僕は、遠いし、バスに乗らなくてはいけないから嫌だと言った。それに街の中央でムトムボさんとルネスに会う恐れもある。速く走り過ぎて、赤信号で止まらないバスにおいては言うまでもない。

僕たちは黙って歩いた。カロリヌは速く歩かないのがわかった。それで僕は速度を緩め、彼女を待ち、彼女は手を差し出した。僕は手を取って、ずっと黙ったまま、河まで歩いた。

「ミシェル、私たちはここに何しに来たの？　この河は嫌い。臭いし、ヒキガエルの声が聞こえる！　ヒキガエルが悪魔だって知ってる？　死んだ悪者たちがヒキガエルに化身するらしいわ」

飛行機の音が聞こえた。翼だけしか見えず、他は暗い雲のなかに隠れていた。僕はそれがどこの国に行き、その国の首都がどこなのかをあてる気分にならなかった。僕はむしろ来年のことを考えていた。小学校卒業免状を得てからトロワ＝グロリユーズ中学校に行く。友人たちと工員列車に乗る。僕は中学校一年生でルネスは中学校三年生だ。プチ＝ピマン、アテナ、あるいはラ・マンゴのように精神異常者になることを心配せずに複雑なことを勉強する。顎と、半ズボンのなかのあそこに毛が生える小さな男になるだろう。きちんと筋肉が付いた足でもっと速く歩くだろう。声も変わり高い声ではなくなり、僕が笑うとき、皆は言うだろう。「気をつけよう。今笑っているのは、雨が降ると水が教室のなかに入るトロワ＝マルティル小学校の小さな子ではもうないのだから」

カロリヌが僕を揺すった。

「ミシェル、何をぼーっとしてるの？」

「来年、中学校に行くときのことを考えていたんだ」

「あなたのお母さんの鍵を見つけたの？」

僕はうなずいて知らせた。ふたりは少し前から座っていたが、そのとき彼女は突然立ち上がり、僕に微笑んだ。

「どこにあるの、その鍵？　私にも見せてくれる？」

「もうママンに渡した」

やがて僕はポケットから小さな紙を取り出して彼女に渡した。彼女は紙を開いて、僕がずいぶん前に書いた詩を読み始めた。唇が動いて、目が潤んだ。でも彼女は考えていることを言わなかった。僕は彼女がその詩を好きだろうことがわかっていた。一度、彼女のお兄さんが暗唱してくれたヴィクトル・ユーゴの詩のようではないにしても。

彼女は紙を畳み、服のポケットにしまった。そして僕はポケットから、モロッコ製の頭なしのイワシの缶詰めを開ける小さな鍵を取り出した。

「ほら、これも君のため。きちんと取っておいて。いつか君のお腹を開く日のために必要になるから」

彼女は目に蟻が入り、僕は心臓が胃に落ちたのを感じた。僕はほんとうに愛を感じた。

彼女は僕に立ち上がるように言い、僕を両手で掴んだ。

「今でも私とふたりの子供を持ちたい?」

「もちろん」

「愛してるわ、ミシェル」

「僕も、愛してるよ……」

「私をどんなふうに愛してるの?」

「僕たちが持つ、五人乗りの赤い自動車のように」

「白い子犬も忘れないで!」

風が吹き、河がざわめいた。たぶん雨になるだろう。カロリヌが僕の手を取り、僕たちは河を離れた。彼女の家まで送って行き、そして家に帰る。ママン・ポリヌは今晩、インゲン豆付き牛肉料理をつくるだろう。

数週間前に埋葬された哀れなロンゴムベのことしか頭になかった。ムトムボさんのアトリエの奥のロンゴムベを思い浮かべた。もうこの世にいないのだから、彼のしぐさは今ではぼやけている。それで僕は両側に草が茂った彼のための長い道を想像する。それはこの世に来るための道であり、死んでから再び通る道でもある。生まれたばかりのときに、反対に行こうとしている人とすれ違うときは、その人はすでに死んでしまっていて、この地から最終的に消える前に、幽霊が埋葬に立ち会うために、そして荷物を集めるために、街に戻ったということだ。

僕は別の幸せな道を捜すだろう。太陽がいっぱいの下でコールタールが僕を焦がそうとも、裸足で歩ける道を。遠くで、とても遠くで、世界じゅうの道が交差し、そこで、僕たちから別れ地上にいたときとはもう同じ顔ではない人たちに会う。その道を僕はしっかり頭に入れなくてはならない。大人になったときにわからなくなってしまわないように。そうでないと、僕を嫌いな、僕を苦しめようとする悪人たちのまんなかで迷子になってしまうだろう。

その道を、自然のままの海岸の砂の上を散歩する蟹たちのように僕は歩くだろう。左に行くだろうと思うとUターンし、突然止まり、ぐるぐる回り、急いで右に行き、そしてまた左に戻る。それは、いくつもの足がそれぞれ違う意見を持っていて、道の途上で口げんかをやめないからだ。それでも僕が蟹が好きなのは、いつだってどこに行くか知っていて、遅かれ早かれ到着するから。その幸せな道をたどると、僕はついに大きくなって、二〇歳になっているだろう。たぶん、妹たち、弟たちに囲まれているだろう。僕はしばらくの間、微笑むママン・ポリヌを眺めるだろう。パパ・ロジェが「ヴォイス・オヴ・アメリカ」を聞いているか、あるいは決して目を離してはならない分身、友人である樫の樹に涙を流す口髭の歌手を聞いている横で。

訳者後記

アラン・マバンクの『もうすぐ二〇歳』（明日、私は二〇歳になる）（Demain j'aurai vingt ans）は二〇一〇年に出版された。コンゴ共和国（コンゴ＝ブラザヴィル）の港町、ポワント＝ノワールで生まれ育ったミシェル少年が話す一人称小説。

邦題、『もうすぐ二〇歳』に決めるまで、少し迷った。

題名はチカヤ・U・タムシの詩集、『悪しき血』のなかの「汚れたシーツ　白いリラ」の一節からとられている。その詩は、

Draps sales lilas blanc　/　Le linge de famille　/　Le temps que l'on gaspille　/　Pour refaire un serment
Un collier de serpent　/　Le joueur de manille　/　Pour deux sous de vétille　/　A donné au sergent
Sa fille Bell'Hélène　/　Aux yeux fous qui sereine　/　a dit comme un bijou
Ce qu'il y a de plus doux　/　Pour un chaud cœur d'enfant　/　Draps sales et lilas blanc
Demain j'aurai vingt ans.

汚れたシーツ　白いリラ　／　家族のリンネル　／　誓いを繰り返して　／　浪費する時間
マニラゲームの賭けで負けた　／　僅か二銭のために　／　軍曹に渡した　／　蛇の首飾り

並外れて澄んだ目の　／　彼の娘、ベル・エレヌが言った　／　「宝石みたい」
子供の熱い心に　／　最も優しいもの　／　汚れた、白いリラの色のシーツ
明日、私は二〇歳になる（もうすぐ二〇歳）

チカヤ・U・タムシ
悪しき血VII　汚れたシーツ　白いリラ

軍曹と賭け事をしている。僅かな負けの支払いに首飾りを軍曹に渡した。そのとき一緒にいた、軍曹の娘の言葉と澄んだ目で、純真な子供に最も優しいものは、涙で汚れることもあるだろう、白いリラの花の色の家族のシーツだと思いつつ、明日、自分自身もまた、まだそんなに汚れていなかった頃に戻る、という詩だろう。物語りのなかで、ミシェルが二〇歳になる頃を語る部分が数カ所あるが、ミシェルは二〇歳になるのを急いではいない。そうすると、この詩と照らし合わせると、《明日二〇歳になる私》はミシェル少年ではなく、読者のようだ。

本の題名は、本文が《僕》で話しているので、《明日、僕は二〇歳になる》にするべきだろうが、これは一二歳のミシェルの言葉としてはなじまない。また、巻頭挿入の詩を考慮して、《明日、私は二〇歳になる》にすると、ミシェル以外の誰かの《私》に説明が必要で、題名としてこれもしっくりしない。

結果、主語を取ってどちらでも取れるようにして、やがてそのうち二〇歳になるという意味合いで《もうすぐ二〇歳》とした。まだ大人になっていない純真で美しかったころという想いで。

ミシェル少年は、ポワント＝ノワールの大きなホテルの受付主任ロジェの第二夫人となるママン・ポリヌの連れ子で、第一夫人ママン・マルチヌのほうに七人の兄弟がいる。さらに、自動車販売会社の管理財務部長の伯父ルネの家には三人のいとこがいる。そして、仕立て屋の子供ルネスとカロリヌ、それぞれ、ミシェルの二歳上の最良の友と、淡い恋心を抱く同じ年の少女だ。

時は、一九七〇年代の終わりころ。一九六〇年に独立を果たした旧フランス圏のアフリカ諸国のほとんどはソ連寄りに進んで国の再建を図った。チェコ動乱あたりからソ連を疑問視し始め、遂にはソ連崩壊となる混沌とした一時期だった。

父ロジェは「ヴォイス・オヴ・アメリカ」のラジオ放送を聞くのが日課になっていて、イランのシャーの転々とした亡命、ウガンダのイディ・アミン・ダダのサウジアラビア亡命、ザイール〔現コンゴ民主共和国、コンゴ＝キンシャサ〕の、モブツ・セセ・セコの独裁などをミシェルに語る。

物語の軸のひとつになっていることに、ミシェルひとりしか子供がいないママン・ポリヌがぜひともうひとり、できれば女の子が欲しいとの思いがある。ミシェルが生まれたときに、母の愛を独り占めにするために、ミシェルが母のお腹の鍵をかけてしまったと疑われるが……。

ママン・ポリヌの心配のなかで、シモーヌ・ヴェイユの人工妊娠中絶合法化に対する憤慨が、また、マザー・テレサのノーベル平和賞受賞に対する歓びが語られる。

アルチュール・ランボーに関しては、物語りの流れのもうひとつの中心になっているが、そもそも「悪しき血」は、ランボーの詩集、『地獄の季節』のなかの第二の詩で、チカヤ・U・タムシはそれから着想を得て、最初の詩集の名とした。マバンクはさらなる着想を得て、本書巻頭挿入句とした。チカヤ・U・タムシもマバンクもポワント＝ノワール育ちである。

本のなかでは、ミシェルが父の部屋で『地獄の季節』を見つけ、ミシェルのまだ幼い思考に重ねられていく。

テヘランの米合衆国大使館人質事件、ヴィエトナム軍のプノンペン侵攻、また、ジュヌヴィエヴがミシェルに、小学校卒業のときに父からもらったものをプレゼントするサン＝テグジュペリの『星の王子さま』など、日本でもよく知られた事柄も出て来る。サイゴン陥落、ヴィエトナム戦争の終結は一九七五年で、一九七八年から数年間というのは、日本でも国際化の新たな進展が見られた時期だった。成田空港開港、日中和平友好条約調印、円高への移行（一九七七年一ドル二五〇円から一九八七年一三九円）。世界的には共産圏の分極化、アフリカの飢餓、イラン・イラク戦争が注目された時期だ。

アラン・マバンクは一九六六年、コンゴ共和国のポワント＝ノワールで生まれた。ブラザヴィルの大学で法律の勉学後、二二歳のときに奨学金を得てフランスに渡った。ナント大学、パリ第七大学（総合）、パリ・ドーフィン大学（経済・経営）で学んだ。スエズ＝リヨネ水道公社で働き、一九九八年、最初の小説『青‐白‐赤』をプレザンス・アフリケン社から出版した。誘われて来たコンゴ人の青年のパリでの想像外の生活、良からぬ仕事に巻き込まれ投獄、強制送還を書いた。彼の周りにいただろうある青年をオートフィクション風に仕上げたその作品は黒人アフリカ文学大賞を得た。

その後、二〇〇二年から、合衆国ミシガン大学でフランス語圏文学を教えた。四年後、二〇〇六年からはカリフォルニア大学ロスアンジェルス校に移り、サンタ・モニカに住んだ。マバンクの転機のひとつとなった『壊れたコップ』と『ヤマアラシの記憶』が出版された頃だった。

二〇〇六年、『ヤマアラシの記憶』でルノド賞受賞。

二〇一〇年の本書、『もうすぐ二〇歳』、二〇一三年の『ポワント＝ノワールの灯』、二〇一六年の『世界は私の言語』で、さらに充実した新たな姿を示した。

『ポワント＝ノワールの灯』は、渡仏してから二三年間帰国しなかったマバンクの、その間に亡くなった母と父に、墓参りに代えて捧げた作品だ。映画好きなマバンクは各章に映画（時には小説、歌劇なども）のタイトルを付けている。本のタイトルは、チャップリンの『街の灯』（City Lights）から。『もうすぐ二〇歳』の続編のような内容になっている。

二〇一二年、アカデミー・フランセーズ、アンリー・ガル文学賞を、二〇一三年、モナコ、プリンス＝ピエール文学賞を、それまでの全文学作品に対して受賞した。

二〇一六年、パリのコレージュ・ド・フランスの芸術創造の年次教壇（la chaire annuelle de création artistique du Collège de France）に招待された。その折の開会講義記録である『黒い文学、闇から明りへ』（Lettres noires, Des ténèbres à la lumière）が同年、コレージュ・ド・フランスとフェヤール社共同で、《コレージュ・ド・フランスの開会授業コレクション》No.二六二として出版され、後に二〇二〇年、全講義記録『アフリカについての八つの授業』（Huit leçons sur l'Afrique）がグラセ社から出版された。邦訳は二〇二二年一月、『アフリカ文学講義　植民地文学から世界－文学へ』中村隆之、福島亮共訳、みすず書房から出版された。

二〇一八年、「フランス語とフランス語圏の言語をめぐる考察」と題したエマニュエル・マクロン大統領の企画への参加を拒否し、「植民地主義を起源とするフランス語圏の概念を乗り越えるために」と題した公開状を提出し、フランス語圏諸国の専制体制、不正選挙、表現の自由の欠如を非難した。

二〇一九年には、『コウノトリたちは不死身』を出版。一九七七年のク・デタで大統領、マリエン・ングアビと共に暗殺されたリュック・キンブアフン＝ンカヤ大尉がママン・ポリヌの兄、つまりミシェルの伯父であり、コンゴ国内の北部と南部の抗争の一端を述べている。この題名は一九五七年、第一一回カンヌ映画祭のパルムドール、ミハイル・カラトーゾフの『コウノトリたちが通り過ぎるとき』にラスル・ガンザトフの詩をあてた、《対ドイツ国防軍の勝利と寡婦たちのために》と添えられた映画音楽から取られている。

二〇二〇年、『アメリカのざわめき』は、サンタ・モニカからロスアンジェルス市内に引っ越したマバンクの新たなエッセイで、『世界は私の言語』が文学中心だったのに比べ、より私的なアメリカでの日常を綴っている。モハメッド・アリの写真が掛けられたアフリカ風のバルコニーのこと、マバンクが好む、映画、ラップ・ミュージック、そして、コンゴのファッション、《サップ》スタイルの服装のこと、友人、ダニイ・ラフェリエール（前出、献辞参照）とピア・ペターセン（デンマークの女性作家。フランス語で作品を書いている。マバンク同様、フランスとロスアンジェルスを行き来している）のこと、そして、トランプ大統領就任、新コロナウィルス感染で亡くなった友人のことなどを語る。現代の風を正面から受ける作家のエッセイとなっている。

二〇二二年八月、『死者たちの取り引き』と題された、新たな小説が出版された。

主な作品は以下の通り。

『青 - 白 - 赤』（Bleu-Blanc-Rouge）, Présence africaine, 1998.

『そして、どのように私が眠るのかは神のみぞ知る』（Et Dieu seul sait comment je dors）, Présence africaine, 2001.

『ヴェルサンジェトリクスの黒人の孫たち』（Les Petits-Fils nègres de Vercingétorix）, Le Serpent à plumes, 2002. Seuil〈Points〉, 2006.

『アフリカン・サイコ』（African Psycho）, Le Serpent à plumes, 2003. Seuil〈Points〉, 2006.

『壊れたコップ』（Verre cassé）, Seuil, 2005.〈Points〉, 2006.

『ヤマアラシの記憶』（Mémoires de porc-épic）, Seuil, 2006.〈Points〉, 2007.

『ブラック・バザー』（Black Bazar）, Seuil, 2009.〈Points〉, 2010.

『もうすぐ二〇歳』（Demain j'aurai vingt ans）, Gallimard Coll. Blanche, 2010.〈Folio〉, 2012.

『黙って死ね』（Tais-toi et meurs）, Branche, 2012. Coll.〈Vendredi 13〉, 2013. Pocket, 2014.

『ポワント＝ノワールの灯』（Lumières de Pointe-Noire）, Seuil ,2013.

『プチ＝ピマン』（Petit Piment）, Seuil,〈Fiction & Cie〉, 2015.〈Points〉, 2017.

『世界は私の言語』（Le monde est mon langage）, Grasset, 2016.

『黒い文学、闇から明かりへ』（Lettres noires, Des ténèbres à la lumière）, Collège de France/Fayard, coll.〈Leçons inaugurales au Collège de France〉No263, 2016.

『コウノトリたちは不死身』（Les cigognes sont immortelles）, Seuil, 2019.

『アフリカについての八つの授業』（Huit leçons sur l'Afrique）, Grasset, 2020.

『アメリカのざわめき』（Rumeurs d'Amérique）, Plon,202）.
『死者たちの取り引き』（Le commerce des Allongés）, Seuil, 2022.

藤沢満子

私が最初にマバンクの作品に接したのは、二〇〇八年のことだった。二〇〇八年のルノド賞のチエルノ・モネネムボ（Tierno Monénémbo 一九四七－）の『カヘルの王』（le Roi de Khahel）を購入した際に、『壊れたコップ』（Verre cassé）と『ヤマアラシの記憶』（Mémoires de porc-épic）を購入した。後者が二〇〇六年のルノド賞だったから。『カヘルの王』を翻訳しながら、マバンクの作品を読んだ。

それまでのアフリカ関連のフランス語の本は、ほとんどが旧植民地に関するフランス人による、フランス人の目線で書かれたもので、現地の作家の作品は、亡命先からの生地アフリカのノスタルジーを書いたもの、あるいは出生国の政権の独裁や個人の自由の欠如を告発するものだった。やっとそのあたりから本来の意味のフィクションの小説にアフリカ人作家たちも力を入れるようになったと思った。

二〇一〇年、本書を購入した。

これらマバンクの三作品は私に、カマラ・レイ（Camara Laye 一九二八－一九八〇ギニアの作家）の『アフリカの子』（L'enfant noir）（邦訳は、一九八〇年、さくまゆみこ訳、偕成社）を思い起こさせた。当時、アフリカの作家たちに社会参加を強く求めていたモンゴ・ベティ（Mongo Beti 一九三二－二〇〇一カメルーンの作家）は次のように言った。

レイは彼の小説、『アフリカの子』のなかで、非常に重要な現実に頑なに目を閉じた。そのギニア人は平和な、美しい、母性的なアフリカ以外は何も見なかったのか？　レイは一度もフランス植民地行政の暴虐の証人だったことはなかったのか？

モンゴ・ベティとカマラ・レイのこの差異についてマバンクは、二〇一六年にコレージュ・ド・フランスで、以下のように述べた。

ベティは文学を《考え》、植民地の支配の鎖からのアフリカ人民の解放をその役割とした。レイは個人、家族を取り込む手段として文学に《生き》、彼の一人称が集団的で抽象的で教訓的であることを拒否し、感動を培った。
それらは独立後のアフリカ文学が続いた二つの道だった。ひとつは、アフリカの独自性と不屈な意思を混同した《ネオ・ネグリチュード》の作家たちの道。もう一方は、一人称で表現するのが不可能で、自らの芸術の気まぐれに従った主題を採用した、自由、解放を必要とする社会参加の鎖の作家たちの道である。

独立後の二つの道に関して、次のように続けた。

その後、独立と自由に関しては、ヤムボ・ウオロゲム（Yambo Ouologuem 一九四〇－二〇一七

〈マリの作家〉の『暴力の義務』（Le Devoir de violence）と、アマドゥ・クルマ（Ahmadou Kourouma 一九二七－二〇〇三 コート・ジボワールの作家）の『独立の太陽たち』（Les Soreils des indépendances）のなかで結合し、失望の時期の端緒となり、アフリカの独立は期待した太陽の輝きは運んで来ず、逆に白人の大佐は黒人の独裁者に替わった。その《アフロ悲観主義》は一九七〇年代終わりから一九八〇年代初めに主要な作家たちが表現した。

それらの作家、作品として、ソニイ・ラブ・タンシ〈Sony Labou Tansi 一九四七－一九九五 二国のコンゴ〈キンシャサ生まれブラザヴィル、ポワント＝ノワール育ち〉の作家〉の『ひとつ半の生命』（La vie et demie）と、チエルノ・モネネムボの『原野のヒキガエルたち』（Les Crapauds-Brousse）などを挙げている。そして、障壁を崩す、想像の部門化を拒否する、アフリカの現代作家たちについて述べ、彼らの救済は書くことに、肌の色、あるいは生まれた国の温度によって決められるまがい物の友愛から遠くに存在することを意識している人たちである、とマバンクは初日の講義を結んだ。

マバンクは、自ら言ったように、作家となった教授ではなく、合衆国のおかげで教授になった作家であり、現在の騒音のなかで、世界化の激動のなかで揺れる世界を見ている作家である。『もうすぐ二〇歳』でマバンクは、一方で、独立から一八年後の、コンゴ＝ブラザヴィルとその他のアフリカ諸国を物語の背景にすることで、独立後に植民者が黒人の独裁者に替わっただけの状況を訴え、他方で、ミシェルによる一人称の物語の進行によって、子供たちの思いと望みは、世界中どこも同じであることを示した。

出版から一二年、ミシェルが一二歳だった一九七八から四四年、独立から六二年、アフリカ諸国の現状は、大筋では変わっていない。

旧宗主国が独立後に常に利権を保とうとして傀儡政権を建てたとき、選ばれた独裁者は、旧宗主国と共謀して政敵たちを始末した。その状況を明らかにしようとした人たちは多く存在したが、同様に始末されたケースも多い。既に国外に出ていたなど、危険が及びにくい作家たちはエッセイや小説の形で非難した。それは今後も続くだろうし、アフリカでインテリと呼ばれる彼らの義務でもあるだろう。

このような状況のなかで、ひとつの小説として、フィクションとして、とても良い作品がいくつも出て来ている。特に、二〇二一年のブレズ・ンダラ（Blaise Ndala）の『コンゴの胎内』（Dans le ventre du Congo）と、二〇二一年のチエルノ・モネネムボの『藍色のサファリジャケット』（Saharienne Indigo）を挙げておきたい。政治的背景をアクセサリーに、奥深い物語を形成している。『もうすぐ二〇歳』はその系統の始めのひとつだと言えるだろう。

巻頭挿入されたチカヤ・U・タムシの『悪しき血』について、マバンクは『世界は私の言語』のなかに書いた。

私はチカヤ・U・タムシとは会っていない。タムシはフランスのオワーズのバザンクールで一九八八年、私がフランスに渡る一年前に亡くなった。そのとき五六歳で、コンゴの若者たちの目では《亡命の詩人》のイメージに化身していた。

私はリセで、跛行する足を装った、運命に対して反抗した『悪しき血』のなかのように、悔しさのほとばしりの下での怒りを私たちが見つけた、彼の詩句を暗唱した。

子供の私にはふさわしいことではないだろう。鉄のように固い腸と、
　こわばった引きずる足を持つことは
　私は猛烈に黒くなり、風が熱を持ち
　そこで私に水をおぼろげに見させる
　　厳かなエスプリ

チカヤ・U・タムシは私のところにいた。なぜなら、どの樹から私が降りるかを知っているから。私は灰とパンに育まれているから。音楽の弓の響きが好きだから。パンノキの実のとても甘美な味を知っているから。ゴキブリの群れと、私の皮膚をかすめるシャクガを感じたから。夜の仕事に戻って来るベナン人の漁師たちを窺っていた当時、ポワント＝

ノワールの荒れた海の砂浜に乗り上げたクラゲの群れを見たから。そして私に書くことを励ます、さらにさらに書き、常には赤道上のたくましい人たちではないコンゴを描くのを励ます、野焼きのぱちぱちいう音をいつも聞いていたから。北が南の、南が北のコンゴを。誰が東と西の方向を見つけるだろうか?

チカヤはコンゴの詩を、当時のアフリカのいくつかの亜流の商売の基礎となったネグリチュードの支配から解放した。私たちコンゴ人が群衆の文学から、無味な、盲目の活動家の韻律分析から逃れられたのは彼のおかげだった。私たちは私たちの《タイガーチュード》を叫ばず、言い逃れせずに獲物の上に飛びかかり、それをむさぼり食った!

ムピリの偉大な詩人は彼の煉獄から私たちを見ている。暗闇を突き通すその視線を、世界のシンフォニーに加わるその声を、どのように支えるのか?

私たちの過ち? そうだ。そしてそこに、それを強調する碑文と共に、作家自身が打ち立てた非難と行動がある。

どの耳にも届かない音楽の国に
私は住んだ

『もうすぐ二〇歳』の題をチカヤ・U・タムシの詩集から取った理由をマバンクはこのように説明した。この本を少し深く理解するために参照されたい。

ホールデン・コールフィルドとミル・ミルは一六歳で、大人になるのを拒否する青年だったが、ミシェルは二〇歳になったらああなりたい、こうなりたいと、口が止まらない一二歳の少年だ。共産主義に囚われた困難な時期に、やがてはそれらを乗り越えて大人になる少年の思いをきちんと、きれいに描いた作品だと思う。戸惑う、一見自信なさげな男性登場人物たちに対して、女性の方はそれを補うように力強い。ママン・ポリヌ、ママン・マルチヌ、伯母のマリイ＝テレーズ、ジュヌヴィエヴ、そしてカロリヌまで。もちろん皆心優しいなかでの力強さだ。彼女らが少年のミシェルに、二〇歳になったときを夢見させる。確かに、私たち読者も明日、二〇歳になれる本だ。

原注は（　）で示した。序文、献辞、巻頭挿入文の訳者注は、それぞれの末尾に記し、本文中の訳者注は〔　〕で示した。《　》と斜字は原本にある挿入文、あるいは強調個所である。

なお、翻訳には Gallimard Coll. Blanche を（後に二〇一二年の Folio 版を序文のために）底本とした。とりわけJ・M・G・ル・クレジオの序文に関して、中原毅志氏のご意見を参照させていただいた。

出版の労をとっていただいた田谷満氏、その他、全般にわたり、晶文社の太田泰弘様、木下修様、川崎俊様にご助力いただいた。お礼申し上げます。

また、表紙の装画を、私の最初の渡仏以来の友人で先輩である、フランス、サロン・ドートンヌ会員、吉岡耕二氏にお願いした。アフリカをイメージして特別に描いていただいた。色彩豊かな素敵な絵をありがとう。

石上健二

二〇二二年一二月

著者について

アラン・マバンク（Alain Mabanckou）

一九六六年、コンゴ共和国ポワント＝ノワール生まれの小説家、詩人、評論家、大学教授。首都ブラザヴィルの大学で法律を学び、二二歳のとき奨学金を得てフランス留学。ナント大学、パリ第七大学（総合）、パリ・ドーフィン大学（経済・経営）で学ぶ。最初の小説 Bleu-Blanc-Rouge（一九九八年）でブラック・アフリカ文学大賞を受賞し一躍注目を集めた。小説 Verre cassé（二〇〇五年）でフランコフォニー五大陸賞、Mémoires de porc-épic（二〇〇六年）でルノド賞受賞。二〇一五年マン・ブッカー国際賞ファイナリスト。フランスでは「アフリカのサミュエル・ベケット」として知られる。二〇〇二年から米ミシガン大学で、二〇〇六年からカリフォルニア大学ロサンゼルス校で正教授としてフランス語圏文学を教える。最もクールな教授とみなされ「マバンクール」というニックネームがある。作品は二〇の言語に翻訳。

訳者について

藤沢満子（ふじさわ・みちこ）

一九七二年、獨協大学フランス語学科卒業。フランスの文化、伝統を学び、とくにフランス女性の自己を主張する生き方が日本女性と異なることに新鮮な驚きを感じ、シドニー＝ガブリエル・コレット（一八七三－一九五四）を卒論のテーマとする。二〇〇八年以降、経済産業省およびUNIDO（国際連合工業開発機関）のアジア支援事業の一環で、繊維製品の商品開発の専門家としてラオスに長期滞在をする。現在、カンボジアのプノンペン在住。

石上健二（いしがみ・けんじ）

一九四九年、東京生まれ。一九六九年よりパリ大学のフランス言語文明講座受講後、パリ美術大学、同中退。絵描きとして一九七八年までパリに住む。その後三〇余年、コートジボワール共和国、セネガル、ギニア、マリ、モーリタニア、コンゴ民主共和国など、フランス語圏に滞在。訳書に、チエルノ・モネネムボの二作品『カヘルの王』（二〇〇八年ルノド賞受賞、現代企画室二〇一四年）、『プル族』（現代企画室二〇一三年）、藤沢満子氏との共訳にナタシャ・アパナー『最後の兄弟』（河出書房新社二〇一九年）がある。

もうすぐ二〇歳《はたち》

二〇二三年一月三一日 初版

著者 アラン・マバンク
訳者 藤沢満子・石上健二
発行者 株式会社晶文社
東京都千代田区神田神保町一-一一 〒一〇一-〇〇五一
電話 (〇三)三五一八-四九四〇(代表)・四九四二(編集)
URL https://www.shobunsha.co.jp/
印刷・製本 株式会社太平印刷社

ISBN978-4-7949-7351-1 Printed in Japan